FOPLA
1/2

Du même auteur
chez Gallimard Jeunesse:

LBD :

1. Une affaire de filles
3. Toutes pour une

Grace Dent

LBD
2. En route
les filles !

Traduit de l'anglais
par Catherine Gibert

GALLIMARD JEUNESSE

Titre original :
LBD : *The Great Escape*
Édition originale publiée en Grande-Bretagne
par Puffin UK, Londres, 2005
© Grace Dent, 2005, pour le texte
© Éditions Gallimard Jeunesse, 2005, pour la traduction française
© Éditions Gallimard Jeunesse, 2011, pour la présente édition

*À Bob Watts et Veronica McCormack
pour m'avoir emmenée au festival
de Glastonbury quand j'avais treize ans*

Remerciements

Un énorme merci à la bande habituelle. Merci à Sarah Hughes et à l'équipe géniale de Puffin pour le soutien et la patience dont elles ont fait preuve durant l'écriture de *En route les filles!* alors que la vie venait parfois se mettre en travers. Merci à la fabuleuse Adele Minchin pour m'avoir obligée à faire de la promo alors que j'étais bien décidée à rester au lit. Reconnaissance éternelle à Caradoc King, Vicky Longley, Rob Kraitt et Linda Shaughnessy de AP Watt qui se sont démenés comme des fous pour me rendre la vie plus fantastique encore. Un grand merci à John Rudolph et à l'équipe de Penguin USA pour avoir cru aux LBD dès le premier mot (et l'avoir prouvé en faisant fabriquer des strings roses coquins!).
Merci, enfin, à Jon Wilkinson pour avoir supporté mes jérémiades permanentes et mes innombrables crises. Vous êtes tous formidables. Sans vous, ça n'aurait pas été aussi drôle.

1. La malédiction du gros nul

— Puis-je prendre votre nom s'il vous plaît?

— Ronniche…, dis-je à l'infirmière en ravalant mes larmes. (Ce qui a le mérite de barbouiller de fond de teint le clavier de mon portable.)

— Ronniche?

— Non, Ron-nie… Veronica Ripperton.

— Bien… Et c'est madame ou mademoiselle Flipperhorn?

— Ripperton, je répète en me séchant les yeux. De toutes les façons, ce n'est pas pour moi. C'est pour mon copain. Je voudrais savoir s'il est aux urgences.

— Vous pouvez me donner son nom?

J'entends vaguement l'infirmière tourner des pages en poussant un profond soupir. Profitant de ce qu'elle consulte le registre des admissions, je surprends mon reflet pathétique dans la glace du salon. Ça fiche les jetons.

Il est sept heures, ce vendredi soir, et moi, Veronica Ripperton, suis en train d'arpenter

7

le salon de chez mes parents situé au premier étage de leur pub, L'Incroyable Odyssée. Je porte mon sublime T-shirt en Lycra rose pâle qui fait les seins style comme des vrais (sauf qu'il y a des taches de mascara dessus) et ma jupe en jean trop *new* qui m'a coûté l'intégralité de mon argent de poche du mois (sauf qu'elle est recouverte de bouts de Kleenex dégueu).

J'ai beau m'être fait des petites tresses et me tartiner de poudre terracotta sublimatrice de lumière depuis trois heures et demie de l'après-midi (archi sûre d'obtenir le look «nana irrésistible de Frisco hypra rayonnante» puisque c'est écrit dans *Glamour*), j'ai le regret de constater que je ressemble davantage à un Martien déprimé qui aurait abusé du soleil. Ou bien à un cageot comme dirait probablement ma copine pleine de tact, Fleur.

C'est clair que ça pourrait me miner complètement si ma vie n'était déjà un champ de ruines.

– Steele. Il s'appelle JIMI STEELE. Vérifiez aussi sur la liste de votre service fractures... ou... Oh, mon Dieu... et si jamais il était en soins intensifs?

Je m'étrangle.

– Horreur... Si ça se trouve, il est peut-être mort. En fait, quand vous aurez fini, ça vous ennuierait de me passer la morgue?

– Ça ne sera pas nécessaire, répond l'infirmière d'un ton ferme. À quelle heure a eu lieu l'accident ?

– L'accident ? Eh bien, je ne suis pas absolument certaine qu'il ait déjà eu lieu, dis-je en espérant sincèrement qu'elle ne me prenne pas pour une dingue. C'est juste que j'ai entendu une ambulance passer dans la grand-rue, il y a environ dix minutes, toutes sirènes hurlantes… et mon copain… Jimi aurait dû venir me chercher déjà depuis deux heures… Parce qu'on est censés aller à la fête de fin d'année de Blackwell, notre bahut…

L'infirmière pousse un soupir encore plus gros que le premier.

– Pain complet thon mayonnaise pour moi, Julie… non, juste salade verte, dit-elle, à une collègue qui passe sans doute par là.

– Je l'ai appelé sur son portable, mais je tombe sur sa boîte vocale ! Son téléphone a dû être écrabouillé dans le choc effroyable de l'accident. Jimi est skater… et il faut toujours qu'il fasse des figures hypra dangereuses… et… vous êtes en train de vous commander à manger ?

– Je suis là depuis sept heures ce matin. Et jusqu'ici, je n'ai réussi à avaler qu'un demi-yaourt et une poignée de M&M's, le téléphone n'arrête pas de sonner.

– Oh ! Je suis confuse…

— Mais j'écoute en même temps, ajoute l'infirmière. Des figures hypra dangereuses, dites-vous ? Merveilleux ! Eh bien, dans ce cas, il ne fait aucun doute que je lui recouse un jour ou l'autre ses organes vitaux à l'intérieur du corps. Mais, heureusement pour vous, son nom n'apparaît pas sur ma liste de… d'invités, ce soir.

Elle rit toute seule à sa petite plaisanterie.

— Il n'est pas chez vous ? Génial. Super ! À ce compte-là, vous auriez le numéro d'autres urgences que je pourrais appeler… ?

— Veronica, qui au juste… ? m'interrompt ma mère, Magda Ripperton, qui vient de se matérialiser à mes côtés dans ce qu'on pourrait qualifier (et ça me désole) de combinaison multicolore extravagante. Dans le genre des bleus de mécanos, sauf que le sien se ferme par une fermeture Éclair argentée sur le derrière. Ladite fermeture Éclair qui n'est pas tout à fait remontée jusqu'en haut et offre un large aperçu de la raie des fesses maternelle.

Nooooooooooon, Dieu, je Vous en supplie ! Faites qu'elle ne soit pas allée se promener dans cette tenue, avec les miches à l'air !

Pas vers mon lycée !

Maman s'est fait une queue de cheval pour dompter sa longue tignasse brune, mais quelques mèches folles s'en sont échappées sur le devant et pointent en tous sens avec l'électricité statique. Elle a les yeux qui pétillent, ce qu'il faut sans doute mettre sur le compte des sacs de boutiques chics qu'elle tient de chaque main. Depuis que ma mère s'est trouvée attendre un heureux événement l'an dernier (enceinte à trente-huit ans! C'est dingue, non, pour une quasi-retraitée!), elle a déménagé dans un monde parallèle concernant la mode, un monde où les fringues immondes sont géniales et inversement. J'incriminais les hormones et sa prise de poids (arrivée au neuvième mois, elle avait quasi atteint la taille du duché du Luxembourg, drapeau et tout le tralala compris) et je pensais qu'à la naissance de l'enfant, elle se calmerait. Erreur. Elle a juste gagné en mobilité pour aller faire les boutiques.

— À qui tu parles? Qui est à l'hôpital? crie maman.

— Je suis au téléphone. Va-t'en!

Soudain, elle plisse le front (elle a compris que j'ai pleuré), et se jette sur moi pour m'arracher le téléphone des mains.

— Donne-moi ce téléphone immédiatement! Qui a eu un accident?

J'essaie de la repousser mais, en tant que personne, Magda est furieusement inrepoussable. J'ai l'impression de me faire attaquer par une pieuvre irascible daltonienne.

D'une habile rotation du tentacule, «Opération combinaison de la Mort» libère le téléphone de ma main droite, ce qui a pour effet de me faire ouvrir la bouche, puis la fermer, le tout en agitant les bras telle une championne de natation synchronisée.

— Allô, ici Magda Ripperton, dit maman qui a pris sa voix de comtesse surexcitée. (Grrrrr.) Je suis la mère de Veronica Ripperton. Que se passe-t-il ?

En entendant la réponse, elle pâlit légèrement.

— Je vois. Elle a dit ça ? Vraiment ? (Maman secoue la tête en soupirant.) Hum... oh... oh... Jimi Steele ? Oui, je ne connais que lui..., dit-elle sur le même ton que si elle venait de se rappeler une mycose mal placée. (Elle est fumasse.) Écoutez, infirmière-chef Jacqueline, je vous prie d'accepter mes excuses pour Veronica. Son père et moi la faisons examiner la semaine prochaine. C'est un problème récurrent. Bonsoir.

Maman appuie sur *raccrocher*.

Et on échange un regard noir.

— Je ne ferai aucun commentaire, ment-elle effrontément. Mais rassure-moi, tu n'as pas sollicité la brigade des mineurs pour retrouver Jimi Steele ? Ou Interpol ?

— Tu ne comprends pas, dis-je en soupirant à fendre l'âme.

— Quoi ? crache maman qui réussit le prodige de faire passer tout ce qui suit dans un grognement. À savoir :

a) Qu'elle comprend trop bien justement...

b) Que mon gros nul de Jimi a déserté un soir méga-important…

c) Qu'en conséquence, j'aurais mieux fait de larguer ce minable dont le pantalon est dix fois trop grand pour lui pour un «dix de retrouvés» qui n'attend que moi.

Je ne vois rien à y redire… à condition d'avoir envie d'échanger le garçon le plus craquant de Blackwell pour un dix de retrouvés.

– Je te hais, dis-je en regardant l'heure à ma montre.

Je sens que je vais trop rater cette fête.

– Mais non, voyons, dit maman.

– Si, je te hais. Je hais le monde.

– Ça ne m'empêche pas de t'aimer, réplique-t-elle non sans finesse.

– Beuhhhh.

On s'observe en chiens de faïence.

Je vérifie à nouveau si je n'ai pas d'appels en absence.

Niet. Nada.

En bas, des hordes de gros pleins de bière traversent bruyamment le bar de L'Incroyable Odyssée pour se déverser sous la toute nouvelle buvette de la cour, histoire de profiter des premières heures pleines de promesses du week-end. Travis, notre barman australien, jongle avec les caisses de bière qu'il remonte de la cave et fait du charme à la clientèle féminine.

L'odeur de Jimi Steele qui ne vient toujours pas me chercher flotte dans l'air avec insistance.

— Aloooooooooors ? demande maman en me regardant sous le nez. Je croyais que tu devais aller agiter ton petit derrière avec Claudette et Fleur ce soir ! Je me trompe ou ça fait des semaines que le sujet vous rend limite hystériques ?

— Humpf, dis-je en me laissant tomber sur un siège.

Je m'empare d'un numéro de *Mon bébé* et feins un intérêt considérable pour un article concernant le mamelon inversé.

Maman vient de marquer un modeste point.

Ma force de frappe cosmique personnelle cent pour cent filles : Les Bambinas Dangereuses ou LBD, telles que nous sommes connues de par le vaste monde, ont tenu ces quinze derniers jours des réunions au sommet quotidiennes sur le thème cheveux/corps/tenue en vue de la fête de fin d'année de Blackwell. Fête qui se trouve être *the* événement de l'année ! Jusqu'à ce soir en tout cas. On a passé je ne sais combien d'heures à réfléchir aux fringues qui faisaient les seins plus mignons, les fesses plus sexy et le haut du bras moins chair à saucisse. Après des milliards d'essayages, Fleur Swan a obligé son père, Paddy, à la filmer en vidéo traversant le jardin dans les cinq premières tenues de son hit-parade vestimentaire, histoire de se décider « en connaissance de cause ».

Il suffit de dire que la fête de Blackwell est... ou était... la soirée du siècle.

— Et je suppose que ce crétin patenté était censé t'accompagner, dit maman.

— Ne le traite pas de...

— Pardon, pardon. Je voulais dire, Jimi.

Maman fait mine de se fermer la bouche à clef mais, comme toujours, son envie de parler est la plus forte.

— Très bien, allons-y! braille-t-elle en ramassant ses clefs de voiture sur la table basse. Va t'arranger la figure, ma fille, tu ressembles à un panda dépressif. Je t'accompagne en voiture moi-même. Appelle Claudette Cassiera immédiatement pour lui dire qu'on est parties.

— Mais...

— L'adorable Claudette est de la partie? Et cette Fleur Swan également? Enfin, sauf si Paddy l'a fait enfermer dans le couvent dont il la menaçait la semaine dernière. Pauvre homme... Il doit avoir les nerfs à vif.

— Elles y vont toutes les deux. Mais tu ne comprends pas, maman. Jimi m'a dit qu'il venait me chercher...

— Épargne-moi ça, grogne-t-elle.

— Je ne peux pas y aller. Je ne vois pas pourquoi il m'aurait laissé tomber! Il a forcément eu un accident, à moins que...

– Ça, pour avoir un accident, il risque d'en avoir un quand j'aurai mis la main dessus, raille maman, en faisant le geste d'étrangler quelqu'un. En tout cas, je m'arrangerai pour que ça ait l'air d'un accident !

Dites-moi que ce n'est pas vrai !

– Écoute, Cendrillon ! lance-t-elle en tapant dans ses mains. Ce qu'il faut pour te débarrasser de tes toiles d'araignée, c'est aller te déchaîner sur une piste de danse !

– Je n'irai pas…

– J'irais bien, dit-elle le plus sérieusement du monde. Si j'y faisais un saut pour me dégourdir les jambes en te déposant ? Ça me permettrait de remercier Mme Guinevere d'avoir ressuscité les fêtes de Blackwell et de demander à ton vieux croûton de dirlo, M. McGraw, si ça lui dit de danser.

Je crois que je vais m'évanouir.

– Tu sais, Ronnie, depuis que j'ai eu Seth, j'ai l'impression de commencer une nouvelle vie…

Et la voilà qui se met à agiter son derrière, en gesticulant comme une folle.

Génial. Ma vie est réduite à néant et ma mère danse.

– Tu crois qu'ils mettront de la soul ?

– Non, dis-je, les lèvres pincées.

– Du reggae ?

– Pas question que tu viennes.

– Si tu n'y vas pas, j'y vais.

Et là, elle voit les grosses larmes qui roulent sur mes joues et s'arrête net de frétiller.

— Oh, Ronnie, ma chérie, dit-elle en s'asseyant à côté de moi et en me prenant dans ses bras. Je sais ce que tu ressens. C'est affreux de se faire poser un lapin.

— Où il est, maman ?

— Quelque part. Pas loin. En train de rouler des mécaniques, dit-elle en me gratouillant le cou.

— Tu crois qu'il est mort ?

— Non, ma chérie. Tout porte à croire qu'il est bien vivant.

— La soirée est fichue, dis-je d'un ton sinistre.

En dix mois, cher lecteur, j'ai appris quelques rudes leçons sur la réalité de garder, éduquer et conserver en l'état un copain. Parfois, ça craint vraiment. Quelle brillante excuse ce ver de terre a-t-il trouvée ce soir pour me poser un lapin ?

Et ceci après trois cent trente jours de déclarations stipulant que j'étais «hyper craquante» et «à mourir de rire». Et qu'il ressentait «un truc trop étrange» chaque fois qu'il me voyait.

Ben, voyons !

Alors il faut qu'on m'explique pourquoi un garçon assez accro pour me débiter ce genre de niaiseries peut me faire autant de mal.

Erratum. Peut me faire autant de mal ENCORE UNE FOIS !

— La raison en est que, dans la majorité des cas, on serait mieux loti avec une marionnette en chiffon qu'avec un homme, me répond maman avec sagesse.

Je considère cet avis avec circonspection. Maman parle toujours de son mariage avec papa comme «d'un pari de poivrots qui aurait dégénéré». (Pour plus de sagesse, se reporter à l'annexe A.)

Soudain, des pas dans l'escalier!

JIMI STEELE! HOSANNNNNNNNNNA AU PLUS HAUT DES CIEUX!!!! C'EST L'HEURE D'ALLER DANSER!

Euh… pas tout à fait.

— Salut, les filles! lance mon père, Laurence «Loz» Ripperton, tenancier de L'Incroyable Odyssée, qui apparaît dans l'encadrement de la porte, un sourire béat aux lèvres, mon petit frère de cinq mois, Seth Otis Ripperton, endormi dans un porte-bébé bleu lavande accroché à son ventre. Quel plaisir de voir ces dames de L'Incroyable Odyssée en pleine forme!

Il semblerait que mon père n'ait pas remarqué que sa fille était en sanglots et que sa femme portait une tenue qui la faisait bigrement ressembler à un commando parachutiste bon pour l'asile.

— Nous autres garçons sortons de réunion, dit papa en tapotant le crâne minuscule de Seth.

Je n'en crois pas mes oreilles.

– Ne me dis pas que tu es allé à la réunion des brasseurs avec Seth dans un porte-bébé couleur layette ? dis-je d'un ton méprisant.

– Si ! répond papa super fier.

Que se passe-t-il au juste avec ma vie ? Voici un homme qui, il y a encore un an, n'aurait jamais osé boire une limonade en public par peur de passer pour «un gay» et le voilà qui valse telle Mary Poppins.

Ce monde a tourné fou, je vous le dis. Rendez-moi mes parents d'avant. Je suis outrée.

Ces temps-ci, tout tourne autour des désirs de Seth Ripperton. Jour et nuit. Et nuit et jour. J'ai l'impression d'avoir des parents convertis à je ne sais quel culte religieux obscur qui consiste à se prosterner devant un petit gigot rose de six kilos. Ne me faites pas dire ce que je n'ai pas dit. Seth est le plus beau bébé que vous ayez jamais vu de votre vie. Il est carrément plus mignon que la plupart des monstres que je croise dans la grand-rue mais, jusqu'à maintenant, il ne fait rien qui vaille un communiqué de presse si ce n'est pleurer, faire caca, pleurer en faisant caca, dormir (en se débrouillant pour faire caca, je vous rassure). Non, je mens. Depuis peu, il arrive à se redresser tout seul dans son lit avec la tête qui dodeline de côté, style ballon gonflé à l'hélium quatre semaines après un goûter d'anniversaire.

On n'a jamais fait tout ce foin pour moi quand j'étais bébé. Ça non, croyez-moi.

En revenant de la maternité, Loz et Magda m'avaient tout simplement abandonnée dans mon berceau au fond de la cour à côté d'une pile de caisses de bière. J'ai été élevée par une famille de chouettes charitables qui m'ont nourrie exclusivement de souris et de vers de terre jusqu'à onze ans. Je ne vous raconte pas la tête de mes camarades de classe quand je sortais mon goûter.

Pas étonnant que je me sois fait poser un lapin un vendredi soir.

Envoyez les renforts

Brrrrrrrrrrrr! Brrrrrrrrrrrr!

Mon téléphone! Enfin!

Je me jette dessus, façon plaquage de rugby, en priant que ce ne soit pas Nana Tish qui m'appelle pour me raconter ce qu'elle a mangé ce soir. Quoi qu'il en soit, l'écran affiche : *Liam Répondre?*

Pourquoi diable Liam Gelding, «le mauvais garçon de Blackwell le plus adorable du monde», m'appelle-t-il?

J'appuie sur *OK*.

— Allô?

— Allô? Comment ça «Allô»? éructe Fleur Swan, dite la Terreur, de fort méchante humeur. Tu as intérêt à avoir une bonne excuse,

Ronnie. La fête a commencé il y a quasi deux heures ! J'ai été sollicitée déjà deux fois pour un smack… Et Carson Dewers qui est en terminale m'a offert un Coca et m'a demandé mon numéro de portable ! Tu peux me dire où tu es ?

— Je suis…

— Je veux juste entendre que tu vas passer cette porte dans cinq secondes sinon j'explose. Tu arrives ou quoi ?

— Huuuuuuum… euh… En fait, je suis à la maison…, je commence à expliquer, mais c'est inutile.

— Tu es toujours chez toooooooooooooooiiii-iiiiiiiii ? Claudette ! Claudette ! Elle est encore chez elle ! Chez elle ! hurle Fleur d'une voix suraiguë.

— Tu rigoles ? Elle va bien au moins ? dit Claudette près d'elle.

— J'attendais que…

— Tu es au courant que le réseau Fusia est en panne depuis six heures de l'après-midi ? crie Fleur. Impossible d'avoir le signal. Tout le monde est Fusia sauf Liam, qui est G5. Il vient juste d'arriver. On lui a emprunté son téléphone.

— Moi aussi, je suis G5…, dis-je timidement.

— Où tu es, bon sang ? hurle à nouveau Fleur. J'ai vu Jimi qui essayait de t'appeler je ne sais combien de fois. Il est Fusia lui aussi ?

— Quoi ? Jimi est à Blackwell !

21

— Évidemment qu'il est à Blackwell. Ça fait une heure qu'il est arrivé avec Naz et Aaron. Tout le monde est là !

— Mais… Moi, je…

— Je l'aperçois de l'autre côté de la salle. Je vais te le passer…

J'entends Fleur se frayer un chemin dans ce qui semble être une foule en délire.

— Mais il devait venir me chercher ! dis-je, en recommençant à renifler.

— Quoi ? Il devait venir te prendre à L'Incroyable ! Tu l'attendais ! Je le savaaaaaaaaaaais !

Fleur est ivre de rage.

— C'est Jimi ? demande ma mère passablement en colère, elle aussi.

— Non, c'est Fleur, dis-je en m'agrippant à mon téléphone.

— Passe-la-moi…, ordonne maman.

— Bas les pattes !

— Oh, non ! Ne me dites pas que Jimi Steele a encore fait des siennes ? lâche papa en ouvrant un petit pot de compote de pommes dont il fourre une cuillerée dans la bouche de Seth (que ça réveille).

— T'occupe, Laurence, dit maman.

— Ho, Ho ! Qu'est-ce que le pauvre Jimi t'a encore fait ? lui rétorque papa en riant.

— Très bien, cette fois Jimi a franchi les bornes LBD. Il va y avoir des représailles, crache Fleur en se rapprochant de sa proie.

Alors, Steelo! Qu'est-ce qu'il te prend de poser un lapin à ma meilleure copine?

Fleur a l'air hors d'elle. Je n'aimerais pas être dans les parages.

– Quoi? Elle…, dit Jimi de sa belle voix de basse.

– C'est à elle qu'il faut parler, pas à moi, pauvre tache! crie Fleur en lui balançant le téléphone.

– Ronnie! s'exclame Jimi. (C'est trop bon de l'entendre. Ggnnngn. Je suis nulle.) Pourquoi tu es à L'Incroyable? On devait se retrouver ici vers six heures et… Aiiiiiie! Ça fait mal, Fleur. Ronnie, ta copine vient de me filer un coup de pied! Aiiiiie! Mon menton!

– Fleur, arrête de taper Jimi, dit Claudette d'un ton pas très convaincant.

– On devait se retrouver ici, au pub. On avait décidé d'y aller ensemble.

– Ah bon…?

– Tu devais aller faire un tour à l'autre bout de la ville pour voir ce skate dont tu avais coché l'annonce dans le *Daily Mercury*…

– Oui et tu avais dit que ce serait trop juste pour que je vienne te chercher après.

– Mais non, espèce d'abruti! J'ai dit que ce serait juste mais que je t'attendrais!

Pourquoi ne m'écoute-t-il jamais?

– Oh, dit-il.

– Oh, dis-je.

— Pardon, Ronnie, souffle-t-il, penaud. J'ai dû confondre... Viens quand même !

— Après huit heures, ce n'est plus possible ! C'est la règle McGraw. Plus personne n'entre après huit heures !

— Tu as raison... C'est fichu..

— Dis donc, Steelo, c'est fini avec ce téléphone, j'entends se plaindre Liam. Il y a trois personnes qui attendent pour passer un coup de fil... Je pourrais me faire un paquet de fric.

— Ronnie, faut que j'y aille. Je te rappelle, dit Jimi.

Puis plus rien.

J'ai l'impression d'avoir pris un coup dans le ventre.

— Prête à danser ? demande maman en agitant ses clefs.

— Mmmmmph, dis-je en soupirant. On peut plus entrer à Blackwell après huit heures. Le réseau de portables est mort et...

Et je me remets à pleurer. À gros sanglots.

— Je vais arranger ça, ma chérie ! dit maman. Tu veux que j'aille parlementer avec McGraw ?

Surtout pas ! Je préfère encore aller gambader toute nue dans la cour du bahut avec la foufoune à l'air. J'aurais moins honte.

— Non... je vais rester ici, dis-je en reniflant.

Plus personne ne parle. Que dire de toute façon ?

Je regrette tellement d'être née !

— Et si on se commandait des trucs à manger ! propose papa, croyant sans doute que du poulet à la tonkinoise pourrait y changer quelque chose.

— On pourrait louer un DVD ? ajoute maman.

Je sais qu'ils font ça pour être gentils, mais j'aimerais autant qu'ils la bouclent !

— Écoute, Ronnie, tu ne devrais pas prendre ça si au sérieux, dit maman en guise d'introduction à ce qui menace d'être un long discours. Tu n'as que quinze ans. Il y en aura d'autres, des soirées !

Je la regarde d'un œil torve.

— Crois-moi, ça m'est arrivé d'avoir des fêtes gâchées quand j'étais jeune ! Et maintenant, quand j'y repense, j'en ris. C'est comme ça qu'on grandit et... Oh, mon Dieu, Loz... Regaaaaaaaaarde !

Maman pointe frénétiquement le doigt en direction de Seth, assis dans sa chaise à bascule.

— Regaaaaaaaaarde, Loz ! Regarde ! Seth se gratte le nez ! Il ne l'a jamais fait auparavant. Je ne rêve pas, n'est-ce pas ?

— C'est bien, mon fils ! brame papa visiblement aux anges. Ramène-nous une super crotte !

— Ronnie, Seth se gratte le nez ! C'est formidable, non ? dit maman au comble du bonheur.

C'est là que je décide de passer la fête de Blackwell dans mon boudoir. Seule.

Autopsie d'une fête qui n'a jamais eu lieu

— Allez, fais risette, Ronnie. Ce n'était pas si bien que ça de toute façon, m'ordonne Fleur Swan depuis son lit, sis au Q.G. des LBD dans Disraeli Road, tout en s'appliquant du dentifrice mentholé sur ce qui se révèle être un gros suçon sous l'oreille gauche. Au fait, ajoute-t-elle, quelqu'un peut me dire si l'écharpe est tendance cet été ? Claudette, passe-moi *Glamour*.

Ça lui apprendra à se faire faire une coupe de cheveux sexy, elle n'arrivera jamais à cacher son suçon, je songe avec une satisfaction mesquine.

— L'écharpe est complètement *out*, dis-je de fort méchante humeur. Au fait, Fleur, on dirait que tu t'es fait mordre par une fouine.

— Declan ressemble fort à une fouine, grommelle-t-elle. Ça s'est passé tellement vite ! On dansait et, cinq secondes après, il m'embrassait !

Fleur s'évente d'une main parfaitement manucurée.

— C'était trop drôle ! rugit Claudette Cassiera en se tordant de rire sur le futon de Fleur, faisant sauter joyeusement ses nattes brunes. Surtout quand ce Mikey Machin t'a demandé si tu voulais danser et que tu lui as dit… euh…

Claudette ne finit pas sa phrase. Elle a vu que je faisais la tête.

— Ce n'était pas si drôle que ça finalement. On s'est ennuyées à mourir, corrige-t-elle.

Je pousse un énorme soupir.

Fleur a organisé cette réunion d'urgence des LBD ce samedi matin pour me consoler. Mais ça ne marche pas.

— Exact, Claudette. Cette soirée était à pleurer d'ennui, renchérit Fleur. C'est la faute de ce Jimi Steele de malheur. Sans toi, Ronnie, la fête était trop bizarre.

— Je confirme, dit Claudette avec un petit sourire. Tu nous as manqué.

— Merci, je murmure.

— Bref, dit Fleur qui se dandine jusqu'à son ordinateur où elle se connecte à Internet, dans un grésillement de modem. Je vous ai convoquées pour que nous ayons une discussion très sérieuse…

— Ça fonce au milieu, la coupe Claudette en lui indiquant son suçon d'un doigt charitable.

— Si tu n'y vois pas d'inconvénient, je mets mon suçon en trois sur l'ordre du jour, réplique Fleur.

— En trois ? dis-je en sursautant (ça fait une heure que je ressasse Jimi Steele sur le saco en daim crème de Fleur). J'ai raté le deux ?

— Excellente question, Veronica, souligne Fleur. Désolée de te réveiller. En un, nous avions Jimi Steele, bien sûr.

— Bouh ! crie Claudette en avançant exagérément les lèvres.

— Ton soi-disant copain, Jimi Steel, dont le

27

comportement nous déplaît souverainement, poursuit Fleur.

— À moi aussi. D'ailleurs, je ne lui parle plus, dis-je.

— Depuis quand? demande-t-elle, pleine d'espoir.

— Depuis hier soir en tout cas…

Je passe sous silence les vingt-deux appels de Jimi depuis dix heures hier soir que j'ai laissés en absence alors que j'aurais tellement voulu les prendre.

Je ne dis rien non plus de ses messages de plus en plus affolés, dont un où il m'a semblé qu'il pleurait.

(J'ai trop envie de le rappeler.)

— Très bien. Tu ne lui as pas reparlé. Continue de l'ignorer! insiste joyeusement Fleur. Une fois, ma mère a zappé mon père pendant un mois et il lui a offert une BMW décapotable.

— Voilà ce qu'il te reste à faire, Ronnie. Tenir jusqu'à ce que tu obtiennes une paire de rollers, commente Claudette, pince-sans-rire.

Je savais que les LBD prendraient mon parti, mais ça ne m'est d'aucun secours pour prendre une décision.

— Si je te suis bien, il faut que je plaque Jimi sous prétexte qu'il a fichu en l'air ma soirée de Blackwell? (Je connais déjà sa réponse.)

— Oui, sur-le-champ! assène Fleur brutalement. Ce dernier épisode ne fait que s'ajouter à la longue liste des méfaits que ce crapaud t'a infligés. Jette-le!

— Merci, Fleur, dis-je, puis me tournant vers Claudette : Cassiera, à toi!

Elle prend son temps. Je reconnais bien là la plus prudente des Bambinas.

— Hummmmm… je ne sais pas. Il a absolument besoin d'une leçon. Ça, j'en suis sûre.

— Une leçon ? Pfffffffft, crache Fleur en faisant bouger sa souris, visiblement fascinée par ce qu'elle voit sur l'écran de son ordinateur. Oooh! Une seconde… Génial! Claudette passe-moi un CD vierge s'il te plaît. Je viens de recevoir un e-mail de cette foldingue de Mavis.

Sa respiration semble soudain haletante.

— Mavis ? interroge Claudette en plongeant dans le capharnaüm de magazines, d'emballages de produits de maquillage et de papiers de bonbons qui encombre le bureau de Fleur.

— Mavis…, répète Fleur, quasi extatique. C'est une fan absolue de Spike Saunders ; elle habite Chicago. Je l'ai rencontrée sur le forum du site de Spike. Elle vient de m'avertir qu'on peut télécharger son nouveau CD sur RippaCD.com! Il n'est pas encore sorti en Angleterre, ni aux USA!

— C'est interdit! s'insurge Claudette.

— Oh, la ferme! Spike ne s'en formalisera

pas. On est copains! dit Fleur en faisant un petit signe au poster de Spike qui orne le mur de sa chambre, poster sur lequel il arbore un débardeur kaki qui met en valeur sa peau légèrement moite.

— On ne l'a croisé qu'une fois, Fleur, je précise gentiment, me rappelant cette unique et mémorable occasion qui date de l'an dernier. Ça ne fait pas de nous des copains.

Fleur prend l'air excédé puis se tourne vers les innombrables lettres «signées» par notre idole qu'elle a punaisées au-dessus de son lit parmi des photos de garçons athlétiques. Ces «trésors», reçus en réponse à ses lettres d'adoration (plus un mot qui paraît curieusement authentique dans lequel Spike la remercie pour le cadeau de Noël qu'elle lui a envoyé), nous ont été agités sous le nez en de multiples occasions. Il va de soi que Fleur ne prétend pas seulement que Spike se souvient de nous, il serait également sensible à ses charmes! Claudette et moi savons évidemment que ces fameuses lettres ne sont que des photocopies envoyées par le secrétariat de son fan-club, mais il faut bien lui faire plaisir de temps à autre.

La pauvre enfant n'est pas entièrement équipée au rayon «vie dans le monde réel».

— Et en quoi télécharger le CD de Spike peut-il l'aider? demande Claudette pour la taquiner. Éclaire-nous, ça m'intrigue.

– Oh, je n'en fais qu'une copie! râle Fleur en regardant d'un air contrarié le temps restant sur le gestionnaire de téléchargement. Tu parles d'une connexion haut débit! Je change d'opérateur cette semaine. C'est d'une lenteur! Tout de suite après, j'envoie un e-mail à Spike pour le prévenir que son CD est sur RippaCD. com. Comme ça il pourra lancer ses avocats à leurs trousses.

Claudette et moi la regardons en tâchant de garder notre sérieux.

– Et je vous parie qu'il va me répondre, persiste Fleur.

Claudette secoue la tête, incrédule.

– Bref, revenons à Jimi. On est là pour ça, dit-elle, se tournant vers moi d'un air sérieux. Ne me fais pas dire ce que je n'ai pas dit, Ronnie, j'aime bien Jimi. La plupart du temps, il est adorable… (comme toujours, Claudette se montre équitable, mais je sens venir un mais), mais ce taré nous a gâché la plus grosse fiesta LBD de l'année. Il pense sans doute que tu adores perdre ton temps à l'attendre.

– Hummmmm.

– Ce gros égoïste se dit probablement que tu n'as rien de mieux à faire que de jouer les doublures de son satané skate qui, je me permets de te le rappeler, n'est rien d'autre qu'un jouet pour enfants. Bon sang, il est en terminale! Quand va-t-il se décider à acheter une voiture ? Il pourrait nous accompagner à des concerts ! Pffffffffft ! C'est quoi l'intérêt de ce type ? Comme dirait ma mamie : « ni utile ni joli ».

— Il est vraiment trop nul, ajoute Claudette. Il aurait dû vérifier ce que vous aviez décidé pour la fête de Blackwell. On ne serait pas obligées de te remonter le moral en ce moment même, n'est-ce pas ?

— Sans doute, je marmonne.

Elles peuvent parler de Jimi tant qu'elles veulent, elles ne le connaissent pas comme je le connais. Elles ne savent rien de nos conversations à mourir de rire, de nos petites blagues perso. Des textos qu'on s'envoie en faisant semblant d'être des éléphants perdus. Elles ne savent pas qu'il m'a transformée en championne d'échecs en m'apprenant à jouer sur le jeu géant que papa a installé dans la cour. Qu'on joue également au backgammon mais pour de l'argent (il me doit six livres cinquante). Qu'on se dit que ce serait formidable si on continuait à se voir quand on sera vieux et grisonnants.

Je sais que ça a l'air dingue, n'empêche il m'arrive d'y songer.

Et puis, il fiche tout par terre en se montrant d'une incompétence crasse et en faisant preuve d'un manque d'attention inqualifiable.

— Quoi qu'il en soit, reprend Fleur, la main

en l'air, style «je parle à mon poignet, il a un répondeur incorporé», tout ce que je dis, c'est que tu dois reprendre les rênes, Ronnie. La balle est toujours dans son camp. Sans compter qu'il a toutes les cartes en main. Il est temps de fermer les écoutilles et de prendre le taureau par les cornes.

— On parle toujours de Jimi ? fait semblant de s'inquiéter Claudette.

— Absolument. Veronica ici présente est en grand danger de se transformer en nouille qui met sa vie entre parenthèses pour un garçon, et nous, les LBD, avons le devoir de l'en empêcher.

— Ronnie, s'esclaffe Claudette en feignant la surprise, tu es en train de virer Sharon Spittle !

— Noooooooooooooooon, pas ça ! je geins, en me prenant la tête entre les mains.

Sharon Spittle est une fille de seconde qui a déjà été fiancée à trois reprises. Chaque fois, elle a demandé à la secrétaire androïde du bahut de changer son nom sur le registre de classe. Et puis elle se pavane en exhibant une bague qui vient en général d'une pochette surprise et qu'elle retire quand elle finit par avoir le doigt vert. Beurk ! Le jour où elle est tombée amoureuse d'Ataf Hussein, un type de terminale, elle a commencé à se pointer au bahut avec les mains tatouées au henné. Cette fille est une gourde de tout premier plan.

C'est le genre de niaise qui… appelle les urgences le vendredi soir pour savoir où est son copain.

Oh, je suis en train de virer Sharon Spittle !

— C'en est trop, un nouveau décret LBD vient de tomber : Ignore Jimi Steele. Ignore-le pendant un mois ! scande Fleur.

— Un mois, c'est à peu près ce qu'il faut, Ronnie, approuve Claudette en haussant les épaules.

— D'accord pour un mois, dis-je de meilleure humeur et me sentant soudain toute puissante.

J'éteins mon portable et le glisse dans mon sac.

— Ce qui m'amène gentiment au point deux de notre ordre du jour, dit Fleur en s'emparant d'un numéro de *Musique Magazine* couvert de Post-it annotés. Vous allez voir…

— Je suis tout ouïe, dis-je un rien sceptique.

— En deux mots : cent vingt mille personnes, quarante-huit heures d'éclate LBD, un moyen fantastique de rabattre son caquet à ce gros nul de Jimi, gazouille Fleur avec un sourire narquois. Un truc qui écrase la fête de Blackwell et notre petite surprise-partie de l'an dernier… Ta da !… Le Festival d'Astlebury !

Fleur ouvre le magazine à la double page qui annonce le Festival d'Astlebury pour le dernier week-end de juillet. Dans moins de deux semaines.

— Bon sang, Fleur! on s'était mises d'accord, marmonne Claudette.

— Le Festival d'Astlebury? Tu veux que les LBD aillent à ce week-end de folie musicale? je demande.

— Oui!

— Écoute, Fleur, dis-je comme si je parlais à ma grand-mère qui travaille du chapeau, aurais-tu oublié ce qui s'est passé l'an dernier quand on a demandé l'autorisation d'y aller?

— Quoi?

— Nos parents ont re-fu-sé, dis-je en articulant.

— Juste un petit contretemps, se moque Fleur. Écoutez les filles, je sais qu'on avait décidé de ne rien demander cette année et bla bla bla bla… mais regardez ça! Notre ami Spike, membre honoraire des LBD, roi de la pop et tombeur de ces dames, passe en vedette le deuxième soir! Ainsi que Dernier Avertissement!

— C'est le groupe fétiche de Jimi, dis-je avec un sourire diabolique.

— Et puis, il paraît qu'il y aura un dance-floor ouvert vingt-quatre heures sur vingt-quatre! Je suis sûre que plein de musicos sublimes y passeront! Et il reste des billets! J'ai vérifié, couine Fleur.

— La tête de Jimi si on y allait! murmure Claudette. Ce serait top! Puis elle ajoute à l'intention de Fleur, en remontant ses lunettes:

tu sais que c'est un symptôme de démence avérée que de poser toujours la même question en espérant chaque fois une réponse différente?

– Quoi? demande Fleur.

– D'accord, je vais simplifier, dit Claudette. Fleur, les LBD n'auront pas le droit d'aller à Astlebury. Pas plus cette année que l'an dernier. Par conséquent, tu es siphonnée.

– Par conséquent, c'est bien possible, réplique Fleur. Tu oublies un élément très important, ma chère Claudette. La dernière fois que les LBD ont demandé la permission d'aller à Astlebury, il leur est arrivé un truc fantastique. On a vécu une aventure énorme qui nous a permis de rencontrer Spike Saunders! Vous ne voyez donc pas que c'est notre destin de redemander?

– Elle a raison, dis-je, gagnée par l'idée. Mais n'oubliez pas que mon oncle Charlie ne travaille plus avec Spike, ni avec d'autres musiciens. Cette fois, c'est différent.

Fleur et Claudette opinent du chef d'un air entendu.

– Cependant, on ne perd rien à demander aux parents, j'ajoute, me sentant soudain l'âme rebelle. Et puis, je suis assez partante pour une fiesta LBD. Je crois que ça donnerait à Jimi une chance de savoir qui porte la culotte dans le couple.

— Tu es sérieuse on dirait, dit Claudette en souriant.

— Ce qui nous donne notre point deux de l'ordre du jour : début immédiat du harcèlement des parents pour les convaincre de nous laisser partir à Astlebury. Ça va être génial, les filles ! Tout le monde est d'accord ? dit Fleur.

— D'accord ! hurlons-nous de concert, Claudette et moi, n'en croyant pas vraiment nos oreilles.

— Qui parle de la fête de Blackwell, Bambinas ? On est parties pour Astlebury ! glousse Fleur. Puis soudain, elle se serre le cou. Zut ! Je ferais mieux de dissimuler cette blessure de guerre ! Je vais aller trouver Paddy sur-le-champ ! Enfin… dès qu'il sera rentré de son stage de «gestion de la colère».

Ce que j'adore chez Fleur, c'est qu'elle ne se doute pas un instant qu'elle est bidonnante.

— Un moment aussi propice qu'un autre ! commente Claudette, le pouce levé. Puis elle s'écroule sur le lit en cachant son hilarité sous *Musique Magazine*.

Annexe A
Observations de Magda Ripperton concernant la gent masculine :
1. On sait qu'un garçon se sent bien dans un endroit quand il commence à laisser de la petite monnaie un peu partout. C'est une offrande au

dieu de la petite monnaie. Les filles sont parfaitement autorisées à empocher cet argent pour s'acheter du mascara.

2. Une fois en voiture, les garçons se croient totalement invisibles. Ce qui explique que nous, filles, sommes dans l'impossibilité de les voir se gratter le nez aux feux rouges.

3. Tous les garçons raffolent de leur odeur de pets. Il n'y a qu'en présence de filles qu'ils font semblant d'être gênés et chassent la puanteur.

4. Important : question câlins, le garçon ira aussi loin que tu le lui permettras. Ne pas s'attendre à ce qu'il te dise : «Oh, noooooooooon, pas question de te toucher les nibards, c'est beaucoup trop osé! Je t'en supplie, reboutonne ta veste!» Tous tentent leur chance. C'est à toi de protéger ton corps.

5. Si tu demandes à un garçon de t'aider à faire quelque chose de particulièrement rasoir, style faire la vaisselle, nettoyer ta chambre, etc., il y a de fortes chances pour que le fourbe se débrouille pour le faire mal, de façon à ce que tu ne le lui proposes plus jamais.

6. Si ton copain te fait soudain le coup du «j'ai besoin d'espace», je te conseille de changer de numéro de téléphone, de prendre toutes les affaires qu'il a laissées dans ta chambre, de faire un grand feu de joie avec, et d'inviter son meilleur copain au cinéma. En général, ça suffit comme «espace».

7. Ne jamais sortir avec un garçon qui déteste sa mère. Les mères sont des êtres fabuleux. Ça veut donc dire que le type est un tueur en série qui collectionne les têtes de victimes dans son congélo.

8. D'un autre côté, si sa mère continue de choisir ses fringues pour lui et qu'elle lui fait manger de l'œuf au lit, vire-le immédiatement, c'est un nase.

9. Tu n'y crois pas encore, mais un jour viendra, dans longtemps, où tu ne te souviendras même plus du nom du garçon qui t'a larguée, quelles que soient les larmes que tu verses aujourd'hui. Ou de la raison pour laquelle vous vous êtes séparés. Mais tu seras soulagée. Surtout quand tu tomberas sur lui par hasard au supermarché à l'âge de trente-cinq ans, les tempes largement dégarnies et des mocassins beiges aux pieds. Fais-moi confiance.

10. Les garçons se mettent toujours en travers de l'amitié. Ce que tu dois retenir, c'est que les petits copains, ça va, ça vient, alors que les amies durent toute la vie. Prends ta tante Susan, par exemple, ça fait des lustres que j'essaye de m'en débarrasser.

11. L'insouciance et la goujaterie d'un garçon à l'égard des filles seront toujours directement proportionnelles à l'attrait irrésistible qu'il exercera sur la gent féminine. Va savoir pourquoi, le garçon que toutes les mères détestent

au premier coup d'œil sera forcément celui qui fera perdre la tête à toutes les filles. J'en ignore la raison, mais c'est la règle depuis la nuit des temps.

12. Tâche de sortir avec un garçon qui a grosso modo la même pointure que toi. Tu pourras lui voler ses chaussettes quand vous serez mariés.

2. Les plus beaux jours de ma vie

Groupe scolaire de Blackwell
Note aux parents & tuteurs

date : *mardi 13 juillet*
objet : *fin de trimestre*
de : *M. McGraw – Principal*

Je rappelle à l'intention des parents et tuteurs d'élèves scolarisés à Blackwell que l'année scolaire se termine ce <u>jeudi 15 juillet</u>.

Tout en reconnaissant volontiers que c'est un moment de joie pour les élèves, toujours synonyme d'exaltation et de plaisanteries juvéniles, je me permets de vous rappeler que les facéties des années précédentes pour fêter « la quille » <u>ne seront pas</u> tolérées cette année.

Tout élève qui franchirait les limites du divertissement innocent pour faire preuve de vandalisme ou d'un comportement déraisonnable <u>sera puni en conséquence</u>.

Je remercie les parents et tuteurs de bien

*vouloir noter que les articles suivants <u>sont inter-
dits dans l'enceinte de l'établissement</u> :*

- *œufs*
- *farine*
- *pistolets à eau*
- *animaux*
- *feutres à l'encre indélébile*
- *masques d'horreur*
- *boules puantes*
- *pétards*
- *ghetto blaster ou tout appareil du même genre*
- *alcool*
- *frondes*
- *sarbacanes ou autres*
- *couteaux butterfly*
- *gaz lacrymogènes*
- *shurikan*
- *nunchaku*

*N.B. : L'équipe de Blackwell se réserve le droit
de fouiller les élèves susceptibles de transporter
des objets illicites.*

*Enfin, permettez-moi de saisir cette opportu-
nité pour vous souhaiter un joyeux été et vous
remercier du fond du cœur pour cet agréable trimestre. Je suis certain qu'il a été aussi profitable
pour les élèves qu'il le fut pour moi.*

M. McGraw

Merci, mon Dieu. Encore un trimestre qui se termine.

Je déteste l'école d'une force! Je la déteste de tout mon être mollasson. Je déteste l'immonde uniforme (jupe grise évasée à plis trop laide et pull bleu assorti), qui me fait ressembler à un gros tas informe. Sans oublier les ravissantes chaussettes blanches trois quarts, l'option chaussette la moins flatteuse quand on a comme moi des chevilles façon troncs et des mollets de gardien de but. Inutile de préciser que, si j'ai l'air d'un tonneau sur pattes, Fleur Swan porte cet accoutrement ridicule avec une classe folle. Facile quand on est constitué à quatre-vingt-cinq pour cent de jambes longues et musclées à la peau mate. À ce propos, Claudette se fiche pas mal de l'uniforme de Blackwell, prétendant que «de ne pas avoir à choisir ses fringues tous les matins lui laisse plus de temps pour étudier».

Je confirme, elle a vraiment dit ça, cette.. grosse ratte de bibliothèque à lunettes.

Mais s'il n'y avait que l'uniforme, je déteste pratiquement tout de Blackwell. Je déteste être houspillée dès sept heures quinze le matin par un sergent-chef maternel pour «me faire sortir de mon trou». Je déteste être poussée dehors aux récrés quand il pleut des hallebardes sous prétexte que le règlement du bahut interdit aux élèves de s'asseoir dans les vestiaires. Ce qui contraint les LBD à fuir les intempéries en se réfugiant derrière le gymnase jonché de cacas d'oiseau d'où elles sont chassées par des profs, au motif que le lieu est estampillé planque pour fumeurs. En conséquence de quoi, les LBD se traînent à l'autre bout du parc pour se faire à nouveau hurler dessus parce qu'il est interdit, cette fois, d'approcher du bassin à moins de vingt mètres. (N.B. : cette nouvelle directive est apparue après que Royston Potter se fut amusé à pousser Sebastian Smythe, un quatrième à l'âme sensible, fan de danse classique et marionnettiste amateur, la tête la première dans les algues, tous les matins pendant une semaine. Seb a fini par venir en classe en maillot et par se jeter lui-même à l'eau d'une pirouette, histoire d'éviter un inter-médiaire.)

Parfois, j'ai l'impression que les LBD ont passé toutes leurs récrés à se faire pourchas-ser d'un bout à l'autre d'un ranch tel du pauvre gibier en chaussettes trois quarts.

Et je déteste les dingos agressifs qui sévissent en gym, style M. Patton dont les épaules velues laissent apparaître des touffes de poils sous son débardeur jauni et qui s'imagine qu'on n'a pas compris qu'il sortait avec l'eczémateuse de la cantine qui se cure le nez sans arrêt. Beurk!

Je déteste me demander dans quel coin du bahut tel cours va me pousser et tomber nez à nez avec un des innombrables tyrans qui hantent Blackwell, toujours prêts à vous décocher une remarque désagréable ou un regard méprisant. Oui, trois fois oui, c'est de toi que je parle, Panama Goodyear et de ta bande de snobinards dégénérés. Bon sang, pourquoi faut-il que les journaux soient truffés d'histoires de morts violentes quand il n'arrive jamais que des balayettes à chiottes telles que Panama se fassent renverser par une moissonneuse-batteuse ?

Je déteste qu'on me hurle à tout bout de champ : « Ne courez pas ! Marchez ! » Même quand je marche !

Bref, je déteste l'école. Si je n'avais pas Fleur et Claudette… je ne sais pas comment je ferais.

– J'ai trop détesté le bahut ce trimestre, je n'y vais pas ce matin, j'annonce platement à maman tandis que nous nous regardons en chiens de faïence au petit déj', en nous décrassant le coin de l'œil.

– Bien sûr… tu détestes l'école, dit maman faussement sérieuse. (Elle s'interrompt pour faire une grimace à Seth qui se bave dessus allégrement dans sa chaise.) Il faut être stupide pour aimer l'école. Je me ferais du souci si tu aimais ça.

Maman use beaucoup de cette psychologie à l'envers. C'est assez horripilant.

— Ce Jimi de malheur aurait-il quelque chose à voir là-dedans ?

— Non, dis-je en soupirant.

Merci, maman. Record battu : douze bonnes minutes depuis mon réveil avant que le désastre Jimi ne soit rappelé à mon bon souvenir.

— De toute façon, je n'ai pas besoin d'y aller aujourd'hui, c'est la fin du trimestre. Tous les cours sont au point mort. Ce n'est plus obligatoire.

— Vraiment ? dit maman.

— Mais oui. C'est horaire à la carte. Et comme j'y suis allée pratiquement toute l'année, même quand j'étais malade et tout... je peux prendre aujourd'hui pour compenser.

— Aaaaaaaah, je comprends. Dans ce cas, tu n'as qu'à remonter te coucher. Je t'apporterai une tasse de thé au lit quand j'aurai fini le ménage, nourri Seth et supervisé le service du déjeuner.

— C'est vrai ? Je peux ? dis-je tout excitée à l'idée.

Maman jubile.

— Noooooooooooooooon ! Bien sûr que non ! Tu vas à l'école comme tous les autres gosses ! s'écrie-t-elle en riant comme une jument aliénée. Ha ! Ha ! Horaire à la carte ! J'aurai tout entendu. Dépêche-toi de mettre tes affaires dans ton sac, miss Foldingue, tu pars à l'école. aujourd'hui, je me fais un petit break avec mon fils. J'ai calculé qu'il restait trois mois avant qu'il commence à me répondre et j'ai l'intention d'en profiter !

Charmant ! Non contente de s'être pavanée en ville pendant neuf mois avec un ventre surdimensionné qui ne laissait aucun doute à personne au bahut sur le fait qu'elle et papa… arrrrrrgh, vous voyez ce que je veux dire, « le faisaient toujours » (beuuuuuuuuurk !), voilà que, depuis la naissance de Seth, elle ne se gêne pas pour faire bénéficier la petite taupe d'un traitement de faveur ! Ah, si seulement j'avais une psychologue pour enfants à qui raconter ça ! Psychiquement, je suis trop maltraitée. Quant à Seth, vivement qu'il ait douze ans pour que je lui remonte le caleçon dans la raie des fesses en représailles. Pour l'instant, forcément, je le laisse juste être mignon et se faire un shampooing au biscuit car ça semble le ravir.

— Pfft ! j'éructe, puis changeant de tactique, je me presse le ventre et ajoute : je ne peux pas aller en classe, je me sens trop mal !

— Pas autant que moi, rétorque maman en se tordant de rire. À partir de ce soir, je vais devoir supporter ta petite tête chiffonnée pendant six semaines. Toi qui vas te traîner comme une âme en peine, en me répétant à l'infini que tu t'embêtes et qui n'arrêteras pas de me taper.

À cette nanoseconde, je réalise que je ne dispose plus d'aucune ouverture pour aborder l'escapade des LBD au Festival d'Astlebury. Ça fait quatre jours que je remets l'entretien. Chaque fois que je croise maman, elle est dans les couches et le caca de bébé jusqu'aux coudes, ou elle sert des bières en bas, ou elle fait la cuisine pour les clients jusqu'à onze heure du soir pendant que je garde Seth. Et inutile de demander à papa, toutes les décisions doivent être approuvées par Sa Majesté.

Cependant... Magda ne vient-elle pas de dire très clairement qu'elle souhaitait moins voir ma petite tête chiffonnée ? Je pourrais l'en débarrasser pendant presque quatre jours !

– Maman...

– Qu'est-ce que tu veux encore ? demande-t-elle avec un soupir en jetant un reste d'œufs dans la poubelle. Avant quoi que ce soit, Veronica, ménage mes nerfs. Je ne sais pas si tu es au courant mais ces deux écervelées de Cassie et Kiki, que j'étais assez bête pour qualifier de barmaids, ont démissionné hier soir. Je t'annonce que je suis officiellement sur le point de commettre un meurtre. Grrrrrrrrrrrr !

Elle rejette la tête en arrière et rugit, histoire d'illustrer son propos.

– Euh... oh..., je bafouille.

– Ibiza ! Saleté d'Ibiza ! Elles ont trouvé du boulot dans un bar de plage ! Et voilà ! Au revoir ! Sans préavis ! Rien. Parties ! Je n'ai plus de personnel ! Enfin, à part cet abruti de Travis,

48

l'Australien le plus incompétent de la terre. Je te préviens que, s'il m'appelle encore une fois Sheila, je lui fourre son digeridoo où je pense… Je suis à deux doigts d'exploser…

— Oh, mon Dieu.

— Tu l'as dit : Oh, mon Dieu ! Tout ça ne vaut rien à ma tension artérielle post-natale, Ronnie ! Tu peux me dire pourquoi le monde est peuplé de crétins horripilants ? Tu sais quoi ? Si quelqu'un vient me chercher des noises aujourd'hui, j'enlève mon collant de contention et je l'étrangle avec…

— Hum… je vois, dis-je en me mordant la lèvre tandis qu'elle claque les portes des placards avec cette sorte de colère qui la fait rire à gorge déployée, en écarquillant des yeux de folle.

C'est le pire. Elle a pris la mauvaise direction.

— Quoi qu'il en soit, ma puce, assez parlé de moi, dit-elle en ouvrant le lave-vaisselle d'un coup sec, un grand couteau à pain parfaitement aiguisé à la main. Qu'est-ce que tu voulais me demander ?

La pointe du couteau brille à la lumière du soleil matinal.

— Hum… ce n'est pas important, dis-je, faisant preuve comme à mon habitude de cette mollesse dont les LBD m'accusent toujours.

— Ah, bon… tu es sûre ? demande maman qui s'arrête une seconde de balancer des assiettes dans la machine.

— Oui, je suis sûre. De toute façon, il faut que j'y aille. Fleur et Claudette m'attendent. À plus, la compagnie, dis-je en lui envoyant un baiser.

— Salut, répond maman, en récupérant mon baiser et en le faisant claquer sur sa joue. Hé, au fait… profite bien de ton dernier jour d'école, d'accord?

— Gnnnnnnnnnngn.

Sous escorte particulière

Adossée à un des cavaliers noirs de l'échiquier géant de L'Incroyable Odyssée à proximité du portillon de la cour, Fleur Swan est en train d'envoyer frénétiquement un texto sur son portable haut de gamme à on ne sait quel garçon d'actualité cette semaine. Fleur passe son temps à écrire des textos. En dehors des LBD, elle préfère communiquer avec la plupart des gens par phrases de trois mots, voire moins. Et encore de mots abrégés de telle sorte qu'ils forment un embrouillamini de chiffres et de symboles que même Claudette ne parvient pas à décrypter.

La brièveté de ce mode de conversation laisse plus de temps à Fleur pour se concentrer sur ses ambitions, à savoir :

1. Se marier avec le «roi de la pop»: Spike Saunders (ou bien avec un joueur de foot de première division).

2. Figurer à la rubrique «VIP» de tous les magazines *people*.

3. Dégotter un vernis doré qui ne s'écaille pas à un prix raisonnable (une quête qui l'accompagne depuis toujours).

Il faut bien avoir des rêves.

Aujourd'hui, Fleur (85-62-85) porte sa jupe d'uniforme retournée à la taille, ce qui la raccourcit à hauteur du genou. Elle a dissimulé son suçon sous une épaisse couche de fond de teint et arbore des jambes parfaitement épilées, hydratées et uniformément bronzées. Son chemisier d'un blanc aveuglant épouse parfaitement les courbes de sa taille de guêpe et, étant donné la qualité de ses cheveux, on l'imagine sans peine gambadant au milieu d'un champ de blé dans une pub pour un shampooing. Des fois, elle me met en rage. Car moi, forcément, j'ai un chemisier froissé et des chaussettes bizarres. Avant de partir, j'ai brièvement envisagé de me faire un trait d'eye-liner sans me décider et je n'ai pas encore eu le temps de me coiffer. Je ressemble à un vieux rocker type gothique arrivé à la dernière étape de sa tournée mondiale de quatre-vingts dates, intitulée «Personne ne dort jusqu'à Moscou».

Parfois, dans des moments comme celui-ci, mon envie de mettre une trempe à Fleur à coups de sac de classe pour cause de trop de beauté est particulièrement violente.

— Il était temps, miss Lambine. Un peu plus et je pensais que tu ne venais pas, dit Fleur en souriant.

— Moi aussi! Hourra, te voilà! renchérit Claudette en plein nettoyage de lunettes.

Aujourd'hui, Claudette a l'air… Elle a simplement l'air de la fille qui pourrait figurer en couverture d'un dépliant sur Blackwell faisant le portrait type de l'élève modèle. Style uniforme bien repassé et enthousiasme à revendre.

— Hummmm, scusez, les filles, dis-je d'un ton penaud. Allez, on y va, d'accord? Qu'on en finisse avec cette journée.

Claudette et Fleur ne viennent pas me chercher tous les matins. Mais, comme mon assiduité au bahut a subi un léger fléchissement, les LBD ont décrété que j'avais besoin d'encouragements supplémentaires. En réalité, je n'ai séché qu'une fois, mais elles ont eu l'air de prendre ça très au sérieux. Au fait, je ne recommande à personne de sécher. Je me suis aperçue très rapidement que me cacher à la bibliothèque municipale entre neuf heures du matin et quatre heures de l'après-midi était encore plus ennuyeux que se taper deux heures de maths. Ni glamour ni fun pour un sou. Soupir. C'est le problème quand on déteste l'école, je n'ai pas encore bien réfléchi à l'endroit où j'aimerais être à la place. Ah, j'oubliais, Magda ne sait rien de mes frasques (vous l'aviez sans doute deviné puisque j'ai encore ma tête).

— Alors, qu'a dit ta mère ? demande Fleur, en glissant son téléphone dans son sac.

— Quoi ? dis-je, jouant l'idiote.

— Ta mère... pour Astlebury ? Tu as promis que tu lui en parlerais.

— Tu lui as demandé, n'est-ce pas ? demande Claudette en levant un sourcil interrogateur.

— Évidemment que je lui ai demandé, dis-je, mentant effrontément. (C'est la solution de facilité, mais ça fait à peine trente-huit minutes que je suis debout ! Je ne m'en vante pas, d'accord ! Essayez donc de contrecarrer l'ire de ces deux démons en étant à moitié endormie.) Bien sûr que je lui ai posé la question. Je l'ai fait juste là maintenant, euh... avant de sortir. C'est pour ça que je suis en retard.

— Et ? gazouillent Claudette et Fleur en stéréo.

— Elle a dit qu'elle devait réfléchir... et qu'elle m'en reparlerait.

— Oh non ! c'est nul, lâche Claudette d'un ton sinistre. Puis, se reprenant : pardon, Ronnie, je ne voulais pas dire du mal de ta mère. Mais il faut vraiment qu'on avance sur la question. Quatre-vingt-quinze pour cent des billets sont déjà vendus. On est carrément à la bourre.

— Je sais, je sais, dis-je, l'humeur en berne.

— Vous savez quoi ? Je ne veux pas faire mon

oiseau de malheur mais… commence Fleur d'un air contrarié. Mais… Non, rien. Ce n'est pas important.

— Quoi ? dis-je en lui attrapant le bras pour l'obliger à s'arrêter.

— Raconte, Fleur, l'enjoint Claudette.

— Ce n'est pas si grave que ça. C'est juste agaçant, précise Fleur en fronçant les sourcils. Voilà, j'ai entendu dire que Panama Goodyear et sa bande de demeurés avaient déjà leurs billets… Tout ce petit monde va à Astlebury.

— Quoi ? Argh ! je rugis (la nouvelle me fait l'effet d'un coup de hache entre les deux omoplates). Mais… mais… nooooooooooon ! C'est trop injuste ! Tu es sûre ?

— Tout ce qu'il y a de sûre, confirme Fleur. Je suis rentrée avec Liam hier après-midi… Bizarrement, il se défend plutôt bien question potins pour un garçon.

— Trop génial ! dit Claudette, les lèvres pincées en cul de poule. Et je suppose que le père de Panama leur prête sa Land-Rover pour y aller.

— Tu veux dire le gros machin à soixante mille livres avec l'énorme pare-chocs anti-rhinos devant ? dit Fleur, en levant les yeux au ciel.

— Pfft… Parce qu'il faut bien un 4 x 4 bouffeur de gasoil à la mère Goodyear pour aller au supermarché. «Environnement : connais pas !» je souffle.

— Effectivement, «j'écrase tout sur mon passage» est la devise de la famille Goodyear, n'est-ce pas? intervient Claudette. Le truc anti-rhinos leur sert à repousser les paysans.

Les LBD s'accordent bien souvent à dire que déblatérer sur Panama est une perte de temps et ne fait que jouer son jeu. Sauf que, parfois, c'est fichtrement nécessaire.

— Résumons-nous, dis-je, en respirant à fond pour me calmer. Est-ce que toute la clique de Panama y va? Quid d'Abigail? De Leeza? Et bien sûr de Zane Patterson? Cette vieille face de mandarine est sûrement de la partie.

— Tu oublies Derren, ajoute Fleur avec un soupir, nommant un individu particulièrement détestable qui arpente rageusement Blackwell, un pull Prada jeté sur les épaules et un fute sur le derrière tellement moulant qu'on devine les contours de ses attributs masculins. De plus, il passe son temps à faire des remarques désobligeantes à quiconque moins gâté que lui sur le plan esthétique.

— Vous savez quoi? Je crois que je le hais, lâche Claudette qui se plaque aussitôt la main sur la bouche de honte. Euh... avec charité chrétienne, bien sûr, précise-t-elle.

— Vous ne savez pas le pire, ajoute Fleur avec une grimace. Apparemment, le père de Panama a offert des billets aux cinq. D'après Liam, un grand-oncle de la famille a cassé sa pipe, leur laissant toujours plus de fric et de propriétés. Les Goodyear possèdent les trois quarts du pays de Galles à ce qu'il paraît.

– Assez! Assez! nous reprend Claudette. Je me fiche pas mal des Goodyear! C'est de nous qu'il faut s'inquiéter! On doit obtenir la permission de nos parents et trouver des billets *de prisa*! Je précise pour celles qui auraient roupillé pendant les cours d'espagnol cette année que ça signifie «immédiatement», déclare Claudette, moins sérieuse qu'il n'y paraît.

– Hummmmmmm, je grommelle en me traînant de concert avec elles.

À présent, Astlebury semble parti à des années-lumière. Dans un univers de réjouissances hors d'atteinte.

On arrive dans Blackwell Drive au sommet de laquelle se trouvent les terrains de jeux et les bâtiments en briques rouges du bahut. Soudain, on aperçoit des monceaux de truc gluant sur le trottoir.

Des œufs.

– Des œufs! crie Claudette.

– Beurk! s'exclame Fleur, en enjambant des tas de coquilles d'œufs et de matières visqueuses.

– Et voilà, ça recommence, je marmonne, consciente d'un désastre imminent.

J'avise au loin d'autres œufs explosés ainsi qu'un petit sixième de ma connaissance essayant de s'extraire d'une benne de chantier dans laquelle ses copains l'ont poussé. L'air est chargé de poussière et j'ai un goût de farine dans la bouche. Un étourneau déçu picore l'intérieur d'un paquet de farine éclaté par terre.

– Attention ! crie Claudette qui avise, grâce à son regard d'aigle, un œuf traversant l'air matinal dans notre direction, œuf qui rate ma tête de peu et va s'écraser sur la veste d'un garçon qui marche derrière nous.

– Je vais te faire ta fête ! hurle le garçon en dégainant un pistolet à eau dont il m'arrose copieusement le dos en me dépassant à toute allure.

Splatch ! Encore un autre œuf qui rate la tête de Claudette et atterrit à mes pieds.

Les LBD considèrent la chose un instant puis reprennent leur route en silence.

Cette journée promet d'être longue.

– Au fait, il a dit quoi, Paddy ? je demande à Fleur au moment où on passe la grille du bahut. Tu étais censée entamer la phase deux de ton programme de harcèlement, il me semble.

Fleur secoue la tête, puis relève son petit nez en trompette d'un air contrarié.

– Hum… les nouvelles ne sont pas bonnes, avoue-t-elle. Vous vous rappelez quand je lui ai posé la question lundi au moment où il envoyait des e-mails à ses poteaux du fan-club de James Bond, en se gavant de chocolat, et s'occupait de trucs méga-importants concernant sa mission ?

– Oui. Il t'a dit qu'il avait besoin de temps pour réfléchir, dis-je.

– Ouais, genre. En fait, histoire d'enfoncer le clou, je lui ai montré la pub d'Astlebury dans *Musique Magazine*. Il l'a lue. Il m'a regardée… il s'est mis à loucher, à baver, à se filer de grandes claques sur le front et à se balancer sur son fauteuil pivotant, en hurlant : « Saskia ! Saaaaaaaaaaaaskia !! Arghhhhhh ! Ça recommence ! Je suis tombé dans une faille du continuum spatio-temporel ! Les événements de l'an dernier se répètent. Je ne peux rien faire pour arrêter le processus. Déclenche le laser ! Arrrrrrght ! Au secours ! »

Fleur continue à marcher sans décrocher un sourire. Je ne peux m'empêcher de pouffer. Il me fait marrer, Paddy Swan…, pour un adulte, je précise.

– L'homme est un génie comique, crache Fleur. Bref, je suis retournée au charbon hier soir et, cette fois, il a prétendu avoir besoin de temps pour faire des recherches ! Je vous en ficherais, moi, des recherches !

– Quel genre de recherches ? Il veut vérifier s'il y aura des sanitaires séparés pour hommes et pour femmes ? Une police antismack ? Quoi donc ? je m'insurge.

– Je crains plutôt que le vieux facho sache

que, depuis la confirmation de Carmella Dupris en deuxième partie de soirée samedi, les billets ont quasi tous été vendus. Le site officiel d'Astlebury affiche le décompte des places.

— Ne me dis pas qu'il est aussi bien renseigné, dit Claudette.

— En fouinant dans son Mac, j'ai découvert qu'il avait classé astlebury.com dans ses favoris. Démasqué… (Fleur secoue sa tignasse blonde, en levant les yeux au ciel.) Je le hais d'une force, conclut-elle.

— Ne dis pas ça, la somme Claudette. Et puis, tâche de ne pas lui cracher ton venin à la figure parce que, si on obtient le feu vert, on aura besoin de sa carte de crédit pour acheter les billets. À part lui, je ne vois pas qui nous ferait confiance pour le rembourser.

Claudette a raison. Paddy est peut-être une plaie de toute première catégorie mais il s'est déjà mouillé pour nous. Le dingue !

— T'as peut-être raison, marmonne Fleur.

Une fois la grille passée, on marche vers l'entrée principale, rejoignant la foule joyeuse des mille conscrits de Blackwell, prêts à vivre leur dernier jour de classe. Ça empeste le chou pourri et la bestiole en décomposition. J'ose espérer qu'il s'agit de boules puantes ! Bien que ça puisse être le fumet d'un ragoût de derrière les fagots s'échappant de la cantine, réchauffé pour l'occasion avant d'être congelé pour la rentrée de septembre. Dans les vestiaires, la directrice adjointe, Mme Guinevere, et cette nase de Mlle Dunn, la prof d'éducation religieuse, rôdent dans tous les coins avec un air de perpétuelle suspicion. Au bout du couloir de l'administration, je remarque en passant devant le bureau de M. McGraw, que notre proviseur dépressif a glissé son nez d'aigle entre les lattes du store de son bureau pour surveiller la lente fermentation des débordements de fin d'année.

— Bref, Claudette, dis-je au moment où on arrive devant notre salle de classe, comment ça se passe avec Mme Cassiera ? Y a de l'espoir ?

— Non, toujours rien, répond-elle d'un air sombre. Sauf qu'elle doit maintenant Lui demander son avis avant de prendre une décision. Sachant qu'Astlebury est une mine de dangers potentiels et que c'est la première fois que je vais à un festival de musique, un conseil du Très-Haut est nécessaire.

— Qui habite là-haut ? Ton oncle Leonard s'est installé au premier ? demande Fleur qui n'a rien compris.

— Elle parle de Dieu, pauvre tache ! je m'exclame en secouant la tête.

La mère de Claudette, très religieuse, bénéficie d'une ligne directe avec le ciel... un peu comme le pape, vous voyez ? À part que le pape demande sûrement des trucs méga-importants à Dieu et pas des broutilles style : «Est-ce qu'il pleuvra la semaine prochaine pour le pique-nique des méthodistes ghanéens?» ou bien «Je fais quoi pour le mariage de Sandra? J'achète un chapeau somptueux ou je me fais faire une permanente?»

Comme le dit souvent Gloria Cassiera : «Le Seigneur sait tout de ce royaume et des suivants.»

– Super génial, raille Fleur d'un air lugubre, en pénétrant dans la salle de classe avec force déhanchements avant de rejoindre sa place. Cette fois, on est fichues. Je vous annonce qu'on est officiellement larguées dans merdiqueland sans carte détaillée.

Claudette ne dit rien. Elle se contente de serrer les lèvres.

En passant près d'elle, je lui tapote le ventre avec un clin d'œil qui signifie «T'occupe de la râleuse, on est toutes dans la même galère».

Claudette me répond par un autre clin d'œil que je traduis par : «Je sais, ne t'en fais pas pour moi. Et au fait, pendant que j'y suis, Ronnie, je n'ai pas perdu espoir. Il se peut qu'on y aille quand même.»

J'aimerais tellement la croire.

Arrivées

J'ai beau fixer la pendule pendant nos deux heures d'anglais, les aiguilles refusent de tourner plus vite. Le cours était censé se passer

61

à comparer nos dernières dissertations de l'année. En réalité, notre prof, M. Swainson, consacre la quasi-totalité du cours à faire l'analyse et à chanter les louanges de la «création époustouflante» de Claudette intitulée «Arrivées», que je qualifierais pour ma part de pavé prétentieux.

— Le travail de Claudette m'a fait monter les larmes aux yeux, bêle Swainson, vêtu de sa célèbre veste caca d'oie et d'un jean fatigué qu'il tente de faire passer pour un fute. C'était très émouvant, poursuit-il.

Claudette se rengorge.

— Bravo! je murmure, sur le point de me poignarder avec un crayon à papier.

Je ne saurais dire exactement à quel moment Claudette Cassiera est passée aux yeux des enseignants du statut d'élève ordinaire à celui de reine de Blackwell.

Si cérémonie du couronnement il y a eu, elle s'est probablement déroulée le jour où j'ai séché les cours. C'est trop bizarre.

— Dans l'histoire que nous raconte Claudette, l'héroïne principale s'aperçoit un matin en se réveillant qu'elle a pondu un œuf, roucoule le prof. Œuf qui lorsqu'il éclôt se révèle être une réplique d'elle-même, identique en tout point, jusqu'à l'uniforme!

— Ouaouh! C'est trop malin, rugit tout le premier rang.

— Ce récit fonctionne sur tant de niveaux que je me suis vu obligé de lui accorder le seul A+ de la classe !

Encore un A+ ? Grrrrrrrrrrrrrr !

Je ne sais pas ce qui me met le plus en colère : le fait que Claudette récolte un A pour régurgiter un des rêves complètement fous que je faisais à l'époque où ma mère était enceinte… ou bien le fait que je n'ai eu qu'un C pour mes élucubrations lamentables sur un blaireau déjanté.

— Le sujet était la « renaissance », grosse nulle ! souffle Claudette.

— Personne ne m'a rien dit, je grommelle.

— Moi, je te l'ai dit, rétorque Claudette. Et je te signale que c'était écrit au tableau ! (Claudette s'énerve parce qu'elle sait que j'étais trop occupée à pleurnicher sur Jimi pour prêter attention à ce genre de banalités.) Si seulement tu t'en donnais la peine, tu aurais des A ! tempête-t-elle, me faisant fortement penser à une version moins marrante de ma mère.

Dieu merci, la cloche sonne l'heure du déjeuner, et celle de ma libération.

— Faut que j'y aille, j'ai rendez-vous, dit Claudette en me pressant l'épaule avec un air de reproche.

En un quart de seconde, elle a pris son sac et elle est partie. On se demande bien où. Possible que les profs souhaitent lui faire faire un tour d'honneur du bahut sur leurs épaules.

Je remballe mes affaires de sale humeur et pars à la cantine avec Fleur.

En tournant dans le couloir, je ressens un truc étrange. J'ai la sensation que Jimi m'attend.

Je le sais avant de le savoir vraiment, si vous voyez ce que je veux dire. Mon radar le repère illico, ses yeux fichés dans les miens. Il a une façon de se tenir bien à lui, les épaules rejetées en arrière et les mains enfoncées dans les poches de son pantalon. Je le trouve adossé au tableau d'affichage des secondes, son grand sac à dessins à l'épaule.

J'ai le ventre noué.

– Ça va ? me demande-t-il avec une petite grimace, comme s'il s'attendait à ce que je l'attaque verbalement ou physiquement.

– Tiens, salut ! dis-je en essayant d'être cassante et de ne pas sourire.

Mais une ébauche de sourire parvient à passer le barrage.

On est en train de se regarder dans le blanc des yeux quand un groupe de sixièmes nous dépasse, en ricanant et en se poussant du coude.

Argh... Est-ce que tout le bahut serait au courant que nous traversons une crise ? On dirait bien. Et pourquoi n'ai-je fait aucun effort pour m'arranger ce matin ?

Jimmy est semblable à lui-même, évidemment : fortement décoiffé quoique résolument sublime. Un rien fatigué, peut-être, mais toujours aussi sexy avec son T-shirt à rayures bleu ciel extra-large et son baggy gris dont le genou gauche est déchiré. Trois petits poils blonds s'échappent de l'encolure de son T-shirt.

Soupir.

— Très jolie moumoute de poitrine, Loup-garou Junior, dis-je, impassible.

Jimi se marre, un peu gêné.

— Je sais. Ça empire, se plaint-il. Naz prétend que je ressemble à un chinchilla mal rasé.

— Hummmm…, dis-je en fronçant le nez. Naz a raison. Tu sais qu'il y a des crèmes dépilatoires pour ton cas ?

— Si jamais j'ai les mains qui tournent velues, j'y songerai, réplique-t-il en crispant les doigts comme des serres.

Échange de regards.

S'ensuit un drôle de petit silence.

— Tu as l'air en forme, remarque-t-il, presque comme un reproche.

— Vraiment ?

— Oui…

— Ben, toi… tu as l'air comme d'hab'.

Jimi commence à perdre son calme.

Si je forçais un peu, je crois que j'arriverais à le faire pleurer. Mais le truc idiot, c'est que je n'ai aucune envie de le faire se sentir plus mal qu'il ne se sent déjà. En fait, j'ai envie

de le prendre dans mes bras et de lui dire…
Stoooooooooop, minute papillon !

Pas question de se laisser aller à ce genre de niaiseries ! J'ai une excellente raison de ne plus adresser la parole à ce cornichon. Ne surtout pas l'oublier.

— Passons. Alors, Jimi, que puis-je faire pour toi ? dis-je sur un ton sensiblement plus neutre.

Le changement le surprend.

— Quoi ? Eh, ben… je…, bafouille-t-il, cherchant désespérément quelque chose à dire.

— Il faut que j'aille retrouver Fleur, dis-je en lui passant devant.

Je le teste.

— Non, Ronnie, ne t'en va pas ! dit-il, en m'agrippant gentiment par l'épaule. Écoute, il faut que je te parle… de trucs ! C'est trop bête ! Tu aurais pu décrocher ton téléphone quand même !

— Excuse-moi mais je ne vais pas tout arrêter pour te parler, j'ai des trucs à faire !

— Oh, allez, supplie Jimi en me prenant par la main. Et si je t'invitais à déjeuner ?

Je me fige.

Malgré mes principes rigoureux, il se trouve que je suis fauchée et que j'ai la dalle.

— Par déjeuner, tu veux dire : vrai déjeuner ? je m'enquiers, un rien méprisante. Ou bien tu me payes une quiche et j'ai l'autorisation de te regarder te fouler la cheville assise sur un mur ?

Jimi lève les yeux au ciel.

— Non! Ça veut dire vrai déjeuner avec couteau, fourchette et tout le tralala…, dit-il avec un sourire, en se remuant les méninges pour trouver un endroit. Chez… chez Ruby! T'aimes bien Ruby, non?

Grrrrrrrrrr… J'adore Ruby! C'est un petit café extra de la grand-rue fréquenté par des terminales et des premières trop sympas! Les hippies qui tiennent l'endroit vendent des gâteaux bios à tomber par terre et mettent toujours du break-beat ou du hip-hop pour l'ambiance.

Jimi ne me facilite pas la tâche. Il pose sa main sur ma joue, le regard sensiblement plus coquin.

— Allez, Ronnie, juste un déjeuner de rien du tout, d'accord? J'ai des tas de trucs à te dire. Qu'est-ce qu'il y a de mal à ça?

Je le regarde d'un air triste.

Que c'est difficile de refuser de déjeuner avec un garçon doté de longs cils blonds, d'un petit nez parfait, d'un derrière de rêve… et qui n'a pas la moindre intention de renoncer.

Mais Fleur me tuerait si j'acceptais. Un déj' n'entre pas dans le programme «zappe-le pendant un mois».

— Je ne pense pas que ce soit une bonne idée, Jimi.

La fermeté dont je fais preuve le pousse à bout.

— Arrête ça, Ronnie! Je me refuse à laisser

les choses en plan! Pourquoi faut-il que tu fasses toujours preuve de cette obstination exaspérante?

– Eh! je m'insurge, prenant une profonde inspiration, bien décidée à lui expliquer pourquoi je «m'obstine» quand deux voix par trop familières me stoppent dans mon élan.

– Ouuuuuuuuuuuuuuuuuh, Naz! Tous aux abris! La Quatrième Guerre mondiale est déclarée! hurle Aaron.

– Ha! ha! Dépêche-toi d'enfiler ton casque! ricane Naz.

– Pfft! je crache avec un regard méprisant pour les deux meilleurs amis de Jimi. Tu veux sans doute parler de la Troisième Guerre mondiale, Aaron. Je te signale qu'il n'y en a eu que deux pour l'instant.

Aaron est déstabilisé. Il compte sur ses doigts.

– Et alors c'était quoi celle au Moyen-Orient? Elle était méga!

– Il ne s'agit pas de taille, dis-je en soupirant, mais du nombre de pays impliqués, comme quand... Écoute, je n'ai aucune envie de discuter de ça maintenant. Ça vous ennuierait de fiche le camp tous les deux? On discute!

Les rires d'Aaron redoublent.

– Ahhhhhhhhhhhh... Toujours sur la touche, Jimi, hein? lance-t-il avant de rouler son *Rolling Stone Magazine* et de lui en filer un coup sur la tête.

Depuis l'arrivée des deux crétins, l'expression gentille de Jimi s'est muée en froncement de sourcils.

– Tu viens déjeuner ? demande Aaron.

(Je signale en passant que je ne suis pas invitée aux festivités. Note que ma présence les empêcherait sans doute de se livrer aux super-blagues scato dont ils raffolent.)

– Lâchez-nous un peu, OK ? dit Jimi, leur faisant signe de s'éloigner, puis il se tourne vers moi d'un air bougon. Bon alors, tu te décides à être normale et tu viens déjeuner avec moi ou pas ?

– Tu peux répéter ? dis-je en montrant les dents.

La sortie culottée de Jimi fait se tordre de rire Naz et Aaron.

– J'ai compris ! On dirait que c'est non, grogne Jimi, roulant manifestement plus des mécaniques depuis qu'il a un public. Comme tu veux...

– Exactement ! T'en fais pas pour moi !

– Et passe le bonjour à ma copine Fleur, d'accord ? crie-t-il.

– T'inquiète, tu lui manques atrocement aussi ! je rétorque. Puis je ramasse mon sac et tourne les talons.

– Euh... ben, si c'est comme ça, à plus ! crie Jimi.

– N'y compte pas trop ! je crie à mon tour avant de partir comme une fusée.

— Euh… pfft…, crachote Jimi plutôt lamen-
tablement. Et j'aimerais bien que tu me rendes
mon CD de Dernier Avertissement !

— Je te rends ce que tu veux ! Tes affaires sont
dans un sac-poubelle. Tu ferais bien de venir le
récupérer avant que je le file à la Croix-Rouge,
je hurle en fonçant à la cantine raconter toute
l'histoire à Fleur.

Fleur conclut aussitôt que Jimi est un porc.
Elle prétend que je devrais l'oublier et sortir
avec Miles Boon, un terminale à qui je plais
d'après elle.

— Et ce n'est pas le genre de Jimi du tout,
ajoute-t-elle. Il récolte des fonds pour enrayer
la famine dans le tiers-monde ! C'est le garçon
sensible et carrément canon en même temps.

Je marmonne un truc inaudible dans ma
barbe tout en m'empiffrant de gâteaux. La
dernière chose dont j'ai besoin, c'est d'un
nouveau copain.

— En plus, tu sais quoi ? Ronnie, poursuit
Fleur le plus sérieusement du monde. Miles a
une Golf avec les vitres teintées. Il est trop en
avance sur Jimi.

Mauvais choix

Juste après la dernière récré, égayée par la
traditionnelle fausse alerte incendie de fin d'année et l'apparition de quatre pompiers sublimes
armés d'une lance, j'ai repris mon sac et suis

partie à mon cours de sciences de la vie. Au cas où vous ne seriez pas au courant des pratiques à Blackwell, sciences de la vie est cet étrange cours que tous les élèves ont l'obligation de suivre à un moment donné de la semaine, et pendant lequel les profs les dissuadent de faire les «mauvais choix dans la vie». Style avoir un bébé trop tôt avec un polygame, sniffer de la colle, se présenter au casting d'une boîte de strip-tease, voire : se faire pousser les poils des épaules de façon à ce qu'ils dépassent de votre débardeur.

Bon d'accord, celui-là, je l'ai inventé.

Curieusement, j'aime plutôt bien sciences de la vie. Surtout quand il y a des débats houleux sur des sujets qu'on a étudiés. Veronica Ripperton s'est distinguée ce trimestre en tant que reine des joutes oratoires. Je ne cache pas m'être fait rabrouer pour avoir abusé de l'ironie vis-à-vis de mes contradicteurs. N'empêche, quand on en arrive au vote, c'est toujours moi qui gagne !

Louée soit moi ! Finalement, je suis bonne à quelque chose !

Aujourd'hui, comme cadeau de fin d'année, on a le droit de regarder un DVD. C'est le choix des filles qui l'emporte. *Coup de foudre à Notting-Hill* est donc projeté en ce moment même et chaque baiser à l'écran est salué par un chahut pas possible. On croirait que mes camarades n'ont jamais rien vu d'aussi osé. De mon côté, c'est un peu douloureux comme spectacle.

— T'en fais une tête cette semaine, me glisse gentiment Liam Gelding en me voyant gigoter sur ma chaise. Je ne suis pas fâché d'être débarrassé de toi pendant les six prochaines semaines. Pour être franc, tu me donnes envie de me pendre.

C'est sa façon de s'inquiéter de moi.

— Merci bien. Je te rends la pareille, sale rat, je chuchote à mon tour en posant ma tête déconfite sur mon bureau et avec un énorme soupir.

— Allez! Ronnie! Haut les cœurs! dit Liam. Je souris bien alors que je suis assis à côté de Claudette qui sent le pipi.

Je ne peux m'empêcher de pouffer.

— Je ne sens pas le pipi! Espèce de dégueu! râle Claudette en bourrant de coups de poing le bras de Liam.

Elle le tape si souvent qu'il doit rentrer chez lui couvert de bleus.

— Au moins, moi, je me douche! ajoute-t-elle. Et pas avec du sent-bon qui pue, comme toi! Beurk! Et de toute façon, laisse Veronica tranquille. Elle n'est pas dans son assiette.

Je hoche la tête d'un air lamentable en signe d'acquiescement.

— Pourquoi? demande Liam dont le deuxième piercing à l'oreille m'a tout l'air infecté. Il suppure.

— Elle a des problèmes... perso, chuchote Claudette.

— Perso, t'as compris, pauvre tache ? je confirme, consciente que les deux rangs devant nous tendent l'oreille comme des fous. Alors ôte donc ton sale nez de mes affaires et baisse le volume sur ta tête de Frisbee !

Asticoter Liam me remonte le moral.

— Compris, dit Liam en plissant le front, un sourire diabolique étirant ses joues rebondies couvertes de taches de rousseur. Ça n'a rien à voir par hasard avec le fait que Jimi t'a laissé tomber vendredi dernier ? ajoute-t-il très fort.

— Quoi ? Il ne m'a pas laissé tomber. C'est moi qui l'ai largué ! Enfin non, mais... bref... c'est... gnngnnnnnnnnnn ! Ce n'est pas tes oignons ! Et si tu allais te faire pousser cette moustache dont tu nous menaces depuis le printemps !

Je n'en reviens pas d'être tombée dans le panneau.

— Ho ! Ho ! J'ai des infos ! Tout le monde connaît la nouvelle pour Jimi et Ronnie ? J'ai tous les détails ! crie-t-il de plus belle.

— Ferme-la ! Immédiatement ! lui ordonne Claudette. Ou bien...

Il s'exécute sur-le-champ.

Liam a évidemment mis dans le mille. Inutile de nier que Jimi me rend dingue.

Je me sens incapable de le «zapper» pendant un mois.

Quand on pense que je n'ai tenu que vingt-quatre heures la fois où il a oublié mon anniversaire et qu'il est allé voir *Les Zombies contre-attaquent* avec ses copains à la place. La fois d'après, lorsqu'il s'est pointé avec des fleurs pour m'emmener dîner à la Pizza Paramount, je me suis dégonflée comme un vieux soufflé.

Tomber sur lui tout à l'heure n'a fait qu'aggraver les choses. J'ai la tête à l'envers. Je dois reconnaître qu'il ne s'agissait pas de sa première tentative de discussion entre quatre yeux. Je ne peux donc prétendre qu'il s'en fiche. Mardi dernier, il est venu à L'Incroyable dans l'espoir de m'y trouver. Malheureusement, j'étais chez Fleur, en train d'échafauder des plans pour aller à Astlebury, tout en la dissuadant d'étrangler Daphne, sa grande sœur, de retour d'un séjour d'un an au Népal. L'atmosphère était électrique chez les Swan, mais ça m'a bien distraite de mes tracas. Fleur traverse une passe difficile, elle n'est plus le centre d'attention de la maisonnée. Daphne Swan est très sympa et j'adorerais lui ressembler quand j'aurai vingt ans mais, bon sang, qu'est-ce qu'elle aime parler de ses aventures! J'étais juste descendue boire un verre d'eau à la cuisine quand j'ai dû me fader quarante-cinq minutes de délire sur les «expériences inoubliables» qu'elle a vécues au «Festival de

74

Panchak Yamar » (prononcé avec un drôle de claquement de langue en me postillonnant à la figure, à la locale). Évidemment, pendant que je rafraîchissais mes connaissances en anthropologie népalaise, le sublime Jimi Steele jetait des petits cailloux contre ma fenêtre à L'Incroyable.

— Il avait une tête de vieux chien mouillé, a précisé papa.

— Pire que ça, Ronnie ! s'est esclaffée maman. Il n'y est pas allé de main morte. Il m'a même fait pitié à un moment. Je lui ai dit de s'en retourner d'où il venait. Il voulait quoi ? Un Oscar pour sa prestation…

— Merci, maman, ai-je dit, feignant la reconnaissance.

Sachant que Jimi se sent aussi mal que moi, dois-je pour autant lui passer d'être un sale type cruel ? Suis-je en train de faire une bêtise ?

Oh, mon Dieu, je Vous en supplie ! Faites que les LBD puissent aller à Astlebury ! S'il Vous plaît, faites qu'il reste des billets. Il faut que je quitte cette ville sinon je deviens folle.

— Te bile pas, Ronnie, murmure Liam Gelding que je devine sincère, au moment où Hugh Grant et Julia Roberts se lèchent mutuellement les oreilles. Ça va s'arranger… Je vais lui en toucher deux mots.

— Ne t'avise pas de faire ça !

– Liam ! Ne m'oblige pas à te faire subir un supplice moyenâgeux particulièrement douloureux, l'avertit Claudette.

– Ben… c'était juste pour aider ! râle Liam, dérouté.

– Je n'ai pas besoin de ton aide. Je me débrouille très bien toute seule.

Et là, la dernière sonnerie de l'année retentit, annonçant le bonheur.

La liberté.

Pas de but

– Qu'est-ce qui est fini, Fleur ? crie Claudette en essayant de rattraper la bombe platine qui dévale Lacey Avenue, son sac de classe ballotté par le vent.

Après le film, on a trouvé notre copine dans le labo de techno en train d'envoyer frénétiquement un e-mail à une adresse inconnue, les yeux rouges et des rigoles de mascara lui dégoulinant le long des joues.

– Arrête-toi une seconde, Choupette, dit Claudette en passant un bras d'ébène autour de la taille de guêpe de Fleur. Raconte à tata Claudette et à tonton Ronnie ce qui se passe.

Je les rejoins et sors un paquet de Kleenex. J'en donne un à Claudette qui s'empresse d'essuyer les larmes de Fleur. On croirait qu'elle a trois paires de bras.

– Fleur Swan, dis-je sans perdre mon calme,

tu n'as pas remis ta photo sur le site : «Élisez la fille la plus sexy»?

— Dis-nous que ce n'est pas ça, hein? grogne Claudette.

La dernière fois que Fleur s'est essayée à ce jeu, balancer une photo d'elle plutôt flatteuse sur l'autoroute de l'information, je ne sais quel débile du Michigan lui a gentiment fait remarquer qu'elle ressemblait à «une asperge», qu'elle mettait décidément «trop de gloss» et qu'elle était probablement une «cruche». Elle n'a cessé de nous rebattre les oreilles avec cette histoire pendant une semaine. Bien sûr, les quatre-vingt-cinq autres électeurs restant qui lui avaient accordé un neuf sur dix au chapitre «carrément irrésistible» ont été oubliés en une nanoseconde. Il m'arrive de ne pas envier la beauté de Fleur. Ça l'oblige à mettre la barre toujours plus haut.

— Mais non, je ne suis pas allée sur le site. De toute façon, c'est idiot, marmonne Fleur.

— Alors, qu'est-ce qu'il se passe?

— Hummmmm… C'est grave, Ronnie… Carrément grave, pleurniche Fleur.

— Accouche, dis-je.

Je préfère recevoir les mauvaises nouvelles d'un seul coup . J'ai horreur d'attendre.

— Oh, non! soupire Claudette en fermant les yeux. Je sais ce que tu vas dire. C'est fichu, c'est ça?

— Oui, confirme Fleur. (Elles se regardent, raides comme des piquets.) Il n'y en a plus, poursuit Fleur. Tous les billets pour Astlebury ont été vendus.

— Quoi ? Qu'est-ce que tu dis ? Il n'y en a plus sur le site ?

Fleur se tourne vers moi en s'essuyant les yeux sur la manche de son chemisier.

— Non, Ronnie. Il n'y en a plus nulle part. La nouvelle a été affichée sur le site à trois heures et demie. Je me suis connectée pendant le cours de techno. J'ai appelé d'autres points de vente mais les billets disparaissaient à mesure que j'en trouvais.

— Il doit bien y avoir un autre moyen d'en avoir ! s'exclame Claudette en posant les mains sur ses jolies hanches.

— Je n'en vois aucun. Je suis même allée sur e-Bay. Un type de Londres, un certain Dave, voulait se débarrasser de ses billets… mais tout un tas de monde s'est mis à enchérir et c'est devenu complètement fou, dit Fleur.

— Ça faisait les billets à combien ? je m'enquiers prudemment.

— Après la dernière sonnerie, le prix atteignait cinq cent vingt livres pièce. De toute façon, Dave n'en avait que deux. Et il ne les a plus. Quelqu'un les a achetés.

On échange des regards vides et on reprend notre route. Personne ne sait quoi dire.

Soudain, je suis envahie par le sentiment angoissant, de n'avoir plus aucun but dans la vie.

Plus d'école à partir de demain.

Plus de Jimi Steele comme copain.

Plus de fabuleuse aventure musicale avec les LBD.

Et pas la moindre idée de ce que je vais faire cet été.

Ni de toute ma vie.

En fait, tout ce qu'il me reste, ce sont les LBD. Et elles ne sont plus cette force de frappe inépuisable que je connais si bien. Elles ressemblent plutôt à des soldats fourbus rentrant du combat.

Aaaaaaaaaaaaaagh, je tombe dans le vide!

Et pile au même moment, une voix snobinarde affreusement familière, douce comme un ongle crissant sur un tableau noir, me ramène brutalement à la réalité.

– Quoi? couine la voix dans son portable. Sa jupe? Oh, mon Dieu! Oui, je sais! Tu as vu le truc immonde qu'elle avait à la cantine aujourd'hui? Trop nase! La seule marque que porte Stacey Hislop, c'est «tissu inflammable»! Ha! Ha! Trop minable, la fille!

– Arrrrrrrrgh, je grogne.

Fleur sursaute mais se reprend aussitôt, rejetant les épaules en arrière pour se préparer à la vision paradisiaque d'une Panama Balayette à chiottes rentrant au «château» Goodyear, en ondulant du derrière. Elle ne nous a pas encore vues, trop occupée à débiner cette pauvre Stacey, une très gentille fille de terminale qui mange toujours toute seule dans son coin en lisant un bouquin. Panama finit par remarquer notre présence et pâlit d'un coup. Un peu plus et on croirait qu'elle redoute de se faire contaminer par des cochonneries qui sauteraient directement des LBD sur elle.

— Salut, Panama, dit Claudette courageusement.

— Oh, salut euh…, Paulette…, et… euh…, Ronnie, répond Panama, ignorant royalement Fleur.

Elle porte un chemisier en soie indigo style kimono japonais, un caleçon noir et des tennis d'un blanc aveuglant. Ses célèbres cheveux auburn brillent à la lumière du soleil de cette fin d'après-midi. J'ai beau ne pas pouvoir l'encadrer, je ne peux m'empêcher de trouver qu'elle a le plus beau corps que j'ai jamais vu de ma vie.

Une fois, je ne sais pas pourquoi, je l'ai dit à papa (à l'époque où elle sortait avec Jimi… grrrrrrrrrrrrrrr. Même maintenant, je me refuse à évoquer cette période) et il m'a répondu que c'était n'importe quoi. Il prétend que les hommes aiment les femmes avec des formes et pas des Panama squelettiques.

Il m'a fait remarquer aussi qu'elle avait beaucoup trop de dents.

« Tout ce que je dis, c'est que je n'aimerais pas partager une pomme avec elle, j'aurais l'impression d'en filer à un cheval », s'était-il exclamé avec un frisson. Parfois, mon père est vraiment génial.

– Bref, poursuit Panama en hurlant dans son téléphone, son petit nez prétentieux relevé. Si tu veux passer plus tard, Leeza, n'hésite pas. La manucure de ma mère vient entre six et huit et je me fais faire la totale… Au fait, maintenant que j'y pense, tu devrais y penser aussi. Tu as des mains de docker en ce moment ! On en riait avec Abigail tout à l'heure. (Panama élève sensiblement la voix comme si elle voulait qu'on l'entende.) Et j'oubliais le meilleur, si tu viens, je pourrai te donner ton billet pour Astlebury ! Papa m'a dit qu'ils étaient arrivés.

Claudette, Fleur et moi échangeons des regards consternés.

En une seconde, Panama Goodyear a disparu, laissant derrière elle un sillage écœurant de Coco de Chanel, et un silence macabre.

– Bien, tout cela compromet gravement mes chances de revoir Spike Saunders et de me marier avec lui, finit par murmurer Fleur avec un sourire forcé, blaguant à moitié.

– Je crois que ce qui me mine le plus, c'est de rater Les Kings du Kong, dis-je sans m'adresser à personne en particulier. Leur participation est confirmée. Ils sont trop excellents.

Il faudra bien que je me contente de les écouter sur disque dans ma chambre.

— Ce n'est pas seulement de rater les groupes qui me met en rogne, remarque Claudette. Et si Panama veut y aller, grand bien lui fasse… Le truc vraiment triste, c'est de ne pas partir à Astlebury avec vous. Ça menaçait d'être un grand moment LBD… pas vrai ?

— Oui, dis-je.

— Oui, murmure Fleur. Écoute, Claudette, arrête sinon je vais me remettre à pleurer.

Fleur me fait souvent penser à un de ces personnages éthérés qu'on voit dans les télé-films qui se passent à l'époque victorienne. Dès qu'elle est au bord des larmes, le moindre mot un peu émouvant fait rompre les digues.

— Bon, essayons d'oublier tout ça, dit Claudette en tapant dans ses mains comme pour signifier qu'il est temps de cesser de se lamenter sur notre sort. (Ça rate complète-ment.) Ça vous dirait de venir boire un café à la maison ? Ma mère a fait un énorme gâteau.

Fleur et moi sommes assommées. C'est l'ef-fet Panama.

— Allez ! Maman serait ravie de vous voir…

Je secoue la tête.

— Non, merci, Claudette. Faut que j'y aille.

— Non, merci, renchérit Fleur d'un air

sombre en commençant à s'éloigner. Il faut que je rentre à la maison faire mes corvées et écouter Daphne délirer sur son existence merveilleuse. À quoi bon avoir une vie quand je peux profiter de la sienne.

— Dans ce cas... à plus, dit Claudette, déçue.

— Oui, à plus..., je répète, en prenant la rue de L'Incroyable, me traînant vers... Maintenant que j'y pense... vers rien du tout.

Folle soirée

C'est bien ma chance, toute la bande de rigolos est dans la cuisine. Papa et maman se détendent un peu. Papa fait sauter Seth sur ses genoux, maman feuillette un magazine consacré aux débits de boissons en sortant des remarques désobligeantes sur les tenanciers du coin.

— Elle a une tête de fouine barricadée derrière deux flans géants, cette patronne du King's Head, tu ne trouves pas, Loz ? demande maman en lui montrant la photo d'une femme dotée d'une paire de seins monumentaux moulés dans un top court.

— Ha ! Ha ! Ce n'est pas faux, ma chérie. Mais tu peux me dire qui s'intéresse à son visage ? s'esclaffe papa.

— Exact, Laurence, approuve maman en sirotant son thé.

— Oh, mais regarde qui est là ? Ce ne serait

pas notre fille géniale qui vient voir ses vieux parents! annonce papa qui a remarqué ma présence lugubre sur le pas de la porte. Mais si, c'est bien elle. Et note comme la perspective de l'été la rend joyeuse.

Je les regarde en soupirant à fendre l'âme.

— Écoute, Loz! plaisante maman en jetant un coup d'œil à sa montre, ça fait bien une demi-heure qu'elle est en vacances. Elle s'ennuie.

— Elle s'ennuie et elle est fauchée, ajoute papa en vérifiant qu'il a toujours son porte-monnaie. Chaque fois que je vois ma fille, j'ai l'impression d'avoir été braqué.

Croyez-le ou non, ils peuvent tenir ce rythme toute la journée. Comment voulez-vous que les choses se fassent?

— Alors, ma souris, dit maman en reposi-tionnant l'encolure de son top ultra branché à épaules dénudées, comment va mon petit rayon de soleil? Comment s'est passée ta dernière journée?

— Comme ça. De toute façon, elle est finie maintenant.

— Je parie que McGraw a un sacré nettoyage à faire, pouffe papa. J'ai croisé des gosses qui couraient dans la grand-rue, recouverts d'œufs.

— Hummm. Possible.

Les goûts vestimentaires de papa sont plus prévisibles que ceux de maman : jeans rapié-cés, vieux T-shirts, tennis qui puent, mèches blondes rebelles. Son inélégance est génétique. Même en costume-cravate, on croirait un clochard endimanché.

– Alors quels sont tes projets pour l'été ? demande-t-il.

– Hum… pas maintenant, je souffle en ouvrant un placard à provisions dont je sonde les profondeurs.

Je me livre à l'exercice tous les soirs. Maman appelle ça «le rite du placard».

– Prépare-toi, Loz, intervient maman. Je crois bien que nous traversons une pénurie de mots. Ronnie nous refait le petit jeu de l'ado. Plus longues seront nos phrases, plus courtes seront les siennes !

– J'adore ! s'écrie papa, réjoui d'avance. Alors, Ronnie… des nouvelles de ton copain ?

– Pghhhgh, je grogne en ouvrant le frigo dans lequel je contemple un yoghourt.

– Même pas un mot ! s'exclame papa. Elle est vraiment très forte, n'est-ce pas, ma chérie ?

– C'est la meilleure, dit maman qu'on sent presque sincère. Une vraie faille dans une cuirasse en béton !

L'envie de parler finit par l'emporter.

– Vous savez quoi ? Vous m'énervez tous les deux ! Il ne vous est pas venu à l'idée que je ne pouvais jamais en placer une avec votre babillage incessant ?

– Hourra, Magda ! Elle a parlé ! On a gagné,

crie papa, enthousiaste, en tapant dans la main de maman. Les vieux : un. L'ado : zéro !

Je ne peux m'empêcher de rire.

Maman me regarde, se rendant soudain compte que je n'ai vraiment pas le moral.

— Qu'est-ce qui ne va pas, mon trésor ? Raconte-nous quel est le problème, bêtifie-t-elle.

— Tout va bien. C'est juste un peu de spleen.

— Joli mot, commente papa en fourrant une cuillerée de purée de banane dans la bouche de Seth. Ça signifie quoi ?

— Je ne sais pas trop. Je crois bien que ça veut dire qu'on est pensif et triste en même temps. Je l'ai lu dans un poème de Keats qu'on a étudié à l'école.

— Il ne se serait pas suicidé, celui-là ? demande maman en dessinant des dents de vampire sur la photo de la patronne du Kings' Head.

— Non, il est mort de…

— Ils se suicident tous, ces artistes. Je n'y arriverais pas avec des types sensibles comme ça, poursuit maman.

— Sauf que justement celui-ci ne s'est…

— Bref, ne parlons plus de suicide, me coupe papa en rasseyant Seth dans sa chaise. Qui voudrait d'une bonne petite chaussure de thé pour se remettre ? Je mets la bouilloire à chauffer.

— Une quoi ? dis-je.

— Une bonne petite chaussure de thé. Allez,

Ronnie, donne-moi ta chaussure, m'ordonne papa en allumant la bouilloire. Il ne reste plus une seule tasse. Elles sont toutes sous ton lit avec de la moisissure qui leur pousse dessus.

— Ce n'est pas vrai !

— La saucière m'ira très bien, Loz. Ou bien le vieux seau ! Deux sucres, s'il te plaît ! hurle maman, morte de rire.

— Je me retire dans mon boudoir et je compte y rester, j'annonce de façon théâtrale.

— C'était sympa, cette petite conversation. À plus, quand tu émergeras, dit papa.

— Et tâche de ne pas écrire de poèmes. C'est le début de la fin ! ajoute maman.

— T'inquiète, ça ne risque pas, je la rassure en m'esquivant.

— Hé ! Ronnie, avant que j'oublie, dit papa en passant la tête par la porte, tu as reçu une lettre ce matin. Je ne sais pas de qui.

— On ne l'a pas ouverte à la vapeur, celle-là ? marmonne maman dans la cuisine.

Papa me fait un clin d'œil, puis il farfouille sur la table du téléphone et me tend une lettre.

— Oh ! je laisse échapper en voyant l'épaisse enveloppe rouge vif qui porte le tampon classieux de Londres.

— Allez, ouvre ! dit papa.

Je lui arrache l'enveloppe des mains et file dans mon repaire.

Drôle d'espèce humaine

Je mets le nouveau Kings du Kong sur ma platine et m'assois sur mon lit pour ouvrir la lettre. Un fait pour le moins inhabituel. Personne ne m'écrit jamais. En déchirant l'enveloppe rouge, je m'aperçois qu'elle contient une autre enveloppe plus petite jaune pâle, sur laquelle il y a écrit : *Ronnie Ripperton + 3.*

Étrange. En la palpant, je sens quelque chose d'épais à l'intérieur. Je la mets de côté et me concentre sur la feuille blanche que j'ai trouvée dans la première. Une lettre ! À mesure que je lis, mon cœur creuse un trou énorme dans ma poitrine tellement il bat fort. Voici ce qu'elle dit :

AVEC LES COMPLIMENTS DE
FUNKY MONKEY MANAGEMENT :

Salut, Ronnie ! C'est Kari de Funky Monkey Management qui t'écrit !

Euh… Quoi ? Qui ?

… Pardon de te les envoyer seulement maintenant. On a été totalement débordés qu'il y a du retard avec les passes.

J'espère que tu en auras encore l'usage. Je viens juste de vérifier la liste des invités avec Spike pour sa date en août et il m'a raconté les problèmes que tu avais eus l'an dernier pour aller à son concert. Il m'a dit qu'il s'était bien amusé avec les BDL et il espère vous rendre la pareille avec ça. Par ailleurs, peux-tu remercier Fleur de l'avoir prévenu que Prize *avait été téléchargé illégalement. Ses avocats s'occupent de l'affaire.*

Si tu as le moindre problème avec les passes, donne-moi un coup de fil. À plus. Kari.

Hein ?

C'est quoi ce délire ?

Kari qui ? Spike qui ?

Spike ?

Sppppppppppppppppppppike !!!!!!!

Oh, mon Dieu ! Spike Saunders !

Noooooooooooooooon, elle ne parle quand même pas de Spike Saunders !

Je relis la lettre une fois, puis deux, à la recherche d'un indice prouvant qu'il s'agit d'un canular de Liam Gelding ou d'un autre être satanique. Mais elle a l'air tout ce qu'il y a d'authentique.

Je prends l'enveloppe jaune et l'ouvre délicatement. Je plonge la main à l'intérieur, saisie soudain d'une folle envie de faire pipi.

Est-ce possiblement possible, même dans un univers parallèle, que Spike Saunders, tellement canon que ça en est douloureux, multimillionnaire et roi de la pop, se souvienne vraiment avoir rencontré les LBD (ou plutôt les BDL comme il dit) l'an dernier et qu'il ait chargé son assistante personnelle de nous envoyer quelque chose?

Impossible.

De l'enveloppe jaune, je retire quatre bouts de papier entourés d'un liseré doré, sur lesquels figure l'hologramme argenté d'une tente perchée au sommet d'une colline. Je les regarde, scotchée par leur beauté majestueuse.

Quatre billets pour le Festival d'Astlebury!

Entre mes mains!

Des billets «avec les compliments de Spike Saunders»!!!

Je les regarde à nouveau et j'éclate de rire.

Puis je pousse un rugissement et me renverse sur mon lit, prise d'un tel fou rire que j'en pleure.

3. *On est complet*

— Je le savais! Je le savaiiiiiiiiiiiiiiiiiiis! hurle
Fleur d'une voix stridente en tapant dans ses
mains et en sautant autour de sa chambre, provoquant une avalanche de CD et de peluches
qui tombent du haut de sa penderie archi bour-
rée. Je le savais, répète-elle.

— Ils… enfin, je veux dire… ils sont vraiment
pour… pour nous? dit Claudette en détachant
chaque syllabe, l'air hagard, et les billets pres-
sés contre son cœur.

— Oui! Trois fois oui. Ils sont pour nous!
Spike Saunders ne nous a pas oubliées! Et il
nous a envoyé des billets!

— Non… ce n'est pas possible, Ronnie!
rétorque Claudette, luttant contre l'absurdité
de la situation. Il y a sûrement eu une erreur
dans les envois… et c'est probablement…

— Non, Claudette, fais-moi confiance. J'ai
appelé Funky Monkey Production et j'ai parlé
à une certaine Jo. Les billets sont atrocement
pour nous! On a été mises sur la liste des
invités!

— Je le savais ! couine Fleur pour la vingt-huitième fois, d'une voix particulièrement triomphante. Je savais que Spike en pinçait pour moi !

Elle passe devant nous en tourbillonnant, un sourire extatique aux lèvres, puis saute sur son lit et bondit, en hurlant :

— Spike en pince pour moi ! Puis d'une voix ultra snob et pompeuse : Bonjour à vous, Ronnie et Claudette ! Je me présente : Mme Fleur Saunders ! Enchaaaaaaaaaaaaantée de vous connaître ! Quant à toi, Jimi Steeeeeeeeeeeeele ! Prends-toi ça dans la tronche ! Les LBD vont à Astlebury !

Je secoue la tête en réprimant un fou rire. Fleur ne fait rien pour rendre la situation moins irréelle.

— Alors, ils sont vraiment pour nous, répète encore Claudette, ses yeux noisette ouverts grand comme des soucoupes. C'est incroyable ! C'est comme un rêve où, quand ça commence à devenir vachement bien, on se réveille en réalisant qu'on est dans son lit. (Claudette regarde à nouveau les billets dont l'hologramme se modifie légèrement quand elle bouge les mains.) C'est tout simplement…

— Ahurissant ? je propose en éclatant de rire.

— C'est tout simplement…, dit Claudette en respirant fort, c'est tout simplement la meilleure chose qui nous soit arrivée de toute l'histoire du monde! Spike Saunders rencontre des millions de gens par an! Et ces billets valent plusieurs centaines de livres! C'est démee-eeeeeeeent!

— Je saiiiiiiiiiiiiiiiiis, dis-je en pouffant.

Et on saute sur place en se serrant dans nos bras. (On aurait volontiers inclus Fleur dans l'embrassade si elle ne s'amusait pas autant à rebondir sur son lit, en gloussant.)

Je suis obligée de lui rendre justice. Elle a beau être folle comme un lapin, Fleur avait effectivement prédit que quelque chose d'ahurissant nous arriverait si on demandait la permission d'aller à Astlebury à nos parents. Des fois, je l'adore.

— Demain, j'envoie un e-mail à Spike pour lui dire qu'on vient! hurle la blondinette d'une voix suraiguë. Et j'irai sur le site d'Astlebury pour savoir où les gens sympas plantent leur tente! Oh, mon Dieu, il faut que je me fasse couper les cheveux avant de partir! Mais ai-je le temps? Claudette, passe-moi le calendrier! Il faut arriver sur place le vendredi matin, à l'ouverture des portes! Les groupes ne jouent pas avant samedi, mais les boutiques et les scènes plus petites seront opérationnelles dès le vendredi! Sans compter qu'il y a des fêtes à partir du premier soir! Et...

Ça y est, on ne peut plus l'arrêter.

— Oh, mon Dieu! Je déteste les toilettes de

chantier, pas vous? Je ne ferai pas pipi du week-end! Et je ne dormirai pas non plus! C'est top génial!

Fleur commence à me donner le tournis. On a tant de choses à préparer! Quand je me tourne vers Claudette, je la trouve avachie sur le futon de Fleur avec un air perplexe sur la figure.

– Qu'est-ce qu'il se passe, Claudette? Ça va?

– Oui, ça va, Ronnie. Je me sens carrément bien. C'est juste que je réfléchissais à un truc. Fleur, s'il te plaît, arrête de sauter. Il faut qu'on parle.

– Mais je bondis! s'écrie Fleur en bondissant.

– Il reste un problème à résoudre, dit Claudette.

– Espèce de rabat-joie! C'est top bien ce qui nous arrive, non? glousse Fleur en s'asseyant

– Oui! Excellent sur toute la ligne! je m'exclame.

Je vois bien que Claudette aimerait jouir du moment mais je sais que son cerveau ne lui autorise pas plus de deux minutes de frivolité avant de repasser à la logique.

– OK. Tout ça est totalement fantastique..., commence-t-elle.

J'entends venir le «mais»...

– Mais, nous avons encore une broutille à régler.

– Nooooooooooooon... Les problèmes sont

derrière nous! On a nos billets! dit Fleur avec un sourire qui lui barre la figure d'une oreille à l'autre.

— Pas tout à fait derrière nous, précise Claudette. Je n'essaie pas de saper le moral des LBD en faisant la négative, mais récapitulons! Aucun des parents n'est encore au courant des billets gratos?

— Non. Il n'y a que nous, dis-je.

— Par conséquent, on a beau être officiellement invitées au festival par Spike Saunders, il nous reste à obtenir l'autorisation d'y aller?

— Oui, sans doute, dis-je.

J'ai fait l'impasse sur cet aspect du projet. Les billets et toute l'affaire Spike étaient si extraordinaires que j'espérais voir les parents disparaître d'une pincée de poudre magique.

— Autorisation, autorisation! se moque Fleur en fronçant son petit nez constellé de taches de rousseur. On n'a qu'à poser la question aux vieux ronchons et, s'ils disent non, on y va quand même! On ne vit qu'une fois! Spike serait hyper vexé si on n'y allait pas.

Claudette lève les yeux au ciel. Fleur se comporte parfois comme si elle ne la connaissait pas.

— Mais oui, Fleur! Parce que quitter Astlebury sous escorte policière après que nos photos auront été diffusées à la télé à la rubrique des fugueuses, ça ne serait pas la honte, peut-être?

Fleur se fige et devient affreusement pâle. C'est exactement le genre d'excentricité auxquelles Paddy pourrait se livrer.

Pas question.

— Ils nous embêtent à la fin! s'écrie Fleur. Je ne laisserai rien ni personne m'empêcher de vivre ça. Il faut qu'on ait leur feu vert. D'une façon ou d'une autre. Je n'ai pas raison?

— Si! D'une façon ou d'une autre, je renchéris faiblement.

Claudette ne dit rien. Mais tout le monde sait que Gloria Cassiera est la candidate la plus à même de tout fiche en l'air sur la foi d'un refus divin.

— Si vous obtenez l'autorisation de vos parents et moi pas, je vous demande d'y aller quand même, dit Claudette sincère. Je survivrai. Je n'aurai qu'à regarder les moments forts à la télé et…

— Pas question! s'écrie Fleur. On y va ensemble ou pas du tout! C'est la règle.

— Oui! Ensemble ou pas du tout. C'était ça l'idée, non? Une aventure LBD? Je presse la petite main brune de Claudette. On ne te laissera pas. C'est la règle.

— Merci, les filles, chuchote-t-elle. (Elle chasse une petite larme qui vient de faire son apparition derrière ses lunettes.) C'est toujours à cause de moi, n'est-ce pas?

— Non! On est dans la même galère. On a

toutes des parents qui sont persuadés qu'un tueur en série rôde à chaque coin de rue. Des paranoïaques ! lâche Fleur.

Quelle ironie ! Je repense au moment où on a rencontré Spike sous le chapiteau de *Blackwell Live*, notre petit festival maison de l'an dernier, Spike avec son sourire parfait et ses beaux yeux bleus. Je nous revois, essayant d'avoir l'air normal et mûr, à tel point que Spike a sans doute oublié que, sous le gloss et le mini string, il y avait des filles de quatorze ans encore sous le joug de parents tyranniques. (OK, ce n'est pas tout à fait exact. Claudette et moi, nous sommes effectivement comportées normalement à l'égard de Spike. Pas Fleur qui, à un moment donné, s'est mise à lui mordiller l'épaule.)

— Alors, qu'est-ce que tu en dis, Claudette ? je demande.

Elle réfléchit un moment avant de répondre.

— Voilà… je ne peux m'empêcher de penser qu'on peut trouver un compromis. Écoutez-moi bien parce que vous n'allez peut-être pas apprécier ce que je vais dire. Je me trompe ou on a un billet en rab ?

Effectivement, on en a un. Je ne m'explique pas pourquoi Spike nous en a envoyé quatre. Possible qu'il n'aime que les nombres pairs. À moins qu'il ait pensé que les «BDL» comptaient un autre membre mystérieux.

— Oui ! Et on va le vendre. Cinq cents livres !

97

Ça nous fera soixante-six livres chacune! Je m'achèterai une veste en cuir avec ma part. (Fleur se met à énumérer sur ses doigts toutes les possibilités.) Je me ferai faire des nouvelles photos pour mon book de mannequin...

— Pas si vite, Fleur. On va peut-être avoir besoin de ce billet...

— Pourquoi? demande-t-elle.

— Pour le donner à quelqu'un. Quelqu'un qui... euh... nous servirait de chaperon, suggère Claudette.

— De chaperon! s'insurge Fleur, crachant quasiment le mot offensant.

— Un chaperon? je m'étonne à mon tour.

L'idée ne me plaît pas du tout.

— Si on veut aller à Astlebury, c'est peut-être la seule solution, poursuit Claudette.

— Tu veux dire un adulte? je demande nerveusement.

— Oui, genre... Quelqu'un de responsable en tout cas, précise-t-elle.

Et là, j'imagine Magda Ripperton, en kaftan à fleurs et sandales, en train de s'éclater devant la scène principale d'Astlebury et une foule en délire de cent vingt mille personnes! Et les gens qui se moquent de moi et crient : «C'est la mère de Ronnie Ripperton!» puis, en me montrant du doigt : «Oui, la brune là-bas! Elle est venue avec sa mère! Quelle cruche!»

Gnngnnnngnngn!

— J'ai un peu mal au cœur, je marmonne en me levant. Je fais les cent pas un moment avant de m'effondrer sur le rebord de l'immense fenêtre de la chambre de Fleur qui donne sur Disraeli Road.

— Au fait, Ronnie, ton père est très branché musique, non ? Et il est plutôt marrant... des fois, dit Claudette, mine de rien.

Je la vois venir.

— Inutile d'y penser ! Qu'est-ce que tu essayes de me faire ? Arrête tout de suite ! Je ne veux plus en entendre parler !

Soudain, Fleur se redresse sur son lit, comme si elle venait de trouver la solution à nos problèmes. Ça paraît difficile à croire, mais je suis prête à une surprise.

— Je comprends ton point de vue, Claudette, se lance-t-elle. Ce qu'on recherche, c'est... quelqu'un de responsable. Du moins, considéré comme tel par les autorités, mais quelqu'un dont on serait également sûres qu'il ne nous file pas la honte de notre vie devant tout le monde et qui, de surcroît, ne nous colle pas quand on est en train de s'amuser comme des folles ?

— Oui ! Tu as une idée ? crions-nous de concert.

— Euh...

Fleur plisse le front, sollicitant chacun de ses neurones pour résoudre l'équation. On retient notre souffle...

— Non.

— Génial, je commente en soupirant.

— Retour à la case départ, dit Claudette d'un air sinistre.

À cet instant précis, le raffut familier d'une dispute qui éclate devant la chambre de Fleur nous fournit une distraction bienvenue. Chez les Swan, tout le monde raffole d'une bonne grosse engueulade avec l'un ou l'autre membre de la famille. Je suis sidérée qu'aucune porte ne soit dégondée. Cette fois, on dirait que Paddy ne s'en prend (furieusement) qu'à lui-même.

Ça déménage ! Et pourtant, il s'y connaît.

— Comment ? Oui, comment ? hurle Paddy. Comment peux-tu faire le tour du monde en rickshaw, éviter de te faire manger par des crocodiles ou de finir noyée dans des inondations et être toujours aussi incapable d'éteindre la lumière en quittant une pièce ?

Silence.

— Bien sûr, je connais la réponse, continue Paddy. Parce que c'est moi qui paye les factures, c'est ça ? Avec l'argent que je gagne à la sueur de mon front au fond de la mine…

— Ton père n'est pas banquier ? chuchote Claudette.

— Si ! Mais, apparemment, son bureau se trouve dans un puits de mine !

— On s'en fiche puisque c'est Paddy qui paye, c'est ça ? Ah ça oui, tu peux survivre au Népal avec deux roupies par jour, hein ? Mais une fois sous mon toit, tu deviens aussi radin que ta mère! Pourquoi ne pas brûler mon argent dans le jardin! Tout mon argent! On pourrait appeler ça : le barbecue estival des billets de Paddy!

— On dirait qu'il progresse à son stage de gestion de la colère, je glisse à Fleur.

— C'est le meilleur élève de la classe!

— Évidemment, qui se soucierait que je fasse faillite? Vous trouveriez un autre crétin pour payer vos dépenses. Pour vous, je ne suis qu'un distributeur de billets ambulant. Un de ces jours, je vais me faire installer un clavier sur la poitrine! (La voix tonitruante de Paddy se fait plus proche.) Et où est donc mon autre fille? Dehors ou dedans?

— Dedans! Sa chambre est allumée! rétorque Daphne «Népal» Swan qui réussit enfin à en placer une.

— Pftt! Ça ne veut rien dire! La lumière est allumée. Et j'entends sa musique de sauvage. Mais ça prouve quoi? Il est probable qu'elle est sortie depuis longtemps. Vous êtes toutes pareilles!

— Bla bla bla, dit Fleur, en bâillant comme une folle et en mimant une bouche qui s'ouvre démesurément.

Daphne finit par exploser.

— Oooooooooooooooh, tu m'énerves trop à la fin, espèce de fou furieux! Écoute-toi un peu délirer pendant des heures sur des ampoules!

Tu m'ennuies! Et en plus, tu te trompes sur mon compte. Je te ferais dire que je suis une personne raisonnable et responsable…

— Euh, bien…, grogne Paddy.

— Je n'ai pas fini! Où en étais-je? Ah, oui, je suis une jeune… adulte responsable. Et il est temps que tu commences à me traiter comme telle! Ce n'est pas ma faute s'il m'arrive d'oublier d'éteindre la lumière! Je suis un esprit libre! Je te rappelle que j'ai fait Khari Khola-Gorak Shep en trek sans tes constantes recommandations, merci, papa! Et que je peux me débrouiller sans, aujourd'hui aussi!

Bing! Pam! Bang. On a l'impression que toute la maison participe à la bagarre.

— Toutes mes félicitations! raille Paddy. Tes distractions népalaises m'enchantent! Pendant ce temps-là, dans le monde réel, j'avais des crises de panique à l'idée que tu aies laissé ton Babyliss branché, épuisant les ressources énergétiques du Népal et que Bibi se voit facturer la guerre civile qui en découlait!

Je ne peux pas m'empêcher de rire, mais Daphne le prend très mal.

— Ooooooooooooooooooh, ggnnnnnnnnnnn-nnnnnnn! Si c'est comme ça, je m'en vais! brame Daphne choquée. J'ai hâte de quitter cette maison. Et cette fois je partirai plus loin et plus longtemps! Pour toujours! Attends un peu, tu vas voir!

— Hoo hoo! Ne me tente pas! À quelle heure part ton cargo bananier? Je t'aiderai à porter ton sac à dos! s'esclaffe Paddy.

Ce n'est pas pour rien qu'on l'appelle Mephisto.

— Excellent! Si elle s'en va pour de bon cette fois, j'aurai définitivement sa chambre. La salle de bains est contiguë, murmure Fleur en se faisant les ongles.

— Fleur! Elle a l'air hyper mal, chuchote Claudette.

— Quand je serai partie, tu regretteras ce que tu viens de dire, prévient Daphne.

— Certainement pas! Je ne m'en fais pas le moins du monde. Plus j'essaye de me débarrasser de mes enfants, plus ils reviennent! Ton frère est pareil! Bien sûr, il passe son temps à nous menacer de partir mais, à l'odeur de pieds et de cigarettes qui passe sous cette porte, je crains qu'il ne soit toujours dans les lieux. J'attends avec une impatience non dissimulée le jour où vous décamperez tous! Dieu que je rêve d'une maison silencieuse où je pourrai m'asseoir en paix sans mes maudits enfants sur le dos!

— Un jour, tu regretteras d'avoir été si méchant avec moi, espèce de malhonnête! vocifère Daphne. J'appelle tout de suite maman à son cours de Pilates pour lui dire que tu veux me chasser! Je vais lui annoncer que je m'installe

dans un foyer pour clochards et que je vais travailler dans un salon de massage jusqu'à ce
que j'aie assez d'argent pour partir au fin fond
du Tibet!

Long silence.

— Ce n'est pas un peu radical? murmure
Paddy.

— Je me sens radicale! crie Daphne. Arrête
de me gronder comme une petite fille! J'ai
vingt ans, je suis une femme. Une adulte responsable! Tu ne veux pas le reconnaître!

— Eh bien... euh... ce n'est pas impossible,
grommelle Paddy.

— Alors, dis-le! gazouille Daphne.

Nouveau long silence.

Dans la chambre de Fleur, les trois paires
d'yeux des LBD fixent la porte. C'est mieux
qu'à la télé!

— OK, OK, marmonne Paddy. Tu es une
jeune adulte responsable. Maintenant, tu veux
bien me laisser passer, espèce de peste? Je voudrais aller regarder ma série!

Tandis que Paddy dévale bruyamment l'escalier, Claudette se redresse brusquement sur
le lit avec ce regard de pile électrique qui me
fiche si souvent la trouille.

— Nooooooooooon! crie Fleur qui a suivi son
cheminement de pensées et se réveille subitement.

— Mais ça pourrait être notre solution! la

contre Claudette en agitant le quatrième billet sous son nez, tel un matador.

– Paddy a bien dit qu'elle était responsable, dis-je.

– Noooooooooooon ! Noooooooooooon ! couine Fleur à nouveau.

La solution est dingue, mais elle pourrait marcher.

Juste au même moment, quelque chose que je serais incapable d'expliquer me pousse à regarder dans la rue. Mon cœur fait une embardée quand je vois une silhouette blonde familière s'éloigner lentement, un skate sous le bras. Jean baggy, sweat à capuche rouge, les épaules voûtées, vaincu. Je la reconnaîtrais entre mille même si, aujourd'hui, elle est un peu différente. Je n'y décèle plus aucune trace de frime.

Rien ne remplace la famille

Forcément, suggérer d'inviter Daphne à Astlebury provoque les hurlements de Fleur. Elle pique la crise du siècle, prétendant que Daphne est une vraie nouille (pas vrai, elle est plutôt sympa, elle aime la bonne musique et sort avec plein de garçons) et un parfait tyran (pas vrai non plus. Elle serait plutôt du genre baba cool). Toujours selon Fleur, Daphne est «une princesse qui se la joue», «complètement gâtée» et «qui fourre toujours son nez dans les affaires des autres». Cette dernière remarque manque nous faire sourire avec Claudette parce que… vous voyez, quoi.

Il fut un temps où je pensais qu'avoir une grande sœur était génial. Ça faisait office de meilleure copine à la maison! Une meilleure copine avec qui on devait passer son temps à parler de garçons ou à se vautrer dans son immense trousse à maquillage ou à se faire mutuellement des nattes. Et puis, on gagnait une deuxième garde-robe en lui chipant ses fringues les plus sexy!

J'étais vraiment cucul quand j'étais jeune.

Je suis devenue plus réaliste le jour où j'ai assisté à une bagarre entre Fleur et Daphne qui a dégénéré. Elles avaient roulé sur la moquette et se crêpaient le chignon en poussant des cris stridents, tout ça à cause d'une pince à épiler à cinquante-neuf pence!

— C'est pour le principe. C'est ma pince! avait argumenté Fleur furax d'avoir été privée de sorties jusqu'en 2012.

Bref, tout ça pour dire qu'elle refuse obstiné-ment de voir Daphne lui casser sa baraque la fois où elle part en mission pour se marier avec Spike Saunders.

Mais à la fin du week-end, après que les LBD ont partagé la nouvelle sensationnelle des billets gratuits avec leurs parents res-pectifs, Daphne s'est révélée le dernier atout dans notre manche. Car, bien sûr, les parents étaient enchantés que Spike Saunders nous ait envoyé des billets. Et bien sûr, tous reconnaissaient quel événement unique c'était. Et bien sûr, aucun ne voulait nous empêcher de nous amuser. Non, monsieur ! Et bien sûr, Magda souhaitait que je cesse de me lamenter sur le Prince des Demeurés et que je profite de ma jeunesse. Et bien sûr, Gloria Cassiera voulait récompenser Claudette pour les huit A qu'elle avait obtenus aux contrôles de passage en seconde. Et super bien sûr, Paddy rêvait que Fleur cesse de le poursuivre dans toute la maison, en lui demandant si elle pouvait y aller, encore et encore, comme un disque rayé.

Mais, en conclusion, il n'était pas question qu'on y aille.

Parce que nous étions trop jeunes pour partir seules.

— Il faut lâcher le morceau concernant le quatrième billet et inviter Daphne. On n'a plus beaucoup de temps. Il ne reste qu'une semaine ! finit par dire Claudette le mercredi soir.

Fleur maugrée un moment, en jetant des regards au montage-photos de son « mur Spike », sur lequel figurent plusieurs instantanés du postérieur dévêtu de son idole avec un soleil tatoué émergeant au-dessus des fesses. Puis elle se tourne vers nous et annonce, d'une voix lugubre mais stoïque :

— C'est d'accord.

Daphne et Paddy sont convoqués au Q.G. des LBD où on leur avoue le nombre exact de billets envoyés par Spike. Pas drôle du tout.

J'ai raconté beaucoup de bobards ces temps-ci, c'est toujours aussi difficile.

La nouvelle provoque un délire instantané. Daphne ne se tient plus. Elle propose même de nous emmener aux vergers Marmaduke où se déroule le festival, à cinq cents kilomètres d'ici, dans sa Mini Cooper gris métallisé !

— Ça serait comme un vrai voyage ! Ouaouh ! je m'écrie en souriant d'une oreille à l'autre.

— Oh, mon Dieu ! Ce serait trooooooooooooop génial, Daphne ! lâche Claudette.

Fleur ne dit rien.

— Excusez-moi, mais, quelqu'un m'aurait à nouveau enfilé mon manteau d'invisibilité par hasard ? Vous me voyez ? Oui ou flûte ? hurle Paddy qui semble remarquablement las.

— Pardon, papa ! Évidemment c'est à toi que revient le dernier mot. Tu diriges cette maison, dit Daphne respectueusement.

— Lèche-cul, murmure Fleur.

— Et si tu la bouclais, Genoux Cagneux ! rétorque Daphne.

— Je préfère avoir les genoux cagneux que les yeux bigleux, dit Fleur en louchant cruellement.

— Chut ! Fleur, je te signale que Daphne nous rend service ! crie Claudette.

— C'est ça, vas-y, défends-la! crache Fleur en croisant les bras.

À ce stade, je suis à deux doigts d'intervenir avec ma rengaine habituelle quand je remarque que les yeux de Paddy sont sur le point d'exploser.

— Ça suffiiiiiiiiiiiiiiiiiit! Arrêtez de vous disputer! Vous me rendez dingue! hurle-t-il en serrant son crâne piquant entre ses mains.

On a tout fichu en l'air cette fois. Non seulement, on lui ment pour essayer de partir seules à Astlebury, mais on ne fait qu'empirer les choses en se chamaillant devant lui comme des gosses.

Paddy nous regarde d'un air affreusement déçu, les yeux rétrécis, et visiblement assailli par mille pensées.

— Bien! Compte tenu de cette nouvelle donnée, je compte agir rapidement, annonce-t-il d'un ton énergique avant de quitter la pièce en claquant la porte.

Effectivement, c'est rapide.

Il disparaît dans son bureau, attrape son carnet d'adresses et, dans l'heure qui suit, appelle tous les parents concernés pour les inviter à une réunion le lendemain soir chez lui.

— Croyez-moi, nous ne sommes pas près d'oublier cette soirée! Je suis archi prêt à lâcher de la pression! je le surprends à vociférer au moment où je passe tel un Sioux devant son bureau pour aller aux toilettes.

De retour dans la chambre de Fleur, je fais rugir les filles en leur racontant ce que j'ai entendu.

Il ne faut jamais mettre Paddy Swan en colère.

Ça ne le rend pas franchement aimable.

— Si tu étais une vraie sœur, tu me filerais les billets, grogne Joshua en enfournant un énorme sandwich aux tacos et à la mayo.

— Va mourir, Joshua ! Plutôt les jeter à la poubelle, dit Fleur énervée, tandis que les LBD s'effondrent sur les chaises qui entourent la table de la cuisine pour essayer de se calmer avant d'affronter les parents en pleine réunion dans le salon.

— Charmant ! C'est la dernière fois que je vous accompagne quelque part, commente Joshua.

— Tu ne nous accompagnes jamais nulle part, dit Fleur.

— C'est parce que vous êtes toujours au moins dix et que vous n'allez jamais nulle part ! rétorque Joshua, très content de lui.

Fleur lui lance un regard noir. On sent qu'elle a envie de l'étrangler.

— D'après ce que m'a dit Paddy, toi, tout particulièrement, tu n'iras pas à Astlebury, annonce-t-il, tout sourire.

Il se retire un bout de pain coincé entre deux molaires, l'examine et le remet dans sa bouche.

Beurk! Comment se fait-il qu'en étant si dégueu il attire toujours autant les filles?

— Bref, je n'ai pas de temps à perdre à bavarder. Je m'en vais chez Wazzle. On est en train de se construire un laser! À plus!

Josh est presque arrivé à la porte quand il se retourne et déclare avec jubilation :

— De toute façon, je ne réclamerai pas ces billets… Mais c'était sympa de me les proposer.

— Et pourquoi ça? demande Fleur.

— Parce que le week-end prochain, on part à Amsterdam avec les copains pour fêter les dix-huit ans de Fordy! On lui paye une boîte de strip-tease! Ça va être génial!

Les LBD le regardent en affichant des degrés divers d'agacement et de dégoût.

— Avant que j'y aille… tu veux bien me tirer le petit doigt, Ronnie, s'il te plaît?

Josh me tend son auriculaire.

— Pourquoi? je demande.

Je tire sur son petit doigt jaune de nicotine sous le regard incrédule de Fleur.

— Ronnie, ne fais pas ça! hurle-t-elle, mais il est trop tard.

Prooooooooooooooooooooout! Le son reconnaissable entre tous des flatulences de Joshua retentit dans la pièce. Une puanteur ahurissante envahit l'atmosphère.

— Jossssssssssssssssh! Tu es immonde! crie Fleur en se précipitant vers la fenêtre.

– À plus! crie-t-il, s'éclipsant avec un énorme sourire de satisfaction.

– Nous vous attendons, mesdemoiselles! annonce M. Patrick Swan en passant la tête par la porte. Seriez-vous assez aimables pour vous diriger en bon ordre vers la salle d'interrogatoire, euh… pardon, je voulais dire le salon.

– On arrive, dit Fleur d'un air vaincu.

Paddy jette un coup d'œil autour de la cuisine en fronçant le nez.

– Je ne viendrais pas de rater mon fils? demande-t-il en agitant la main pour chasser l'infernale odeur de pet.

Fleur ne répond pas. Elle prend juste l'air furibard.

Le moment décisif

– C'était une blague, Patrick! Rien qu'une blague, marmonne ma mère, assise sur le canapé en cuir clair des Swan. La police n'aurait jamais dû intervenir. Quelle perte de temps!

– Merci, Magda! Toute cette histoire n'est qu'une diabolique erreur judiciaire. Tous les membres de mon club de golf sont d'accord avec moi, renchérit Paddy qui fulmine dans son fauteuil relax également en cuir.

– Pas tout le monde. Le magistrat qui t'a imposé la mise à l'épreuve joue parfois sur le parcours de Greenford Drive. Il est persuadé de ta culpabilité, le contredit Saskia Swan, vêtue d'un pantalon en soie crème impeccable et d'un élégant corsage en coton dans les mêmes tons.

Sous le coup de la fureur, les cheveux gris coupés en brosse de Paddy semblent se hérisser.

– Cette vieille baderne! C'est clair qu'il n'a pas d'adolescentes à la maison sinon il aurait compati à mon martyre! Au lieu d'une mise à l'épreuve, c'est une médaille que j'aurais dû recevoir!

Pauvre Paddy, il ne se remet toujours pas de cette fois où, en janvier dernier, il a surpris l'ex-copain de Fleur, Tariq, escaladant le mur de la maison pour pénétrer dans sa chambre à trois heures du matin. Aïe! Le petit film à la Roméo et Juliette que Fleur s'était imaginé ne devait sans doute pas comporter le déclenchement assourdissant de l'alarme anti-effraction, des essaims de voitures de police convergeant de toutes parts, les voisins en pyjama dans leurs jardins et Paddy Swan condamné à une obligation de soins pour avoir menacé un adolescent de quinze ans avec un fer de golf. Sa photo a même paru dans le journal! Avec ce titre : «La police voit d'un mauvais œil les partisans de l'autodéfense.»

Mon père le regarde continuer de vociférer avec des yeux ronds, essayant de mettre le doigt sur les mots non polémiques qui lui éviteraient de se friter avec quelqu'un. Papa ressent sans doute la même chose que moi lorsque je suis conviée dans le salon des Swan avec sa moquette crème, ses rideaux assortis et tous ses meubles en cuir et objets d'art luxueux posés en équilibre un peu partout. Il a sûrement peur d'expirer de crainte de faire une tache sur quelque chose. Comment peut-on vivre comme ça? Chez nous, il y a du bazar partout! Pas étonnant que les Swan essayent toujours de confiner Joshua dans sa chambre.

— Ah, la Grande-Bretagne d'aujourd'hui! finit par dire Loz au milieu du délire de Paddy, qui ne lui prête pas la moindre attention.

— Enfin, bon sang! Moi? Patrick Swan? Sautant autour d'une salle communale avec une douzaine de cadres stressés pour apprendre à gérer ma colère!!! (Il secoue sa tête congestionnée de rage.) Dis-leur, Saskia, que je ne suis pas colérique! explose Paddy.

— Mais non, bien sûr, mon chéri, approuve sereinement Saskia.

Saskia est le genre de femme à porter un pantalon crème comme celui qu'elle a aujourd'hui sans faire tomber une goutte de confiture dessus de toute la journée. Dans le coin le plus reculé du salon se tient Gloria Cassiera, arborant sa tenue de boulot intimidante : tailleur chic bleu marine et mocassins noirs bien cirés. La mère de Claudette est l'assistante personnelle du meilleur avocat de la ville. C'est la raison pour laquelle elle est toujours sur son trente et un. Gloria fait partie de ces femmes qui adorent leur boulot et adhèrent totalement aux principes de responsabilité, de loyauté… à l'extrême opposé de mes parents qui préfèrent de beaucoup faire les fous, boire du thé et éviter sciemment leur comptable.

— Personne ne grignote ? demande Saskia, en indiquant les olives fourrées et autres tampuras aux légumes hors de prix disposés sur la table basse.

— Dans un instant, dit Gloria.

L'épisode Tariq laisse Gloria silencieuse. Et pourtant, c'est elle qui connaît le mieux le dossier, ayant officié comme médiateur durant les jours qui ont suivi l'incident. Elle ne s'était pas contentée d'héberger Fleur le temps que les choses se tassent, elle s'était rendue chez les Swan avec une bouteille de rhum et un cake à la banane fait maison pour dissuader Paddy d'abandonner sa fille dans un orphelinat. Il paraît qu'après la collation, il est devenu plus conciliant. Fleur était de retour chez elle pour le dîner.

Près de la cave à liqueurs, Daphne prépare un Martini (secoué mais non mélangé) à son père dans un joli verre décoré d'un zeste de citron.

— J'ai cru que c'était un voleur ! répète inlassablement Paddy.

115

Claudette et moi pénétrons dans la pièce sur la pointe des pieds et allons nous asseoir sur les chaises que Paddy a pris soin de disposer au milieu du salon. Fleur fait une entrée fracassante, ne manifestant pas la moindre humilité. Ce qui nous avait pourtant été chaudement recommandé.

– Un cambrioleur? Vraiment, papa? C'est la première fois que j'entends cette histoire. Je t'en supplie! Raconte-la encore une fois! s'exclame-t-elle en tapant dans ses mains.

– N'énerve pas ton père, prévient vainement Saskia.

– Boucle-la, Fleur! l'enjoint Claudette.

– C'est ça, miss Grande-Gueule, ferme ta boîte à camembert! ajoute Daphne.

– Non, toi, tu la fermes! La bigleuse!

Paddy observe ses filles se disputer avec colère, puis son expression s'adoucit. Il a presque l'air heureux... comme s'il s'imaginait dans un endroit idyllique et silencieux.

Étrange.

– Venons-en aux choses sérieuses! annonce-t-il en reposant son verre. Si personne n'y voit d'inconvénient, je dirigerai cette réunion. (Il défait son nœud de cravate et se tourne vers les parents.) Ne vous inquiétez pas, je serai bref. Je sais que tout le monde est occupé. Les Ripperton ont un pub à ouvrir... et, Gloria, vous avez chorale ce soir, il me semble?

— Je chante le rôle principal, répond Gloria en jetant un regard inquiet à sa montre.

— Finissons-en rapidement ! ajoute-t-il.

Les LBD s'agitent, mal à l'aise, sur leurs chaises.

Ça s'annonce mal.

— Bien, comme chacun de vous le sait, nos délicieuses filles sont entrées en possession de billets pour un festival de musique qui se déroule vendredi prochain à cinq cents kilomètres d'ici.

— Je n'ai entendu parler que de ça, souligne Magda, en levant les yeux au ciel.

— Amen ! dit Gloria, le regard clair.

— Je ne sais pas ce qu'il en est pour vous mais, ces derniers jours, je me suis forgé une solide opinion concernant la question, commence Paddy en agitant le doigt.

— Et c'est parti, chuchote Claudette, si bas que je suis seule à l'entendre.

— Je suis tout ouïe, dit Fleur de mauvaise humeur.

Tout le monde est suspendu aux paroles de Paddy.

— Je pense… Je pense que **ce** festival pourrait constituer une excellente opportunité pour nos filles de se forger le caractère.

Euh… Quoi ?

— Bien encadré, cela pourrait être une leçon de vie très profitable, à laquelle ces jeunes filles ne cesseront de se référer plus tard, déclare Paddy avec enthousiasme, en agitant les mains.

Les LBD échangent des regards incrédules. Aurions-nous des voix?

— Cela dit, je suis également persuadé que Daphne, mon aînée, devrait les accompagner durant ce voyage de quatre jours, ajoute-t-il avec des grands gestes d'hôtesse de l'air désignant les issues de secours.

Daphne se redresse avec fierté et commence également à agiter les mains.

— J'ai beaucoup voyagé. En fait, je rentre à l'instant du Népal! avoue-t-elle en souriant.

Fleur ouvre la bouche... et la referme aussitôt.

— C'est exact. Daphne rentre du Népal, confirme Paddy, en hochant du chef avec fougue. Et je dois reconnaître qu'elle s'est révélée une jeune femme très... mûre et responsable.

Daphne a la tête qui enfle dans la seconde.

— Je pense qu'elle serait le chaperon idéal, poursuit Paddy. Avec Daphne aux commandes, mes inquiétudes sont plus qu'apaisées... En conclusion, je me prononce en faveur de ce déplacement!

Quoi? Ou le jumeau démoniaque de Paddy, qui cherche à le détruire, a fini par se pointer à Disraeli Road ou Paddy Swan prend vraiment le parti des LBD! Que se passe-t-il au juste?

Les autres parents méditent la nouvelle en

silence. Gloria Cassiera ne semble pas folle de joie.

– Eh bien… euh…, c'est votre avis, Paddy, dit ma mère. Qu'en pensez-vous, Saskia ?

Saskia Swan lance un regard vide à maman puis elle semble se concentrer. On croirait que c'est la première fois qu'elle réfléchit à la question.

– Huuuuuuum… Je pense que je serais plus heureuse si Fleur et Daphne étaient ensemble en Hollande, répond-elle en avançant sa bouche fardée.

– C'est Joshua qui part en Hollande, ma chérie, la corrige Paddy. Les filles veulent aller à Astlebury.

– Mais oui, bien sûr… Écoutez, je ne serai pas là de toute façon, dit Saskia, en tapotant son ventre ultra plat. J'ai un stage de yoga tout le week-end. Il faut impérativement que je me tonifie avant mon escapade à Antigua avec mes amies.

Ma mère la regarde d'un air outré, se retenant visiblement de la traiter de mère indigne, déjà transformée en sac d'os par le yoga, qui ferait mieux de s'intéresser d'un peu plus près à sa peste de fille.

– Bien, lâche finalement maman entre ses dents. Vous êtes donc pour, Saskia ?

Saskia se tourne vers ses filles, puis vers son mari.

— Si tout le monde est en paix, je le suis aussi, déclare-t-elle avec un calme qui vous glace les sangs.

— Et pour être en paix, je vais l'être, marmonne Paddy en se frottant les mains.

Puis, il se reprend et les pose sur les accoudoirs de son fauteuil.

Mais Magda n'a pas dit son dernier mot.

— Une minute, Paddy ! Je suis loin d'être aussi confiante que vous. Même chaperonnées par Daphne, les filles n'ont toujours que quinze ans ! Ce sont des gamines ! Si Ronnie doit disparaître de ma vue pendant quatre jours, il y aura des règles strictes à respecter.

Maman se tourne vers papa.

— N'est-ce pas, Loz ?

— Absolument, ma chérie. Des règles..., répète papa, puis à l'oreille de maman : comme quoi, par exemple ?

— Les filles devront nous appeler tous les jours. Rester ensemble, ne jamais s'éloigner de Daphne, ne pas parler à des types louches. Ne pas flirter avec des garçons...

Les LBD la regardent d'un air angélique comme si ces vilenies n'avaient jamais effleuré leurs purs esprits.

Maman s'interrompt pour reprendre son souffle et parcourt mentalement l'éventail de méfaits que nous pourrions être amenées à commettre.

– Ne pas fumer ! Et bien sûr ne pas boire d'alcool... Ne pas approcher d'individus sous l'emprise de je ne sais quelle drogue. Et j'entends par là n'importe quelle pilule, herbe, poudre, champignon ou tout autre invention actuelle dont son père et moi n'aurions pas entendu parler ! ajoute-t-elle.

– Ces règles seront obligatoires, Magda ! lui promet Paddy, redevenu le Paddy habituel. Je pourrais même rédiger un contrat officiel que les filles devront signer.

– Je le signe ! crie Claudette, rayonnante.

Elle adore les contrats.

– Moi, je ne signe aucun..., commence Fleur, mais je lui décoche un méchant coup de coude dans les côtes.

– Nous le signons ! disons-nous de concert.

Ma mère se tait.

Elle ne s'attendait pas à l'adhésion inconditionnelle des LBD.

– Par conséquent, madame Ripperton, si tout se passe comme prévu, en théorie vous seriez pour ? commence Claudette avec mille précautions.

– Hummmmmmm..., dit ma mère en se renversant dans le canapé avec une profonde inspiration. Je n'aurais jamais pensé m'entendre dire ça, mais bon... je suis d'accord.

– Ne nous le fais pas regretter, Ronnie, dit papa avec un clin d'œil.

Oh, mon Dieu ! Je n'en crois pas mes oreilles. Les Ripperton ont capitulé !

Je pousse un cri qu'on peut qualifier de couinement.

— Yeeeeeeeeeees ! siffle Fleur en courant embrasser Paddy sur son crâne piquant. Merci ! Tu es le meilleur des papas du monde !

Je lui décoche un regard qui dit : «On a promis à Claudette que c'était une pour toutes et toutes pour une. N'est-ce pas ?»

— Gloria ? Qu'en pensez-vous ? demande respectueusement Paddy.

— Allez, maman. Dis-nous, ajoute doucement Claudette.

Gloria regarde l'assemblée en silence. Tout le monde se penche pour l'écouter.

— Claudette..., commence Gloria dans son bel anglais teinté d'un léger accent ghanéen, quand tu m'as dit que Daphne voulait bien vous servir de chaperon pour aller au festival, j'ai reconsidéré la question. Vraiment. J'y ai beaucoup réfléchi, mais les faits restent les mêmes : Astlebury est un divertissement d'adultes.

Sa fille se fige, s'apprêtant à une déception.

— Ne me regarde pas comme ça, Claudette, l'enjoint fermement Gloria. Ce n'est pas une mince affaire pour moi ! Je ne veux pas t'empêcher de t'amuser, mais tu es sous ma responsabilité. Songe à ce que je ressentirais s'il t'arrivait quelque chose ! Je n'y survivrais pas.

Claudette regarde sa mère et les larmes lui montent aux yeux.

— Tout ça pour dire que j'ai mis le sujet sur le tapis avec mon groupe de prières, poursuit Gloria.

Claudette lève les yeux au ciel. Elle se plaint toujours que sa mère discute de choses personnelles avec eux.

— Je leur ai parlé du grand exode des jeunes pour aller écouter de la musique, dit Gloria qui s'anime. On a évoqué le son des tambours et les nuits passées à danser. On a même parlé du diable et de ses habiles manœuvres pour séduire la jeunesse… Pour tout dire, ce fut une discussion très enrichissante !

Gloria a parfois une façon de s'exprimer hypnotisante. Cela dit, Claudette n'est pas d'humeur à écouter un sermon.

— OK ! OK ! maman ! la coupe-t-elle d'un ton légèrement exaspéré. Et quel passage de la Bible avez-vous trouvé cette fois pour résoudre ce dilemme moral ?

Gloria se tourne vers sa fille avec une petite étincelle dans le regard.

— Job, dit-elle.

— Job ? je demande silencieusement à mon père.

— Pas la moindre idée, répond-t-il de la même façon en haussant les épaules.

Claudette réfléchit, parcourant ses connaissances bibliques. Elle s'énerve.

— Ooooooh, gnnnnnnnnngn, maman! Si ton excuse, c'est cette citation qui dit : « Ses os sont pleins des péchés de la jeunesse », je crois que je vais vraiment me fâcher!

C'est la toute première fois de toute l'histoire des LBD que je vois Claudette aussi en colère contre sa mère!

— Non, mon trésor! Il ne s'agit pas de celle-ci, proteste Gloria. Nous avons trouvé une infinie sagesse dans des versets bien différents.

Pour une fois, Claudette est sans voix.

— Bon, d'accord, je donne ma langue au chat, dit-elle, furieuse.

— « Et la musique emplit le paradis » ? propose Gloria qui teste les souvenirs de sa fille. « Tandis que les anges louaient notre Seigneur et Créateur de toutes choses » ?

Claudette regarde sa mère et un petit sourire commence à se dessiner sur ses lèvres.

— « Et quand Dieu créa la Terre, continue Gloria, avec de plus en plus de fougue, les étoiles du matin éclatèrent, unanimes, dans des chants d'allégresse, et tous les anges poussèrent des cris de joie! » termine-t-elle avec un petit sourire gêné à l'intention de sa fille.

Claudette déchiffre instantanément le code et se précipite dans les bras de sa mère pour lui faire un câlin géant. Elle est folle de bonheur.

— On peut me dire ce qu'il se passe? s'inquiète Paddy en secouant la tête.

— Je vous prie de m'excuser, Paddy, dit Gloria en recrachant des touffes de cheveux de sa fille. J'ai décidé de dire oui. Je fais confiance à nos filles pour être raisonnables et ne pas s'attirer d'ennuis. Claudette est autorisée à aller à Astlebury… Je pense qu'il y a une place dans sa vie pour «louer le Seigneur par la grâce de la musique et de la danse»!

— Alléluia! hurle Fleur en sautant et en tourbillonnant à travers tout le salon.

— Hourra! grommelle Paddy en secouant la tête.

— Merci mon Dieu! je babille, momentanément gagnée par la foi.

On a réussi!

Tandis que Daphne et les parents se lancent dans une discussion animée à propos de règles et de restrictions (zzzzzzz), les LBD foncent dans le jardin pour pousser des hurlements de joie et sauter sur place en disant n'importe quoi.

— C'est trooooooooooop génial! je hurle, si fort que des visages apparaissent derrière les rideaux de la rue.

Claudette danse d'un air complètement hébété.

— Ça c'est vraiment passé, hein? me demande-t-elle.

— Je savais qu'on arriverait à les convaincre! Je le savais! dit Fleur avec un sourire diabolique, puis plus bas : Ha! Ha! Vous nous voyez signer un contrat promettant de se tenir à car-reaux! Pfft! Non mais les vieux ne savent pas que les règles sont faites pour être enfreintes?

Claudette est tellement ailleurs qu'elle n'a vraisemblablement pas enregistré ce qui vient d'être dit.

— Et quant à ma sœur, ce bonnet de nuit…, me chuchote Fleur à l'oreille pendant que Claudette tourbillonne un peu plus loin, pouf-fant toute seule. Ce n'est pas la peine de se tra-casser à cause d'elle, Ronnie. Ne t'en fais pas, on va la semer, n'est-ce pas?

Contrat de comportement à Astlebury

Signataires : Fleur Marina Swan
Claudette Joy Cassiera
Veronica Iris Ripperton

Nous, les soussignées, acceptons de nous conformer entièrement et sans restrictions aux règles définies ci-dessous.

Les conditions de ce contrat s'appliqueront toute la durée de notre séjour hors de la surveil-lance parentale.

1. Nous acceptons de ne pas nous éloigner de Daphne autant que faire se peut.

2. Nous acceptons de téléphoner à la maison tous les jours.

3. *Nous acceptons de ne pas parler à des individus louches.*

4. *Nous acceptons de ne pas tenter de rapprochement physique d'aucune sorte avec le sexe opposé.*

5. *Nous acceptons de ne pas ingérer de boissons alcoolisées.*

6. *Nous acceptons de ne pas côtoyer des individus susceptibles d'être sous influence de substances illicites.*

7. *Nous acceptons de ne pas placer les familles Swan, Ripperton et Cassiera sous le feu des médias pour avoir commis des actes répréhensibles.*

Signé : Ronnie Ripperton
        Claudette Cassiera
        ~~Minnie~~ *Mlle Fleur Swan*

4. Le signal du départ

Évidemment, dès la phase euphorique «je suis tellement excitée que j'en vomirais presque» passée, je me lance sans délai dans la phase «je me ronge les ongles jusqu'aux coudes d'angoisse». Il faut croire que j'ai tendance à remâcher certaines situations, surtout les monstres de situations comme celle qui nous occupe. Mes parents ne comprennent jamais pourquoi je flippe toujours quand il s'agit d'aller à une fête. Ils me font des réflexions du genre : «Tu n'es heureuse que lorsque tu as une raison de t'angoisser!» ou «Même si tu gagnais au Loto, tu ferais encore une tête de bouledogue qui mange des guêpes.»

Mais qu'en savent les parents de toute façon? Ils n'ont pas idée à quel point c'est stressant d'avoir quinze ans! Enfin, bon sang, je suis en partance pour une aventure rock LBD de quarante-huit heures avec couchage en plein air et fête toute la nuit… et je ne suis pas prête! C'est une situation génératrice de multiples problèmes. Dois-je emporter mes fringues préférées? Ou vais-je me les faire voler dans la tente par des voyous en maraude? Faut-il que je prenne toute ma trousse à maquillage? (Décision de l'exécutif : oui. Je suis tellement moche au réveil que je dois me refaire toute la figure au crayon.) Y aura-t-il des toilettes en dur ou juste d'immondes toilettes de chantier? Fera-t-il beau ou mauvais? Ou bien beau et pluvieux? On peut s'attendre à tout en août en Angleterre. Est-ce possible d'avoir l'air chouette en K-way quand il se met à tomber des hallebardes? Dois-je me reteindre en auburn avant de partir au risque de revivre la mésaventure de notre dernière classe verte? À savoir : avoir le rouge qui me dégouline sur la figure pour cause d'averse, et ressembler à la fille qui vient de se prendre un coup de hache sur la tronche. Et enfin pourquoi ai-je l'air d'un troll ringard parti capturer un elfe des bois dans toutes mes fringues?

Soupir.

J'ai vu des photos des actrices et des mannequins qui traînent *backstage* dans les festivals, elles sont sublimes et hyper minces. Toujours en robes blanches Gucci hyper moulantes et talons Prada. Comment peut-on rester aussi glamour en faisant du camping?

— Bah! lâche maman avec un sourire malicieux tandis que je parcours avidement la rubrique «photos volées» de *Juke-Box*

Magazine à la recherche de tuyaux sur le chic en vogue dans les festivals. C'est parce qu'elles se changent dans leur mobil-home et vivent de blondes légères et d'eau fraîche le reste de l'année, explique-t-elle.

— Oh, là, là, là, dis-je en soupirant.

— Tu es belle comme tu es, Ronnie. Et ne t'avise pas de te transformer en porte-manteau complètement creux à l'œil de biche ou je t'abandonne. Je suis sérieuse.

D'un côté comme de l'autre, ce serait trop bien.

Dans les moments difficiles (cf. lundi soir), quand ce monde cruel et tourmenté soulève une pléiade de questions sans apporter aucune réponse, quand mes soucis pèsent sur moi tel un duffel-coat trempé, je procède toujours au même rituel. Je me traîne jusqu'à l'appartement 26 de la résidence Lister, histoire de demander à Claudette « Bloc-Note » Cassiera ce qu'elle en pense.

Claudette sait toujours tout.

— Voici ce que j'emporte, Ronnie, dit Claudette, en farfouillant dans son dossier Astlebury où elle pioche une liste rédigée bien proprement sur une feuille blanche. J'ai pris sur moi de te faire une photocopie, parce que je sais que tu es un peu…

— Un peu quoi ?

— Un peu… euh… Oublie. Tu veux du thé ?

J'asticoterais bien la petite péronnelle si je n'étais occupée à lire sa somptueuse liste exhaustive.

Ça donne ceci :

LISTE DE CLAUDETTE CASSIERA POUR ASTLEBURY

TRÈS IMPORTANT : emprunter le sac à dos de Mika (environ cinq kilos vide. Penser à le peser une fois plein car on peut avoir à marcher du parking à l'endroit du campement).

NE SURTOUT SURTOUT PAS OUBLIER :

* Tente « spéciale aventure en plein air » pour quatre personnes (important : vérifier que les mâts et le toit imperméable sont dans le sac)
* Sac de couchage
* Petit oreiller gonflable
* Mini matelas gonflable
* Mini pompe à vélo
* Maillet
* Lampe de poche
* Piles pour lampe de poche (environ cinq heures d'autonomie)
* Piles de secours pour lampe de poche (ça peut craindre de se retrouver dans le noir sous la tente)
* Petit sac à dos
* Chocolat (pour éviter l'hypoglycémie et secourir les diabétiques)
* Barres au müesli (fibres pour le « transit »)

* Vitamines (pas
sûre des valeurs
nutritionnelles du
hamburger végétarien)
* Noix (ou autres
denrées à forte teneur
en protéines)
* Sparadraps (note :
tâcher de dissuader
Fleur de prendre ses
talons aiguilles)
* Tampax de secours
* Serviettes de secours
* Comprimés pour les
règles douloureuses
* 5 strings neufs
(de toutes les couleurs)
* 2 strings neufs de
secours
* 5 paires de mini
chaussettes blanches
neuves
* 2 soutifs – un blanc,
un noir
* Épingles à nourrice
* Nécessaire à couture
de voyage
* 3 treillis (kaki/
camouflage/ bleu
marine)

* 4 T-shirts (le «Je
dormirai quand je
serai morte», le noir
moulant «Spike
Saunders en tournée»,
le rose pétard court,
le long blanc serré)
* 1 deux-pièces noir
* 1 bob
* 7 bandeaux
* 1 brosse à cheveux
* Écran total indice 25
* Lunettes de soleil
* Lunettes de lecture
* 2 grands paquets de
lingettes multi-usages
* Crème hydratante
* Bombe insecticide
* Argent (le
distributeur du festival
sera peut-être loin
et ça risque d'être
dangereux d'y aller
le soir)
* Papier/crayon
(au cas où il faudrait
donner notre adresse
à des types mignons)
* Dentifrice/brosse
à dents

* Pastilles à la menthe
(pour l'haleine de
cheval entre deux
brossages)
* Aspirine
* Comprimés contre
le rhume des foins
* 3 rouleaux de papier
toilette
* Un pull
* Un pull de rechange
* Un K-way
* Petit parapluie
pliable
* Ciseaux à ongles
* Rasoir jetable pour
jambes
* Mousse à raser
* Shampooing/crème
démêlante
* Déodorant
* Mini serviette de
toilette
* Batterie de secours
pour portable
* Pince à épiler
* Boules Quies
* Bouillotte
* Itinéraire d'aller et
de retour à prendre
sur mapfinder.com
* CD pour la voiture
de Daphne
* Drapeau

— Ouaouh! dis-je, le souffle coupé.

Je n'ai songé à rien de tout ça.

— J'ai mis ce qui me passait par la tête, lâche Claudette d'un air dégagé.

— Mais comment donc! dis-je en essayant de ne pas rire. Je ne savais pas que Daphne avait un semi-remorque.

— Humpf, bredouille Claudette. Je te ferais dire que mon barda pèse exactement vingt et un kilos. Je peux le porter toute seule sans problème, ajoute-t-elle, en contractant ses jolis biceps ambrés. En fait, quand je dis vingt et un, ça peut être vingt-deux... mais qui va compter?

— Tu as raison, dis-je en pliant la liste que je glisse dans mon sac.

— Bref, pendant qu'on y est, sait-on si Fleur a pensé à faire son sac? Ou va-t-il falloir s'en charger? s'enquiert Claudette, les yeux au ciel, une main posée sur la hanche.

— Je n'en sais rien, dis-je avec un petit rire silencieux.

— Ce serait du Fleur tout craché, poursuit Claudette en tirant sur ses couettes dans la glace. Je l'adore, c'est clair, mais il faut reconnaître qu'elle est souvent aussi efficace qu'un unijambiste à un concours de coups de pied au derrière.

J'essaie de rester neutre mais, quand elle se moque de Fleur, Claudette me fait tellement rire que j'en ferais pipi dans ma culotte.

Poussée par la curiosité, je quitte l'appartement des Cassiera, reprends la grand-rue, passe devant L'Incroyable et tourne dans Disraeli Road, histoire de voir comment se passe le compte à rebours de Fleur. Une chance, la diva platine est dans ses murs : étalée sur son divan surdimensionné, un masque à l'avocat sur la figure, elle télécharge une nouvelle sonnerie sur son portable, en feuilletant *Vogue*.

En dépit de ce que dit Claudette, Fleur peut faire plusieurs choses à la fois.

— Écoute, c'est Les Kings du Kong! me dit Fleur en me tendant le combiné flashy d'où sortent des couinements polyphoniques stridents. Le téléchargement ne coûte que deux livres! Il y a les numéros au dos de *Seventeen Magazine*.

— Une affaire, je commente, en lui passant la liste de Claudette.

N'y jetant qu'un coup d'œil hâtif, elle se met à se tortiller comme une folle sur son lit, agitant les jambes en l'air et poussant des gloussements hystériques.

— Non mais elle compte nous emmener où, la générale en chef Cassiera? On part se battre au Congo ou quoi? Cette femme est givrée! Une vraie maniaque de l'organisation!

— Tu sais bien qu'elle adore tout contrôler, dis-je avec diplomatie tout en essayant de ne pas rire.

— Elle n'aura pas besoin de la moitié de tout ça, dit Fleur, en me tendant sa liste perso, gribouillée au dos d'une vieille enveloppe.

Très intéressante lecture.

TRUCS POUR ASTLEBURY

* Miroir
* Lime à ongles/ bâtonnet pour repousser les cuticules

* Vernis bleu des mers du Sud
* Huile nourrissante pour cuticules

* Dissolvant
* Baume pour cheveux sans rinçage
* Eau de parfum Super Model
* Gélules pour durcir les ongles
* Lingettes démaquillantes à la vitamine E
* Tonique pour peau sensible
* 2 paires de boucles d'oreilles (une pendante, une pas)
* Bandes de cire pour s'épiler les aisselles
* Spray éclaircissant au citron pour les cheveux
* Crème hyper hydratante
* Gloss or
* Visière prune
* Énormes lunettes de soleil
* Petites lunettes de soleil
* Mini short en jean
* Treillis coupé
* Minijupe noire
* Dos nu noir
* Deux-pièces argent
* 4 tops courts (rose pâle, turquoise, jaune et noir)
* Chemise en mousseline
* 3 soutifs et strings assortis
* Bottes à talons aiguilles
* Sandales noires à talons compensés
* Chouchous
* Portable
* Sifflet
* Ailes d'ange
* Pistolet à eau
* Serre-tête avec trucs dessus
* Klaxon

— Pas de sac de couchage ? je demande après avoir revérifié la liste.

— Ah, oui… ça pourrait servir, dit Fleur en

me tendant un stylo avant de se replonger dans la lecture de *Vogue*. Tu me le notes, s'il te plaît?

Oh, là, là, là.

La onzième heure

Et me voilà, ce jeudi soir, dans mon boudoir dévasté, en train de faire le décompte des neuf heures qui me restent avant que Daphne et les filles viennent me chercher. Au son des complaintes angoissées d'Amelia Annanova et des Laissés pour Compte (je l'adoooooooooooore), je remplis nerveusement mon sac à dos de soutifs, mascara et autres crèmes solaires. J'ouvre le premier tiroir de ma commode pour prendre mon string rose préféré et pousse un soupir à fendre l'âme en tombant sur quelque chose que j'avais caché là. Sous mon vieux soutif 75 bonnets A de mes débuts, je découvre la photo de Jimi et moi que j'ai voulu soustraire à ma vue depuis l'épisode de la fête de Blackwell.

Je suis parfois obligée d'avoir recours à ce genre de petits trucs pour traverser les passes difficiles.

Cette photo a été prise la fois où les LBD, Aaron, Naz et Jimi étaient restés au bord de la rivière Caldwell bien après la nuit tombée.

Soupir.

Jimi est torse nu. Il a le visage noir à force d'avoir fait du skate tout l'été et il porte une casquette bleu marine. Je suis blottie sous son épaule, drapée dans sa chemise à carreaux trop grande pour moi, que je lui avais empruntée après que les garçons n'avaient rien trouvé de plus drôôôôôôôôôle que de me jeter à l'eau. J'ai les yeux qui pétillent.

On a l'air heureux tous les deux.

Je ferais bien de ne pas oublier de prendre un pull supplémentaire. Il n'y a rien de pire que de se réveiller glacée sous une tente. Je vais emporter le grand bleu, il ira avec mon jean. Tennis ? Barrettes ? Où sont mes lunettes de soleil ? Continuer à m'occuper.

Quand il a fait complètement nuit ce soir-là, on est partis au parc derrière le supermarché. Fleur flirtait avec Aaron (il ne lui plaisait pas vraiment, mais c'est tout elle), Claudette tenait son auditoire en haleine avec de folles imitations de McGraw, faisant hurler tout le monde. On était sur le vieux banc cassé avec Jimi, moi sur ses genoux, et il n'arrêtait pas de m'embrasser dans le cou. C'était une journée géniale.

Je referme le tiroir d'un coup sec pour ne pas voir cette preuve de l'existence de mon soi-disant, et pratiquement, ex-copain. Ça me rend malade. Je m'effondre sur mon lit, serrant fort mon nounours géant. Je m'empresse de préciser qu'il ne s'agit pas d'un cadeau de Jimi. Papa trouve désopilant d'offrir d'énormes cadeaux hideux à sa petite fille chérie le jour de la Saint-Valentin.

Je regarde mon portable, prise d'une soudaine agitation.

Arrrrrrrrrrrrgh! C'est de ta faute Jimi Steele si on se trouve dans cette mélasse!

Pas la mienne.

La tienne!

Oui, bon d'accord, j'aurais dû t'appeler pour qu'on en discute, et oui, bon d'accord, c'est un peu crasse d'aller à Astlebury sans te dire au revoir, mais les LBD ont raison, tu mérites une leçon! D'accord, youp la boum, j'ai passé le plus bel été de ma vie l'an dernier! J'ai réussi à te changer, sublime toi, en copain pour de vrai et, aussi incroyable que ça puisse paraître, tu étais fou de moi... mais l'hiver venu, tout a commencé à se... se détériorer un peu. N'est-ce pas?

Pour commencer, je me suis rendu compte que tu avais deux facettes : d'un côté «le Chamallow qui ne peut pas se passer de moi» et me rend la plus heureuse des filles de Blackwell..., et de l'autre le Jimi très irritant style «à un de ces jours» dont tu abuses chaque fois que tes potes sont dans le secteur.

Oooooooooooooooh, ça me met trop en rogne!

Tout ça parce que ni Naz ni Aaron ne sont capables de rester plus d'une soirée avec la même fille! Tu ne t'es donc pas aperçu, Jimi, que tes copains étaient des nuls sans intérêt?

Et j'ai encore plein de griefs à ton actif. Comme la fois où tu es quand même allé à l'anniversaire de Suzette Law, avec laquelle on t'a vu danser, alors que j'étais interdite de sortie pour cause de permission de dix heures !

OK, je sais que c'était son anniversaire et que tu voulais seulement te montrer gentil, néanmoins j'étais livide.

Et puis je déteste quand tu m'annules au dernier moment. Et que tu t'énerves les fois où tu prétends faire preuve de spontanéité et m'invites quelque part alors qu'on a décidé de longue date avec les LBD de se faire un cinoche ou de dormir chez l'une ou l'autre. Et OK, le fait que Fleur t'a vraiment dans le nez n'arrange pas les choses. Comment choisir entre vous deux ? Grrrrrrrrrrrrrrrrrrrrrrr.

En conclusion, c'est vraiment une plaie d'être amoureuse de toi.

D'autant que tu ne ressens pas la même chose que moi.

— Tu es prête ? demande maman qui passe la tête par la porte de ma chambre sans frapper et vient perturber mes pensées.

— Ooooooooooooh, maman ! Pourquoi personne ne frappe jamais ? J'aurais pu être toute nue !

Mes récriminations n'émeuvent pas ma mère.

— Ben voyons ! Ce serait la première fois que je te verrais à poil ! Quand je pense que, jusqu'à quatre ans, tu ne voulais pas t'habiller. Tu passais ton temps dans le plus simple appareil.

— Je croyais que tu gardais ce genre d'anecdotes pour mes copines ?

— J'en ai de bien pires, dit-elle en jetant un coup d'œil autour de la chambre. Tu pars toujours ? Tu n'as pas changé d'avis ? Tu ne restes pas avec ta vieille mère décrépie qui t'aime ?

Officiellement, elle plaisante. Officieusement, j'en suis moins sûre. Ce voyage lui met les nerfs en pelote.

— Non, maman. Pardon.

Soudain, je prends conscience que je devrais remiser toute l'affaire Jimi aux oubliettes. Demain, un nouveau chapitre de l'histoire des LBD attend d'être écrit. C'est tout simplement merveilleux.

— Je t'appelle vers sept heures, d'accord ? dit maman. Je vais faire ma caisse pendant que Seth dort. Profite de ta dernière nuit dans un bon lit, ma puce.

— Bonne nuit, maman.

Je pose mon sac à dos contre le mur et enfile mon pyjama rose. En me glissant sous la couette, j'appuie sur la touche «repeat» pour réentendre Amelia Annanova. Sur les premières notes d'*Évasion*, le premier morceau un peu tonique du disque, je contemple la pochette sur laquelle on peut voir Amelia dans une pose sexy, assise à l'arrière d'une Harley Davidson, vêtue d'un débardeur moulant blanc et d'un pantalon en python bleu. Elle a les cheveux longs, bruns et raides avec des pointes dorées et une mèche rouge sur le côté droit. Et des yeux verts d'une beauté époustouflante.

Parfois, on a besoin… on a besoin d'être seule
Parfois, on ne veut pas d'un homme qui fait l'épagneul
Je vais m'en sortir seule !
Laisse-moi et fais ton deuil !

Pfft. Je parie que la vie d'Amelia Annanova est parfaite. Qu'elle n'a jamais de problèmes de petits copains.

Faire mon sac m'a épuisée. En moins de deux, je dévale la pente de la sérénité. Mais, au moment d'approcher la frontière de zzzzzzzz-Land, mon téléphone sonne bruyamment sur ma table de nuit.

Un texto :

Tellement excitée que j'en vomirais presque.
Claudette 23:47

Je m'apprête à lui répondre quand je remarque que la mémoire de mon portable est presque pleine, il faut effacer des messages. J'entre dans «messages reçus», histoire de parcourir la liste et je bloque sur un texto vieux de deux semaines environ.

Trooooooooooooooooooop!!
Jimi 18:06

Je fixe le message pendant des siècles, morte
d'envie de répondre :

Trooooooooooooooop!
Trooooooooooooooooooooop!

Cela dit, je ne le fais pas.
J'éteins ma lampe de chevet. Et après ce qui
me semble être une éternité, je m'endors.

En route (mauvaise troupe)

Si les coups de klaxon intempestifs de
Daphne ne m'avaient déjà attirée à la fenêtre,
les gloussements et chamailleries de Claudette
et Fleur en train de ranger les sacs à l'arrière de
la Mini toute propre et pleine à craquer l'auraient fait. Daphne a garé sa sublime voiture,
cadeau de Paddy et Saskia pour ses dix-huit
ans, devant l'entrée de service de L'Incroyable.

— Claudette, ma chérie ! Tu as oublié ton
enclume de secours ! As-tu pensé à l'évier ? Tu
ne les as donc pas mis sur ta liste ? hurle Fleur,
vêtue d'un dos nu noir coquin et d'un mini
short en jean.

— La ferme, Swan ! Tu feras moins la fié-
rote quand tu me supplieras de te prêter mes
affaires, dit Claudette d'un ton un peu pointu.

J'ouvre la fenêtre de ma chambre et leur crie :

— Euh... je voyage sur le toit ou quoi ? Ça m'a l'air bien serré là-dedans.

— Eh ! Ronnnnnnnnnnnnie ! Dépêche-toi, j'ai besoin de parler à quelqu'un de sensé ! brame Daphne, absolument ravissante en treillis et chemisier en soie vintage.

— Je me mets devant, intervient Fleur. C'est moi qui ai les jambes les plus longues.

— Non, Fleur, la contre Daphne. C'est Claudette. Elle sait lire une carte.

— Exact. J'étais cheftaine chez les Jeannettes. De toute façon, Fleur, tu n'as qu'à te mettre dans le coffre avec les objets encombrants.

— Ha, ha, je ris, grogne Fleur.

Je descends mon sac qui pèse quatorze tonnes (du moins, c'est ce qui me semble). Loz et Magda m'accompagnent dehors pour me dire au revoir.

— Ma petite fille qui s'en va toute seule pour la première fois ! geint maman, faisant semblant de pleurer. Je ne veux pas voir ça ! Pars ! Vite !

— Faites attention à vous, jeunes filles, dit papa sérieusement en se penchant à l'intérieur de la voiture, tandis que j'essaie de me glisser à côté de cette grande saucisse de Fleur et de ses jambes interminables. Tâchez de ne pas oublier les règles sur lesquelles on s'est tous mis d'accord. Gardez-les bien là ! ajoute-t-il en se tapotant la tête.

— Bien sûr ! répondent en chœur Daphne et Claudette.

– Vous pouvez compter sur nous, monsieur Ripperton! dit Fleur avec un clin d'œil.

Daphne appuie sur le bouton électrique de fermeture des vitres et s'engage sur l'étroite allée pavée des livraisons. Les LBD agitent frénétiquement la main en souriant d'une oreille à l'autre. Je suis limite sur le point de pleurer. On est parties! J'ai du mal à croire ce qui nous arrive. Je l'ai vécu tant de fois en pensée. Mon cœur cogne comme un sourd. Soudain, juste avant de tourner dans la grand-rue, une silhouette masculine surgie de nulle part se jette littéralement devant la voiture, les mains tendues pour l'arrêter.

Tout le monde sursaute et hurle.

– Stop! s'écrie Claudette.

– Ronnnnnnnnnnnnnnnnnie! Atttttttttttttends, Ronnnnnnnie! brame une voix bouleversée.

– Oh, non, grommelle Claudette qui reconnaît immédiatement qui c'est.

– Arrrrrrrrrrgh, le revoilà, celui-là! Roule-lui dessus, Daphne! dit Fleur en tordant le nez.

Mais Daphne préfère tirer le frein à main.

– Oh, mon Dieu! C'est mon Jimi! je m'écrie, en me précipitant sur le bouton d'ouverture de la vitre. Jimi, qu'est-ce que tu fais là?

– À part gâcher notre journée? marmonne Fleur.

Jimi regarde Fleur, mais il ne lui répond pas. On dirait qu'il a perdu cinq kilos, ça lui donne l'air plus jeune et plus fatigué. Bess, son skateboard chéri, gît dans le caniveau, l'air aussi dépenaillé que lui.

— Où tu vas ? demande-t-il.

— Quelque part. On s'en va au Festival d'Astlebury.

— Quoi ? Comment ? Vous avez décidé ça quand ?

— C'est une longue histoire.

— Euh… mais… mais… (Il a l'air complètement déboussolé.) Tu ne peux pas partir ! Il faut que tu restes. Il faut qu'on se parle, Ronnie !

— Ooooooooooooh, ça suffit ! braille une autre voix familière.

Oh, non, voyant l'incident, ma mère a décidé d'intervenir !

— Qu'est-ce que tu veux au juste ? hurle-t-elle à Jimi.

Je regarde Jimi, puis maman, avec des yeux désespérés, ne sachant pas quoi faire.

— J'essaye d'expliquer à votre fille, madame Ripperton que… qu'elle doit rester ici pour me dire si oui ou non elle est encore ma copine ! s'embrouille Jimi particulièrement exaspéré.

— Ronnie ne «doit» rien du tout ! Elle est son propre maître désormais ! lui rétorque maman, toujours hurlant.

Oh, la hooooooooooooonte !

— Elle part s'éclater comme une folle à plusieurs centaines de kilomètres d'ici sans que vous soyez là à la faire tourner en bourrique avec vos agissements stupides!

J'aime bien ça, finalement.

— Exact! dit Fleur en me prenant sous son épaule, puis à l'adresse de Daphne : roulez, chauffeur!

— Allez, partons avant d'avoir à planter la tente dans le noir. On se reverra, Jimi, d'accord? intervient Claudette avec tact.

— Bye, dis-je à voix basse.

Je suis complètement tourneboulée.

Daphne accélère et tourne dans la grand-rue, gagnant rapidement de la vitesse. Claudette déplie la carte sur ses genoux et glisse le CD d'Amelia Annanova dans le lecteur, histoire de briser l'affreux silence. À l'arrière, j'essuie une petite larme et me tords le cou pour apercevoir L'Incroyable une dernière fois. Maman et Jimi ne sont plus que deux points minuscules sur l'horizon. J'ignore si elle a fini par desserrer le bras avec lequel elle lui emprisonne la tête.

Les people *aussi font des pets*

— Oh, mon Diiiiiiiiiiiiieeeeeeeeu, je n'y crois pas! commente Fleur qui parcourt avidement *Célébrités Magazine*. Amelia et Giovanni arrivent à Astlebury samedi soir de leur yacht amarré dans le port de Salinas à Ibiza. Ils sont en vacances en Europe! Le yacht est équipé d'un hélicoptère! Et d'un studio d'enregistrement! Ça leur permet d'enregistrer des morceaux tout en voyageant! Qu'est-ce qu'ils doivent être riches!

Pendant que Fleur poursuit sa lecture, des kilomètres et des kilomètres de magnifique campagne anglaise défilent derrière la vitre.

– Oooooooh! Et les Kings du Kong se sont fait faire des tenues de scène pour Astlebury par Hazel Valenski, la grande styliste new-yorkaise! Quoi? Écoutez ça: «On aurait surpris Curtis, le chanteur des Kings du Kong, les dieux du rock de Detroit, en train de dîner en tête à tête avec Hazel Valenski, la styliste chiquissime de Manhattan, alimentant les rumeurs de rupture avec sa fiancée, le top model canadien, Tabitha Lovelace.» Il est diiiiiiiiiiiiingue de se séparer de Tabitha! commente Fleur comme si elle les connaissait intimement. C'est la plus belle fille du monde! Je n'ai jamais vu quelqu'un d'aussi grand et d'aussi blond.

Fleur adooooooooooooore *Célébrités Magazine*. En réalité, elle aime tellement ça qu'elle s'est interdite de lecture dans les transports en commun depuis qu'elle a raté une fois son arrêt et s'est retrouvée à la station suivante. C'est le genre de magazine qui transporte Fleur dans un autre univers qu'elle préfère de loin au sien. Cela dit, après cette rencontre inattendue avec Jimi, je m'évaderais bien un peu de la réalité.

– Qui sont tous ces gens, Fleur ? glousse Daphne en changeant prudemment de file. Qui est ce Giovanni ?

Fleur soupire comme si elle venait d'entendre la question la plus bête du monde.

– Giovanni Baston, ma petite Daphne, est l'acteur italien avec lequel Amelia Annanova sort depuis je ne sais combien de temps. N'empêche, elle a envie de se marier, mais lui n'est pas encore décidé. Ils passent leur temps à se disputer. Et à se séparer.

– Comment tu sais tout ça ? demande sa sœur hilare en secouant la tête.

– Elle le sait, c'est tout. Crois-moi, dit Claudette, riant elle aussi.

– Curtis Leith est le chanteur des Kings du Kong, poursuit Fleur. Il est craquant mais néanmoins givré de laisser cette Hazel Valenski fourrer son nez dans sa vie.

– Qu'est-ce que tu dis ? Hazel Valenski se smackait avec Pharell Mars aux MTV Awards le mois dernier ! Elle ne perd pas son temps, celle-là ! j'explose.

– Tu vois, Daphne ! Ronnie Ripperton est au courant ! s'esclaffe Fleur.

Zut ! Perdu !

Je prétends officiellement ne pas m'intéresser

aux *people*... mais, au fond de moi, j'adore ça. Cependant, je suis différente de Fleur. Je ne suis pas fan des photos glamour de stars en représentation... Non ! Moi, je raffole des photos volées des paparazzi sur lesquelles on voit les *people* acheter de la lessive ou promener leur chien en survêt informe. Je suis totalement fascinée. Grâce à ça, je sais que les gens célèbres sont aussi ennuyeux que moi. Ou que je suis aussi passionnante qu'eux. Comme on veut.

– Y a des potins sur Spike Saunders cette semaine ? demande Claudette en proposant des bonbons à la ronde.

– Non, je ne crois pas, répond Fleur, regardant ce que Claudette lui a versé dans la main. Dis donc, je n'ai pas de cassis ! Je n'aime que les cassis.

Claudette râle, mais cherche des cassis pour la tatillonne à l'arrière.

– Je dis des bêtises, corrige Fleur. Spike aurait acheté un Jacuzzi avec des robinets en or 24 carats et une fonction maxi bulles.

– Mais qu'est-ce qui t'intéresse là-dedans ? s'étonne Daphne.

– Ça ne t'intéresse pas ? Tu es trop bizarre !

– Je ne suis pas bizarre, argumente Daphne. En quoi est-ce bizarre de trouver mes vrais amis de tous les jours plus intéressants que des étrangers qu'on ne voit qu'à la télé ?

Fleur bâille exagérément dans le dos de sa sœur.

— Quand j'étais au Népal, poursuit Daphne, nous étions complètement coupés du monde médiatique. Et vous savez quoi? Les Népalais sont bien plus heureux de leur sort d'un point de vue spirituel. En tant qu'êtres humains…

— J'ai déjà entendu ça. C'est passionnant! commente Fleur, sardonique, en me filant un coup de coude.

Daphne arrête de parler.

— Je t'écoute, Daphne, dit Claudette qui redoute de voir les LBD se faire abandonner sur le bas-côté de la route à 300 kilomètres d'Astlebury.

— Je trouve juste étrange, précise Daphne à Claudette, que les gens se passionnent pour d'autres gens qu'ils ne rencontreront jamais alors que le monde qui les entoure les ennuie!

— C'est là que tu te goures, Daphne, intervient Fleur. Car ces gens en question seront présents à Astlebury! On va donc les rencontrer! Voilà pourquoi il faut que j'épluche *Célébrités Magazine*. Excuse-moi, mais tout le monde sait que c'est nul de parler de son dernier album ou de son dernier film à une star!

— Ma petite Fleur, dit Daphne d'un ton condescendant, tu n'as pas l'air de te rendre compte que tous les *people* seront parqués bien à l'abri dans un carré VIP. On n'en verra pas un, à moins de faire le siège de la scène principale, armées de jumelles, comme les cent vingt mille autres spectateurs! (Daphne laisse échapper un petit sourire satisfait. Fleur fulmine.) De toute façon, je m'en fiche. Je suis venue uniquement pour les stands de médecine naturelle et les cessions d'impros de percussions.

– Parfait! Comme ça, avec un peu de chance, tu ne traîneras pas dans mes pattes tout le week-end! rétorque Fleur

– Crois-moi, marmonne Daphne dans sa barbe, je n'en ai pas l'intention.

Claudette qui est en train de me passer des bonbons lève un sourcil interrogateur, comme si elle me disait : «Tu as entendu ça?!»

Et là, le portable de Daphne sonne, indiquant qu'elle vient de recevoir un texto. Elle le lit rapidement, laisse échapper un petit sourire et passe à autre chose.

– Bref, vous savez ce que je déteste le plus dans ces canards? lance-t-elle avec un petit grognement. Ce sont les conseils beauté des *people*! «Arrêtez de consommer des produits laitiers et vous épouserez une rock star!» et aussi «Buvez six litres d'eau par jour et vous aurez un corps de mannequin brésilien.» C'est complètement idiot! Qui croit à ce genre de sornettes?

À l'arrière, se fichant pas mal des élucubrations de sa sœur, Fleur dévore la rubrique «vos stars en maillot ont pris du poids», en éclusant deux litres d'eau minérale.

— Euh… on a fait combien de kilomètres jusqu'à maintenant ? demande Fleur, en se tortillant sur son siège.

— Deux cents kilomètres, répond Daphne, en vérifiant au compteur.

— Euh… on ne pourrait pas faire un arrêt pipi ?

Karma

Je ne suis pas mécontente de faire une halte.

Non parce que je suis à deux doigts de faire pipi dans ma culotte, comme dit Fleur, mais pour vérifier si je n'ai pas reçu un texto. Je rêvais de le faire depuis des heures mais, comme les LBD ont l'air de me croire déterminée à infliger une leçon à Jimi, je ne voulais pas casser ma réputation en me languissant ouvertement d'un appel de lui. Quoi qu'il en soit, pendant que Fleur et Claudette mettent un souk pas possible dans la station-service (Fleur prétendant haut et fort se faire imprimer des cartes de visite hyper chics, Claudette se livrant à sa passion secrète pour le flipper), je réalise quelque chose d'absolument effarant : j'ai oublié mon portable ! Arrrrrrrrrrrghhhhhhhhhh !!!

Il n'est pas dans mon sac. Ni dans mon sac à dos. Ni dans aucune de mes poches. Je jurerais l'avoir laissé sur ma table de nuit. Grosse nulle! Je me sens soudain atrocement seule et glacée. Ronnie Ripperton loin de chez elle sans téléphone! J'ai la même impression que si je partais à un concours de poiriers sans culotte.

— C'est pas grave, Ronnie, dit Fleur quand je finis par leur annoncer la cata quarante kilomètres après la station-service. Il était temps que tu en changes de toute façon. Ton vieux portable était trop nul. Tu pourrais en prendre un qui fait appareil photo, comme le mien!

Fleur m'exhibe son portable argenté, sur l'écran duquel figure la photo du type chevelu avec lequel elle discutait tout à l'heure à la cafétéria de la station-service. Il a les joues mal rasées et enfourne un toast aux haricots d'un air ahuri.

— Il y avait du beau monde à la station-service! Hein, Claudette! Et ils allaient tous à Astlebury! Tu as remarqué les types trop mignons dans le van jaune tagué qui arrivait au moment où on partait? ronronne Fleur.

— Des types? Un van jaune? marmonne Claudette en faisant semblant de s'intéresser à la carte. Je n'ai rien vu.

— Je me sens coupable avec cette histoire de téléphone. C'était la règle numéro deux : appeler sa mère tous les jours. Ça fait deux heures que je suis partie et je l'ai déjà enfreinte!

— Moi, j'ai parlé à un type louche, si ça peut te consoler, Ronnie, avoue Fleur, en me remontrant la photo. C'est contraire à la règle numéro trois.

— Tu pourras téléphoner du mien, propose Claudette en riant. Arrête de te faire du mouron pour rien !

— Et si on appelait *Célébrités Magazine* ! «Ronnie Ripperton plongée dans un tourment injustifié !» se marre Fleur.

— Arrête, Fleur, dit Claudette. Tu sais bien qu'elle ne peut pas s'en empêcher.

— Euh… personne n'entend un bruit bizarre ? l'interrompt Daphne en baissant *Trop d'amour* des Kings du Kong.

— Je n'entends que les jérémiades de Ronnie. Et ça n'a rien de bizarre, s'esclaffe Fleur.

— Chuuuuuuuut, lui intime Claudette.

Nous roulons en silence pendant cinq à six cents mètres. Daphne a le front soucieux.

— Je vois ce que tu veux dire, déclare Claudette, un rien nerveuse. On dirait qu'il y a un truc qui bringuebale.

— La direction est flottante, souffle Daphne en s'accrochant au volant d'un air angoissé.

— Pourquoi ça fait ça ? je m'enquiers, retrouvant illico mes angoisses.

Ça frotte indéniablement du côté droit.

— Il y a quelque chose qui cloche, mais je ne sais pas ce que c'est, dit Daphne, la lèvre tremblante.

— Tu ne l'as pas fait réviser la semaine dernière,

ta voiture ? demande Fleur, pas charitable pour un sou.

— Si, Fleur! rétorque Daphne.

— Ne nous disputons pas, temporise Claudette. On ne ferait pas mieux de s'arrêter pour voir ce que c'est ?

— Dès que possible. Ça devient de plus en plus dur de rouler dans ces conditions! dit Daphne en ralentissant considérablement, tandis que des bolides nous dépassent à cent cinquante à l'heure. Que tout le monde guette un endroit où s'arrêter, ajoute-t-elle.

— D'après moi, on a crevé, remarque Fleur, mais personne ne l'écoute.

Un motard nous dépasse à toute blinde, en klaxonnant et en agitant furieusement la main dans notre direction.

À ce stade, je suis morte de trouille. Tandis que Daphne fait son possible pour rester sur la même file, un car qui passe en klaxonnant nous fait signe de quitter la route. Oh, mon Dieu! C'est donc ce qu'on ressent quand on va mourir ?

Fleur me prend la main et la serre très fort.

— Là! indique Claudette. Mets ton clignotant!

Daphne met son clignotant à gauche et se gare tant bien que mal sur le bas-côté, la pauvre Mini secouée de soubresauts. Une fois la voiture arrêtée, on reste assises en silence, en respirant à fond, puis tout le monde se précipite dehors et vient se poster devant le capot d'un air lugubre. Des flopées de voitures et de vans filent sur la route sans s'arrêter, les passagers se dévissant la tête pour observer les jeunes filles en détresse. J'ai trop envie de pleurer, mais je ne veux pas être la première.

— Vous voyez! Je vous l'avais dit, exulte Fleur en montrant la roue avant droite. On a crevé!

— Oh, non! gémit Daphne. Oh, non, non, non! Je n'y crois pas! C'est un très mauvais karma! Je savais que je n'aurais pas dû recommencer à manger de la viande!

Claudette la serre dans ses bras.

— Euh…, Daphne…, ce n'est pas la fin du monde! avance-t-elle avec moult précautions. On ne ferait pas mieux d'appeler quelqu'un?

Daphne regarde les LBD en réfléchissant puissamment, puis elle plonge la main dans son sac en patchwork et prend son portable.

— D'accord, dit-elle en se mordant la lèvre puis, s'adressant à Fleur : je vais appeler la seule personne à qui je pense.

— Minute, papillon! Il n'en est pas question! explose Fleur qui a compris de qui il s'agissait. On n'appelle pas papa! T'oublies! Sinon on n'aura jamais fini d'entendre le vieux schnock triompher! Tu es malade ou quoi? Il adorerait qu'on le supplie de nous aider!

— Je préfère encore supplier qu'on m'aide

et repartir pour Astlebury, plutôt que de passer le week-end sur le bas-côté d'une route en plein vent !

Au même instant, un véhicule passe en trombe à côté de nous, en klaxonnant joyeusement. Tout le monde lève les yeux, espérant qu'il s'agit d'un bon Samaritain. Au lieu de ça, on aperçoit un éclair de Land-Rover verte dont le pare-chocs anti-rhinos brille de mille feux au soleil. Sur le siège passager, Abigail arbore un sourire satisfait, tandis qu'à l'arrière Derren et Leeza font de grands signes, en poussant des hurlements joyeux, et quant à leur immonde chauffeur, Panama, elle garde un œil hautain sur la route, en se délectant du malheur des LBD.

Je ne vois pas Zane. Pourvu qu'ils l'aient mis sur la galerie et qu'il se soit fait décapiter sa tête de mandarine par une branche d'arbre.

— Ha ! Ha ! Pas de chance ! Va falloir faire du stop ! hurle Abigail en levant le pouce d'un air narquois.

Et hop, ils ont disparu, fonçant vers Astlebury en se fichant éperdument du reste du monde. On contemple en silence la Mini en panne.

— Écoute, Fleur, appelons Paddy, d'accord ? C'est ce qu'on a de mieux à faire ! dis-je prudemment, nous trouvant soudain bien idiotes et bien dépassées pour avoir besoin de l'aide d'un adulte.

N'empêche, je suis carrément choquée que Panama ne se soit pas arrêtée. C'est une peste, tout le monde le sait, mais on est vraiment dans la panade. On ne lui aurait pas fait la même chose.

— Je me fiche de Paddy! Et je me fiche d'eux! hurle Fleur à l'intention de la Land-Rover qui a disparu depuis longtemps. Puis, avançant vers le pneu à plat, elle ajoute : je vais la changer, moi, cette roue!

On la regarde d'un air ébahi, un peu comme si elle avait dit : «Ne vous en faites pas les filles, je vais vous changer ce brin de paille en Mini dorée!»

— Quoi? bafouille Claudette.

— Je vais changer la roue, répète-t-elle comme si ça allait de soi. Je l'ai déjà fait. C'est pas sorcier.

— Euh… je ne suis pas sûre que…, dis-je.

— Alors, ça, c'est parfait! Vous me prenez pour une blonde idiote qui ne peut pas le faire, c'est ça?

— Non, c'est juste que…, l'interrompt Daphne. Mais on ne peut plus arrêter Fleur.

— Juste que quoi? Juste qu'il se trouve que j'ai déjà changé deux fois une roue avec papa! Juste qu'il m'a ordonné de faire méga attention à ce que je faisais car, disait-il, «ça l'insupportait d'avoir trois femmes à la maison incapables de changer une roue»!

Daphne rougit et détourne les yeux.

– Ou juste que je vais être obligée de vous battre comme plâtre avec mon beauty case Vuitton si je rate ce satané festival ?

– Dit comme ça, marmonne Claudette.

– Bien, Daphne, reprend Fleur en tapant dans ses mains, j'espère que tu as un cric, une manivelle et une roue de secours !

– Évidemment, rétorque Daphne, vexée.

– Bon, alors, au travail, les filles ! Claudette, tu m'aideras pour les trucs lourds parce que tu as les plus gros biscotos. Puis, lui montrant ses ongles vernis en rose pâle : je viens juste de me faire poser ces faux ongles hors de prix. Je serais effondrée si je m'en cassais un.

Claudette et moi échangeons un regard rempli d'appréhension.

Fleur n'en tient pas compte, elle arrache les clefs de la main de Daphne et ouvre le coffre. Puis se tourne vers nous d'un air passablement énervée.

– Allez, les mauviettes ! On ne rêvait pas d'aventure ? Écoute, Daphne, arrête de faire ta mauvaise tête, tire le frein à main et passe une vitesse, s'il te plaît ? Claudette, prends cette manivelle et aide-moi à retirer l'enjoliveur.

– Qu'est-ce que je dois faire ? je demande avec un certain sentiment d'irréalité.

– Tu prends ce cric. Je te dirai où et quand le placer ! répond Fleur en me faisant un clin d'œil.

— On dirait une vraie équipe de Formule 1 ! s'exclame Claudette qui a retrouvé le sourire.

— Mais en plus sexy que celles qu'on voit habituellement aux stands, réplique Fleur, en s'attachant les cheveux en palmier au sommet du crâne avec le chouchou glissé à son poignet. À nous, Claudette ! D'abord, tu desserres les boulons que tu vois là et sans t'énerver comme une folle ! Il faut le faire correctement. Après, une fois que le cric sera mis, c'est toi qui tourneras la manivelle.

— OK, approuve Claudette.

— J'ai la trouille, dis-je avec la lèvre qui commence à trembler.

— Arrête de faire ta demeurée, Ronnie. Tout va bien se passer, me rassure Fleur en souriant. De toutes les manières, à quoi ça sert d'être des Bambinas Dangereuses si on ne fait jamais rien de dangereux ?

Daphne regarde les LBD avec l'air de quelqu'un qui n'en revient pas de ce qu'elle les autorise à faire. Elle tient à cette Mini comme à la prunelle de ses yeux.

— Important, les filles : bien garder son nez loin des opérations tant que la Mini monte ! Pas question de se faire coincer un bout de quelque chose sous la voiture. Ne vous faites pas écrabouiller, d'accord ? Ce n'est pas du tout ce qu'on veut.

— Pas de problème, dit Claudette en commençant à desserrer les boulons.

C'est trop bizarre de voir Fleur prendre les choses en main. Je ne peux m'empêcher de l'admirer même si, en short microscopique et haut disco à sequins, elle passe difficilement pour un mécano.

– Ronnie ! À toi ! hurle-t-elle.

Le dernier boulon desserré, je positionne le gros cric encombrant à l'emplacement prévu et je le bloque.

Fleur s'arrête une seconde pour me regarder faire d'un air inquiet.

– OK, ça doit être bon, Claudette, à toi de jouer !

Claudette commence à tourner la manivelle à la force de ses bons petits muscles. Au début, rien, mais bientôt un miracle se produit.

– Oh, mon Dieu ! Elle monte ! Elle monte ! couine Fleur qu'on retrouve telle qu'en elle-même, tandis qu'une tonne de tôle s'élève centimètre par centimètre.

– Je n'en crois pas mes yeux ! s'exclame Daphne.

– Oh, mon Dieu ! On a réussi ! je crie en me plaquant la main sur la bouche de surprise.

– C'est génial ! Elles ne sont pas fortes, les filles ? s'esclaffe Fleur en poussant la roue de secours vers la voiture.

– Attends une seconde. On dirait qu'on a de la compagnie, dit Daphne nerveusement.

Daphne a raison. Un van jaune crado entièrement tagué à la bombe s'arrête derrière nous, en klaxonnant. Débauche de klaxon due essentiellement au fait que Fleur révèle en se penchant plus de petites fesses adorables que la décence ne l'exige.

Claudette arrête de tourner la manivelle et se redresse, les mains sur les hanches.

– Bon giorno, les filles ! crie une voix farceuse depuis le siège passager.

– Vous me vérifiez les niveaux quand vous voulez, mesdemoiselles ! brame une autre voix du fond du van.

– C'est les types de la station-service ! piaille Fleur en retirant vite fait son chouchou. Salut, les garçons ! roucoule-t-elle, en agitant la main.

– Vous avez un problème ? demande le chauffeur du van, un brun au visage bronzé.

– Tout va bien, merci. On a presque terminé, répond Claudette d'un air pincé.

Fleur lui file un coup de coude.

– En fait, on n'en est pas très sûûûûûûûûres, la contredit-elle, en prenant une voix de petite fille. On se demande si on n'a pas crevé ou un truc du genre, mais on ne sait pas. On est des filles ! On n'y connaît rien !

Claudette lève les yeux au ciel. Et je me retiens de pouffer.

– Vous voulez que je jette un coup d'œil ? suggère le brun. On ne peut quand même pas vous abandonner à votre triste sort !

– Oh! hi! hi! glousse Fleur. Ce serait trooooop chou! Merci beaucoup! Au fait, tu t'appelles comment déjà?

– Oh, non! murmure Claudette.

– Joel, répond le chauffeur du van en coupant le contact et en descendant de voiture.

Joel doit avoir dans les dix-huit ans à peu près, il a les cheveux ultra courts avec des pattes. Ses yeux sont noisette foncé et il doit piquer un peu. Oh, zut! Je l'admets : il est craquant! Et il le sait sûrement, c'est bien le genre.

– Et toi, tu t'appelles comment? demande Joel, tendant la main à Fleur avec un sourire.

– Fleur Marina Swan. Enchantée de te connaître, Joel! roucoule la bombe platine.

Daphne fait un petit signe de main assez froid à Joel.

Puis il se tourne vers moi alors que je suis en train de m'essuyer du cambouis sur le front avec une lingette.

– Moi, c'est Veronica…, je bafouille. Euh, je veux dire Ronnie. On m'appelle comme ça. Des fois, Ron… Mais tu n'as qu'à m'appeler Ronnie!

– Entendu, Ronnie, approuve joyeusement Joel tandis que je pique le fard du siècle.

– Moi, c'est Claudette, annonce Petite C. en serrant fermement la main de Joel. Bon, on l'a changée comme il faut, cette roue, ou pas?

Joel s'accroupit à côté de la voiture tandis

164

que sa bande de potes hétéroclite s'extrait du véhicule.

— Il ne faut pas demander ça à Joel. Il est incapable de changer de caleçon sans un mode d'emploi! raille un blond, la boule à zéro, en jean baggy bleu clair et débardeur blanc, le bras gauche couvert d'un entrelacs de tatouages celtiques.

— La ferme, Damon! rétorque Joel en contemplant d'un air dubitatif la roue impeccablement remplacée par les LBD. Vous saviez changer une roue, non?

— Oooooooh, pas tout à fait. On a fait ça au hasard, minaude Fleur.

— Le hasard est bien tombé, semble-t-il. Il vous reste à finir le boulot, dit Joel.

— Oooh, mon Dieu! Trop bien le tatouage! couine Fleur en pointant du doigt le soleil qui émerge de la nuque de Damon. (Vous pouvez faire confiance à Fleur pour oublier ce qu'elle a à faire dès qu'elle se trouve en présence de la plus petite trace de testostérone.) Spike Saunders a le même en haut des fesses! Vous en avez d'autres à nous montrer?

En deux secondes, Fleur a débauché son assistant mécanicien, Claudette, pour lui faire admirer les innombrables tatouages qui ornent le dos large de Damon, pendant que les deux garçons restants (Nico, cheveux noirs bouclés, et Franny, cheveux longs blonds) retirent leurs

T-shirts et se mettent à échanger des histoires d'aiguilles de vingt centimètres de long et d'évanouissements dans des salons de tatouage.

— Ne t'inquiète pas, Ronnie, je vais t'aider. À moins que tu n'aies envie de rester là toute la journée, dit Joel, plus réservé que ses amis.

— Pas question! Il faut qu'on arrive à Astlebury ce soir pour planter la tente avant la tombée de la nuit.

Noooooooon!

N'est-ce pas le truc le moins sexy que vous ayez jamais entendu? C'est la première fois de toute ma vie que j'emploie l'expression «tombée de la nuit». J'ai tourné shakespearienne ou quoi? Tais-toi, Ronnie! Tais-toi!

Dommage, je ne le fais pas.

— On voudrait trouver un bon coin. Ni trop près ni trop loin des toilettes, tu vois?

Gnnnnnnnnnnnnnnnngh! De pire en pire!

— Il y en a une qui ne peut pas se retenir? s'esclaffe Joel qui bat des cils sous l'effort car il tourne la manivelle (cils qu'il a d'ailleurs immenses et bruns).

— Pas moi, en tout cas! dis-je en laissant échapper un grognement inopportun. J'ai une vessie d'éléphant! Je peux tenir pendant des siècles!

Je m'arrête en plein délire. Joel me regarde.

— Tu peux tenir pendant des siècles?

— Sans faire… pipi, j'ajoute, honteuse et me sentant minable.

Si seulement Daphne avait garé la Mini sur le terre-plein central!

— Tu dois avoir du succès avec un exploit pareil, s'esclaffe Joel au moment de placer la roue de secours. Ce que nous faisons ensemble. Et qui me donne l'opportunité de me rapprocher de lui. J'ose l'avouer : il embaume l'after-shave de luxe avec une note de lessive en poudre. Ce qui diffère sensiblement de mon Jimi chéri qui sent plutôt le panier de linge sale et l'huile lubrifiante.

— Cela dit, continue Joel, toujours riant, tes exploits ne sont pas aussi impressionnants que ceux de Franny : il est capable de régurgiter une bière et de la reboire!

— Beurk! C'est immonde!

— Tu l'as dit! approuve Joel.

Je ne comprends pas qu'un type aussi sensible fréquente ce genre de lourds.

Joel me tend le cric et je le range dans le coffre, surprenant Daphne en grande conversation sur son portable. Me voyant, elle baisse sensiblement la voix.

— Tout ça pour dire qu'on va à Astlebury, m'annonce Joel en s'essuyant les mains.

— Ah, bon?

— Tu ne croyais quand même pas qu'on était une bande de dépanneurs amateurs? glousse-t-il.

Je me retourne et vois Claudette et Damon en train de comparer leurs muscles dorsaux respectifs tandis que Nico fait des abdos dans l'espoir d'impressionner Fleur.

— Non, pas vraiment, je réponds avec un sourire.

— Ils ont fini! En route! Merci, Joel! clame Fleur.

— Peut-être qu'on se reverra près de la grande scène? me dit Joel, par gentillesse évidemment.

— Oui! Pourquoi pas... (je me sens soudain infidèle).

— Ronnie! Monte! m'interrompt Claudette en hurlant. On est carrément en retard. Il faut reprendre la route.

Joel me sourit et houspille ses copains pour les faire remonter dans le van plein à craquer de sacs à dos et de guitares.

— À plus, sorcière! crie Damon en faisant un clin d'œil à Claudette.

— Salut, Damon! répond Claudette, prétendant être outrée. Tâche de ne pas te faire faire d'autres tatouages, on dirait un monstre!

Damon louche, puis monte dans le van.

— Au revoir! Et merci! crie-t-on en chœur avant que l'équipe de dépanneurs la plus sexy de Grande-Bretagne disparaisse dans un nuage de poussière.

— On est encore loin? chantonne Fleur au moment où nous reprenons l'autoroute.

— Il reste deux cents kilomètres, répond Daphne en vérifiant ses rétros. Mais, dans une

168

heure, on quitte l'autoroute pour prendre les petites routes secondaires qui mènent aux vergers Marmaduke. Ça va nous obliger à ralentir. Là, j'aurai besoin de tes talents de copilote, Claudette.

— Aucun souci, dit-elle avec une méga banane.

Je la trouve drôlement en forme depuis notre crevaison.

Très vite, Fleur se plonge dans *Célébrités Magazine* et Daphne entreprend Claudette sur le sujet des transports népalais. Quant à moi, la joue appuyée contre la vitre chaude, je perds peu à peu conscience des bruits de la circulation.

— Tu vas bouger, espèce de vieux dinosaure ! Je veux te doubler ! Tu es sur la voie rapide ! marmonne Daphne qui talonne une Coccinelle bleu nuit roulant comme un escargot.

— Vous avez vu le panier à pique-nique et la couverture écossaise ! C'est un papy en promenade ! pouffe Claudette.

Le papy s'étant décidé à changer de file, Claudette et Daphne reprennent leur conversation et je repose ma joue contre la vitre. Ce faisant, j'aperçois les passagers de la Coccinelle en une nanoseconde. Le chauffeur est un vieux monsieur affublé d'une casquette en tweed et de moustaches en tortillons. Il me fait penser à Sherlock Holmes. À côté de lui est assis un jeune homme blond beaucoup plus jeune, portant un sweat rouge à capuche. Fonçant vers notre destination, on les dépasse en un éclair.

Gnnnnnnnnngn, ça y est ! Je perds vraiment la tête ! Voilà que je me mets à avoir des visions !

Je prends une profonde inspiration et ferme les yeux.

En un rien de temps, je sombre dans un profond sommeil que mon esprit troublé peuple d'images de sacs à dos dorés que je bourre de cheveux blonds et de coquilles d'œufs, de vans pleins de purée de banane et de pièces d'échiquier géant, des bottes à talons aiguilles de Fleur que je remplis de thé, de Job au paradis, frappant du tambour avant d'être jeté dans la rivière Caldwell et qui finit par emprunter la chemise de Jimi. De ma bouche, grande ouverte, qui attrape des feuilles de magazine roulées en boule.

Une seconde.

Ça, je ne le rêve pas.

— Arrête, Fleur. Elle va s'étouffer, la sermonne Claudette.

— Mais j'essaye de la réveiller ! réplique Fleur en me jetant une autre feuille arrachée à son magazine. Ça fait des heures qu'elle dort. On dirait une plante carnivore.

— Allez, Ronnie ! Il est l'heure de se réveiller, chuchote Claudette.

J'ouvre mes yeux englués de sommeil. Le soleil commence à se coucher. On roule à deux à l'heure. Une file interminable de véhicules s'étire devant et derrière nous.

— Ronnie, tu es avec nous ? demande Claudette en me tapotant l'épaule.

— Ronnie ! On est arrivées ! ajoute Fleur.

5. *Des fruits, des zigotos et des ailes d'ange*

Possible que je sois toujours en train de rêver.

Tandis que la Mini remonte la pente en zig-zag (un coup à droite, un coup à gauche et recoup à droite) plutôt abrupte d'un chemin de terre, le parfum tenace de fruits trop mûrs envahit la voiture. Des deux côtés de la route s'étendent de magnifiques vergers ! D'innombrables rangées de pommiers croulant sous leur charge, la moindre branche couverte de délicieux fruits rouges qui tombent, s'éparpillent au sol et s'écrasent sous les roues des milliers de véhicules qui se rendent au festival. Assez de pommes pour que ma mamie fasse des crumbles, des tartes et des tatins encore quelques centaines d'années.

Les pommiers laissés derrière nous, on arrive en vue d'immenses champs de poiriers. Il semblerait que j'aie ronflé comme un sonneur pendant les pruniers.

— Les vergers Marmaduke ! Je ne m'attendais pas du tout à ce que ce soit…

— Ah! Ah! Tu es vivante! dit Claudette. Nous non plus, on ne s'attendait pas à ce que ce soit de vrais vergers!

— On est sur la propriété du baron Marmaduke, précise Daphne en freinant pour laisser passer une fille avec des ailes d'ange rose pétard accrochées sur son sac à dos.

— Il paraît que c'est un millionnaire excentrique! Il faut l'être pour laisser cent vingt mille inconnus faire la fête dans son jardin! s'esclaffe Claudette.

Fleur jette des regards impatients autour d'elle, tendant le cou pour apercevoir le sommet de la colline. Cette débauche de bon air et de végétation lui file visiblement les chocottes.

— On est à des années-lumière de la civilisation! Où se trouve ce satané festival? Qu'est-ce qu'on fabrique dans un verger? râle-t-elle.

Daphne s'énerve car le bus à étage bariolé qui se trouve devant nous a les freins qui patinent.

— Je t'en supplie, ne recule pas! Sinon, on va finir écrabouillées! murmure-t-elle.

Fleur vérifie anxieusement derrière nous si on a la place de se dégager et pousse un cri en croyant reconnaître une voiture dans la queue.

— Ne vous retournez pas tout de suite, souffle-t-elle, regardant droit devant elle, l'air faussement calme. Mais il me semble qu'il y a une Land-Rover plus bas.

— Quoi? Nooooon! soupire Claudette qui

meurt d'envie de vérifier, mais se retient. Ça ne peut pas être celle de Panama ! Impossible ! Elle nous a doublées il y a plusieurs heures !

— N'empêche, on dirait bien que ce sont eux, dit Fleur.

Je glisse un œil.

Difficile à dire, mais je suis pratiquement certaine d'apercevoir les baguettes platine d'Abigail.

Arrrrgh !

— Pffit ! Il faut voir les choses en face, persifle Fleur. Tous réunis, ils n'ont pas plus de cinq neurones. Donc, ils sont forcément derrière nous. Ils ont dû se perdre.

Juste au même instant, le son assourdissant d'une ritournelle ignoble bramée par une voix de fille s'échappe des baffles surpuissants de la Land-Rover.

Plus vite auprès de ton amour,
Ouaouh ! Ouaouh !
Plus vite auprès de ton amour !
Tra la la !

— Oh, mon Dieu ! C'est la chanson de Podium ! dit Fleur en frissonnant au souvenir de l'immonde groupe avec lequel Panama et sa bande n'arrêtaient pas de nous torturer.

Le fameux Podium avait même sorti un unique single pitoyable *Plus vite auprès de ton amour!* que Super Radio avait passé trois fois (je précise : avant que Panama vire Derren, Zane et les autres pour poursuivre une carrière solo de comédienne/mannequin/chanteuse).

Oooooooooh, je flotte dans le ciel! Gonflée par mes rêves d'amour sont les paroles édifiantes qui nous parviennent sur fond de boîte à rythme.

À l'intérieur de la Mini, tout le monde se frappe le front et laisse tomber sa mâchoire. Plus aucun doute, il s'agit bien de Panama et Cie. Et ils écoutent leur propre soupe!

— Bon sang! Je me rappelle cette Panama, lâche Daphne en soupirant. Ça n'est pas cette pimbêche qui s'est fait exclure du bahut pour avoir persécuté une élève?

— Elle n'a pas été exclue, regrette Fleur. Faute de preuve. La fille qui s'était plainte s'est retrouvée chez le psy de Blackwell. D'après McGraw, elle était parano.

Tout le monde soupire.

— Bref, crache Claudette, faites comme si vous ne les aviez pas vus. Ça leur ferait trop plaisir.

Tout le monde feint de les ignorer et s'absorbe dans la contemplation des centaines de chevelus, armés de sacs à dos, de tentes et de sacs de couchage, qui remontent la pente à pied. Pendant que d'autres, piercés, les cheveux teints ou tressés, se reposent adossés à leurs sacs, boivent un coup ou mangent des fruits chapardés sur les arbres.

Claudette se redresse et, pour la vingt-sixième fois depuis le départ, sort les billets de son sac, histoire de vérifier qu'ils ne se sont pas évaporés.

— Excuse-moi de t'embêter, Daphne, dit-elle. Mais juste pour être sûre, on roule bien vers l'entrée A ?

— Oui, Claudette. Pour la énième fois, oui, répond gentiment Daphne.

— Pardon, glousse Claudette. Si près du but, ce serait dommage de s'être trompées.

— Ne flippe pas, la rassure Daphne. Je te garantis qu'on est dans la bonne file. J'ai vérifié au bas de la route.

— Pourquoi tu demandes ça, Claudette ? Il y en a plusieurs ? dis-je. (Je ne me suis même pas aperçue qu'on en avait pris une en particulier.)

— Les billets sont répartis sur plusieurs entrées pour éviter les bousculades, explique Daphne. Les portes B, C et D s'échelonnent autour de la clôture d'enceinte.

— On a prévu plus de gens ici ce week-end que dans toute notre ville ! ajoute Claudette en serrant les billets sur son cœur.

— Mais comment ils vont tenir ? s'inquiète Fleur au moment où nous arrivons au sommet de la colline.

Daphne s'arrête une seconde pour nous faire profiter de la vue ahurissante qui s'étale sur l'autre versant.

– Et qu'est-ce que tu dirais de là en bas? répond-elle à sa sœur en éclatant de rire et en tournant vers nous des yeux écarquillés.

Hurlements de joie, sifflets et applaudissements!

Le Festival d'Astlebury!

Ouaouuuuuuuuuuuuuuuuuuuuuh!

Au creux du vallon, des milliers et des milliers de tentes sont déjà montées. Hourrah! Des tentes à perte de vue! Des orange, des bleues, des vertes, des rouges, des jaunes et d'un tas d'autres couleurs tapissent les deux kilomètres carrés du site. De microscopiques canadiennes, d'énormes «hôtels de campagne» pour dix personnes, des mobil-homes hyper chics avec vitres teintées, des camping-cars cabossés et tagués, et même des communautés hippies faites de bouts de bois et de bâches. Tout le camp est piqueté de feux de bois, de torches qui brillent par intermittence et même de feux d'artifice. Et au milieu de tout ça trône l'inimitable scène hexagonale du festival sur laquelle Spike Saunders et Amelia Annanova se produiront ce week-end. Scène qui continue d'ailleurs de finir de prendre forme sous les coups de marteau d'une flopée de techniciens et de *roadies*.

– On dirait une vraie ville ! couine Fleur.

– Ou bien un royaume enchanté ! souffle Claudette qu'on a du mal à entendre avec la bataille de sons qui s'échappe de tous les véhicules.

Devant nous, un minibus en piteux état écoute à tue-tête les Kings du Kong. Et derrière, un type à moto avec side-car fait hurler des bongos africains, noyant totalement les couinements hideux de Panama et de ses sbires.

Les grands espaces

En vue de l'entrée A, le chemin se divise en cinq files au bout desquelles cinq videurs différents, bien que curieusement ressemblants, tous taillés comme des armoires à glace, vérifient les billets. Dans la file d'à côté, les vitres électriques de la Land-Rover de Panama se baissent, nous offrant une vue imprenable sur la clique dans toute son immonde gloire.

– Trop bien ! lâche Claudette qui s'empresse de se faire un masque de jeune fille polie pour s'adresser à notre videur.

Dans le 4 x 4, le moindre espace est bourré de sacs et de valises. À l'arrière, dans le coffre, à l'endroit réservé habituellement aux chiens, j'aperçois Zane, sa figure orange écrasée contre la vitre, cherchant de l'air.

– C'est la place qui lui convient, murmure Claudette.

– Abigail, c'est toi qui lui parles, ordonne Panama en tendant les billets à sa copine quand elle aperçoit un appariteur musclé, catogan noir de jais et badge « Boris » sur la poitrine, venir vers sa voiture.

Au même instant, un autre approche de la Mini, également en uniforme : chemise noire, treillis noir et Doc Martens montantes. Hagar, c'est son nom, est carrément impressionnant, tignasse rousse, des mains comme des régimes de bananes et un nez qui me rappelle le pif congestionné du gardien de Blackwell. Hagar vérifie nos billets à la lumière des projecteurs, puis il nous examine l'une après l'autre d'un œil soupçonneux, haussant la moitié droite de sa barre de sourcils broussailleux.

– Tout est en règle ? On est bien à l'entrée A ? demande Claudette, tout sourire.

Hagar la regarde, soupire, et lui montre le néon orange de trois mètres de haut « Entrée A » qui brille derrière lui.

– Oh ! D'accord ! Tout va bien, alors ? dit Claudette en gloussant nerveusement.

– Hummm… euh… possible, grogne Hagar, en retirant de sous son énorme bras un classeur dont il tourne furieusement les pages. Soudain, il se gratte la tête et laisse échapper un sourire sinistre.

– Bien… Prenez ça, lâche-t-il finalement, récupérant au fond d'un sac quatre élégants bracelets dorés qu'il nous attache solidement au poignet. Ne vous avisez pas de les retirer avant dimanche ! Compris, mesdemoiselles ? Sous peine de mort. Ou pire, ajoute-t-il.

Gloups.

— Oui, mais si jamais je perds le mien ? demande Fleur de manière inconsidérée.

À l'intérieur de la Mini, l'atmosphère est tout simplement glaciale.

Hagar pousse un soupir, plus gros que le premier, faisant voleter les poils rouges frisottés qui lui sortent des narines, puis il se penche vers Claudette à l'intérieur de la voiture (tellement près qu'on peut sentir à son haleine tous les petits enfants qu'il a mangés au goûter).

— Dans ce cas, vous n'avez qu'à venir trouver oncle Hagar, répond décidément l'affreux jojo, en se tournant vers Boris pour lui faire un clin d'œil. Je vous attendrai devant ma guérite pour vous en donner un autre !

— Ne vous en faites pas, monsieur Hagar ! On ne perdra pas nos bracelets ! l'interrompt Claudette qui tente de s'accommoder des tendances sociopathes d'Hagar. On sera sages ! Soit dit en passant, je trouve que vous faites un boulot remarquable en vérifiant tous ces billets ! Chapeau !

On peut toujours compter sur Claudette pour faire de la lèche le cas échéant.

Hagar nous jette un dernier regard, laissant échapper un petit sourire fier, puis il part terroriser la voiture suivante.

— Laisse passer la Mini gris métallisé ! crie-t-il au type qui garde l'entrée.

— Quel homme charmant ! J'espère que nous aurons l'occasion de nous revoir ! lâche Fleur, pince-sans-rire.

Pendant ce temps, dans la file d'à côté, les choses se passent moins bien.

— Comment ça, on n'est pas dans la bonne file ? hurle l'inimitable Panama Goodyear, en mode furibard.

— Panama, baisse d'un ton, dit Derren, en tendant à nouveau les billets à Boris. Vous allez voir que vous vous êtes trompé. On ne nous a pas dit qu'il fallait prendre une file particulière !

— C'est écrit sur les billets ! grogne Boris en croisant ses bras tatoués.

— Vraiment ? couine Derren, en vérifiant.

— Et sur le site, poursuit Boris.

— Eh bien, on n'a rien vu ! Et maintenant, on est là ! s'énerve Panama. Vous constaterez que ces billets sont parfaitement réglo. Aussi, je vous demanderais de bien vouloir vous écarter pour nous laisser passer, ce qui m'évitera d'en référer à votre patron.

— Personne n'a dit que vos billets n'étaient pas réglo, persiste Boris. Mais il faut que vous preniez l'entrée D.

— Oui, mais vous pourriez... vous pourriez fermer les yeux ? gazouille Derren. Personne ne le saura, n'est-ce pas, monsieur ?

C'est la toute première fois que je vois Derren se montrer aussi poli.

— Je n'ai pas envie de risquer mon boulot pour ça, s'énerve Boris qui a eu cette conversation visiblement une centaine de fois aujourd'hui. Ces règles ont une raison d'être. Si tout le monde passait par la même entrée, il y aurait des problèmes de sécurité.

— Tu aurais dû le savoir, Abigail ! explose Panama en enfonçant le doigt dans la poitrine de sa copine. C'est toi qui étais chargée des détails du voyage !

— Puisse le ciel leur venir en aide, se moque Claudette que le spectacle réjouit au plus au point.

— Chut... ils ne nous ont pas encore vues ! s'esclaffe Fleur en posant un doigt sur sa bouche.

— Si je fais une exception pour vous, je devrai en faire pour tout le monde, déclare Boris d'un ton ferme bien qu'on le sente légèrement gagné par la culpabilité.

— OK ! D'accord ! dit Derren, exaspéré, en fouillant dans son porte-monnaie pour y prendre un gros billet. Vous êtes sûr qu'il n'y a pas moyen de vous convaincre ? ajoute-t-il en haussant un sourcil hautain et en agitant l'argent sous le nez de Boris.

D'ici, on dirait un billet de cinquante livres! Il est clair que Boris est tenté (ça représente sans doute plus que ce qu'il gagne en une journée), mais un facteur décisionnel bruyant se présente de lui-même.

— Oh! Ça va bien maintenant! Allez! Prenez cet argent! lance Panama d'une voix dédaigneuse, rejetant la tête en arrière pour mieux grogner. Prenez ce bakchich à la fin! Pfitt! Laissez-nous donc passer, espèce de sous-fifre parvenu! hurle-t-elle en se penchant du côté d'Abigail pour menacer Boris du doigt. Savez-vous seulement que mon père est le directeur général du laboratoire pharmaceutique Lime and Young pour l'Europe? Il peut racheter la boîte de sécurité minable qui vous emploie, vous mettre tous à la porte et réembaucher des gorilles à la place en moins de temps qu'il vous faut pour mettre ce billet dans votre poche!

— Bien dit, Panama! piaille stupidement Leeza à l'arrière du 4 x 4.

— La ferme, vous deux! intervient Derren, espérant que Boris n'a rien entendu.

Raté.

— Ah, vous le prenez comme ça? crache Boris, en se retournant pour prévenir ses collègues.

— Ce n'est pas ce qu'elle a voulu dire! crie Derren avec désespoir. Elle est atteinte du syndrome de Tourette! Elle n'a pas pris ses médicaments aujourd'hui! Je vous jure!

— Départ d'une Land-Rover pour l'entrée D !
Retour au début de la queue à Hayward's Pasture ! crie Boris à ses collègues.

— Hayward quoi ? couine Derren.

— Hayward Pasture, répète Boris avec un sourire diabolique. À l'endroit où vous avez pris la file pour l'entrée A, mais un kilomètre plus à gauche. Vous n'avez qu'à suivre les panneaux.

Derren et Abigail échangent des regards horrifiés. Panama démarre rageusement en proférant des horreurs sur la mère de Boris que je ne peux pas répéter.

— Encore une chose, les enfants ! crie Boris rejoint par Hagar, en brandissant un mouchoir douteux en guise d'adieu. Quand vous serez là-bas, assurez-vous que la lettre de l'entrée corresponde à celle sur votre billet. Ce serait vraiment dommage de repasser par tout ça, non ? Au revoir !

— Au revoir ! renchérit Fleur, hilare, en agitant la main en direction du nuage de poussière soulevé par Panama.

— En avant, Daphne ! ordonne Claudette, joyeuse, en montrant la grille grande ouverte devant nous. Allons-y avant qu'ils changent d'avis à notre sujet !

— Aucune crainte ! s'esclaffe Daphne en accélérant.

On y est !

La Clairière magique

— C'est quoi ce changement de plan, Claudette ? je crie, en jonglant avec mon sac à dos, un énorme carton et deux sacs de couchage, tandis que nous parcourons les six cents mètres qui séparent le parking de la Clairière magique où nous allons planter notre tente.

— Oui, c'est quoi cette histoire ? Je croyais qu'on devait camper à côté de la parcelle Hare Krishna, censée être plus calme ? hurle Fleur, son beauty-case orné du célèbre monogramme dans une main, traînant sa valise noire à roulettes dans l'herbe haute de l'autre, broyant sur son passage une multitude de brindilles et d'insectes dont elle n'a cure, trop distraite par la ribambelle de garçons, torse nu, qui plantent leur tente.

— Noooooon, tu as mal entendu, répond Claudette, de loin la plus chargée. La Clairière magique a de meilleurs équipements ! En plus, c'est tout près d'un tas de scènes ! Et regarde, les arbres ont été décorés avec des bouts de mousseline et des petites lumières ! C'est drôlement joli ! Il faut qu'on s'installe ici absolument !

— Je suis d'accord, à condition qu'on arrête de marcher, crie Daphne, dissimulée derrière une pile de sacs et de boîtes, sa canadienne argentée accrochée à son épaule.

— Entendu... Que diriez-vous d'ici ? hurle Claudette en s'arrêtant pour inspecter les environs. C'est l'endroit rêvé! Là, à côté du chêne! Ça vous va?

— Oui! s'écrie-t-on, hors d'haleine.

— Alors, Fleur, dit Claudette, le mode d'emploi (qui se trouve être écrit en chinois) dans une main. Tu sais changer une roue. Parfait. Mais quid de monter une tente? Je demanderais bien à Ronnie, mais je ne vous rappellerai pas qu'elle s'est fait virer des Jeannettes pour mauvais esprit au bout de deux semaines.

Je pousse un soupir pour acquiescer. Qu'est-ce que j'ai pu détester cette meute du Grand Hibou.

Fleur laisse échapper un petit rire incrédule et jette les piquets et les mâts dans l'herbe.

— Cette question! Évidemment que je sais monter une tente!

En ce qui concerne Fleur, ne jamais oublier qu'elle ment effrontément.

Après dix tentatives infructueuses pour assembler les bâches, au cours desquelles Fleur s'est montrée particulièrement compétente dans l'art du n'importe quoi, faisant le poirier, flirtant avec les types du camping-car voisin, mangeant les M&M's réservés aux cas d'urgence (mais rigoureusement incompétente en matière de tente), je vois Claudette lui brandir un maillet à la figure et elle la menacer de rentrer en stop avec son deuxième sac de couchage.

Moi ? J'essaye de dégotter un joli petit arbre sous lequel dormir, si possible dans un coin à l'écart des deux furies. Dieu merci, après un crêpage de chignon en règle, un ange gardien se présente sous la forme de Gavin, charmant hippie gallois aux longues dreadlocks, qui nous fait remarquer que notre double toit est posé à l'envers, que notre mât central est passé dans le mauvais trou et, pire, qu'on a mis les murs en tapis de sol.

— Si près du but et pourtant si loin, chuchote Fleur, honteuse.

— N'en parlons plus, déclare Claudette dès que notre bon Samaritain s'est éloigné.

Quelques minutes et quelques modifications plus tard… nous avons un toit !

— Tout ce qui reste à faire, c'est de poser ce truc ! dit Claudette, en dévoilant son atout maître : un grand drapeau de plus d'un mètre de haut sur lequel on peut lire : « LBD ».

— Ouaouh ! s'exclame Fleur, c'est comme si on était notre propre république !

— Aucune excuse pour se perdre, dit Claudette en fixant solidement le drapeau au sommet de la tente où il flotte majestueusement dans la brise nocturne.

On prend une minute pour admirer notre œuvre.

Aaaaaaaah ! C'est trop bien d'être ici !

Alors qu'on se laisse aller à un brin de sentimentalisme, Claudette et moi, Fleur disparaît à l'intérieur de la tente pour décider de la répartition des places.

— Oh, mon Dieu ! Il fait noir là-dedans ! s'exclame-t-elle avec un frisson. Quelqu'un a pensé à prendre une lampe de poche ? Je me demande si je n'ai pas attrapé le rhume des foins… Quelqu'un a emporté des comprimés ?

Claudette me fait un clin d'œil et on éclate de rire.

— Alors, les filles, dit Daphne en se faufilant hors de sa minuscule tente argentée, tout va bien ?

— Parfait, dis-je, en souriant.

— Vous devez être fatiguées ? Il est presque dix heures ! Moi, je suis vannée ! déclare-t-elle en se frottant ostensiblement les yeux alors qu'elle n'a pas l'air d'avoir sommeil.

— Euh… non, pas du tout, je marmonne.

— Moi non plus, renchérit Claudette.

— Oh, lâche Daphne, déçue, en jetant un coup d'œil à sa montre.

Soudain, son téléphone sonne. Un nouveau texto peut-être ?

À l'intérieur de la tente, Fleur fait entendre un grognement étouffé qui prouve qu'elle est tombée sur le paquet de muffins de Claudette.

— Daphne Swan ! Tu ne serais pas en train d'essayer de nous mettre au lit, par hasard ? hurle-t-elle.

– Non, euh... non, loin de moi cette idée ! Enfin, pas vraiment, grommelle Daphne.

– Comment ça « pas vraiment » ? s'insurge Fleur en passant la tête par l'ouverture de la tente, la bouche toute marron de pépites de chocolat.

– Hummmmm... eh bien..., dit Daphne qu'on sent acculée, c'est juste que... que je pensais aller dans une autre parcelle pour... pour comme qui dirait retrouver quelqu'un.

Cette dernière précision m'échappe car elle est pratiquement inaudible.

– Tu vas faire quoi ? Retrouver quelqu'un ? Qui ? couine Fleur.

– Quelqu'un que tu ne connais pas ! Je l'ai rencontré au Népal et il se trouve qu'il est à Astlebury aussi !

– Vraiment ! Comme ça tombe bien ! Il est venu exprès du Népal pour l'occasion ? C'est long en car, dis-moi ? raille Fleur.

Fleur se délecte de cette révélation.

– Non, il est anglais, rétorque Daphne. Et il s'appelle Rex, si tu veux savoir.

– Rex ! répète joyeusement Fleur.

– Ma tante avait un chien qui s'appelait Rex, glisse Claudette le plus sérieusement du monde, avant de décider de rester en dehors de la conversation.

– Rex ! C'est super, non ? Quand je pense que tu es allée raconter des salades à papa,

comme quoi tu voulais nous servir de chaperon, alors que depuis le début tu savais que tu
allais retrouver ton petit copain!

— Pfitt! Ce n'est même pas mon petit copain,
d'abord! explose Daphne. Et j'ai proposé de
vous accompagner par pure bonté d'âme!

— Bonté d'âme! Tu te fiches de moi?

Claudette se tourne vers moi en soupirant.

— Tu veux un Coca? me propose-t-elle, en
fouillant dans son sac à dos.

— Pourquoi pas? dis-je en m'asseyant sur
notre couverture.

— Il faut toujours que tu fasses des histoires,
Fleur. C'est ton truc! gémit Daphne.

— Elle est bien bonne, celle-là! C'est celui
qui le dit qui y est! Papa n'aurait jamais su
que Tariq escaladait le mur pour monter
dans ma chambre si tu n'avais pas rebranché
l'alarme!

— Laisse-moi rire! C'était de ta faute! Tu n'as
pas plus de jugeote qu'un sachet de thé!

— Non mais vous allez la boucler, toutes les
deux! finit par intervenir Claudette.

Les deux sœurs arrêtent de s'écharper et se
tournent vers Claudette.

— Merci! dit-elle en se levant, avec l'air de
mourir d'envie d'en prendre une pour taper sur
l'autre. Si j'ai bien compris, Fleur, tu veux te
débarrasser de Daphne?

— Humph, répond Fleur.

— Et toi, Daphne, tu veux aller retrouver ton copain Rover ?

— Rex, précise docilement Daphne. Oui, c'est ça.

— Alors, pourquoi tu n'irais pas à ton rendez-vous et nous, on ferait ce qu'on veut ? suggère Claudette.

— Ça me va parfaitement, commente Fleur.

Puis elle pige ce que la proposition de Claudette sous-entend et un sourire malicieux se dessine sur ses lèvres.

Daphne nous regarde avec appréhension.

Elle sait pertinemment que ce ne sont pas les termes du contrat parental.

— Oui mais... tu es sûre que ça va aller ? demande-t-elle à voix basse.

— Absolument sûre. Je te le promets, Daphne, affirme Claudette.

Claudette Cassiera possède cette faculté de Jedi qui pousse les gens à faire des choses qu'ils ne feraient jamais normalement. C'est assez remarquable.

En l'occurrence, en moins de temps qu'il en faut pour dire : «Je reviens d'ici deux heures ! Ne faites pas de bêtises ! Appelez-moi en cas de besoin !» notre chaperon s'est aspergé généreusement de musc blanc et a disparu en direction de la scène des percussions tribales, laissant les LBD seules et totalement libres en plein Festival d'Astlebury !

C'est la première fois que je vois Fleur aussi heureuse, à part la fois où Jimi s'est foulé le poignet.

— Partons explorer! crie Fleur quand son excentrique de sœur, version hippie, n'est plus qu'un point à l'horizon.

— Quand tu veux! renchérit Claudette.

— Allons-y!

Nous passons l'entrée de la Clairière magique comme un seul homme et dévalons le petit chemin de terre qui sépare notre parcelle de la partie centrale du festival, sautant d'excitation dans notre folle course vers le grand tapage nocturne. On se croirait transportées sur une autre galaxie. La Clairière magique a fait le plein de tentes et les nouveaux arrivants se dirigent maintenant vers la parcelle voisine, le Karma, qui accueille déjà nombre de tipis et un escadron de types qui improvisent bruyamment des airs cajuns sur des banjos et des tam-tams.

Partout où les yeux se posent, des garçons, des filles, jeunes et parfois moins jeunes marchent, les bras chargés de matériel de camping, montent une tente, ramassent des brindilles pour faire du feu ou se contentent de discuter et de rire en bandes. D'autres, comme les LBD, se baladent en essayant de repérer l'emplacement des innombrables attractions qu'offre le festival, toutes plus fantastiques, plus dingues et plus merveilleuses les unes que les autres.

L'atmosphère est à la folie douce!

Mon estomac continue de faire des cabrioles!

Après avoir fait des kilomètres pour venir ici, les gens donnent l'impression de vouloir se lâcher pendant les prochaines quarante-huit heures.

– Ouaouh! C'est quoi ça? s'extasie Fleur, en apercevant un énorme chapiteau à rayures rose et jaune sur lequel flottent des drapeaux éclatants et d'où dégoulinent des flots de serpentins.

On se guide à la musique hyper dansante qui en sort.

– Oh, mon Dieu! C'est le dance-floor ouvert non-stop! gazouille Fleur en passant comme une fusée devant les jeunes hilares qui traînent à l'entrée. La télé diffuse des images en direct de cette discothèque tout le week-end! Entrons pour voir si on peut se joindre à la fête!

Et nous voilà dansant au milieu d'une foule déchaînée: pas moins d'un millier de personnes qui soufflent dans des sifflets, agitent les bras en l'air et remuent du popotin sur un morceau à réveiller les morts. Dans la cabine du DJ, une ahurissante jeune femme d'origine asiatique, moulée dans une robe en lamé argent et portant une tiare couverte de brillants, s'apprête à mettre le prochain CD sur une platine en forme de téléphone spatial.

– C'est DJ Mai Tai! hurle Claudette qui n'en revient pas, indiquant la jeune femme.

Au beau milieu de la piste, une flopée de cameramen filment les gens qui s'agitent comme des fous. Forcément, Fleur ne peut résister et se précipite devant l'objectif pour se faire prendre en flagrant délit de déhanchement sauvage.

– Oh, là, là! J'espère que Paddy regarde un *James Bond* et pas une chaîne musicale! dit Claudette en souriant à la vision de Fleur montrant les mouvements frénétiques de son derrière à l'Europe entière.

Un peu à l'écart, des jeunes en survêt et bandeaux fluorescents ont jeté un bout de lino par terre et font des figures de break-danse et pirouettent sur la tête!

– C'est trop dingue! dis-je après qu'on s'est éclatées sur la piste pendant près d'une heure et demie.

En sortant du chapiteau dont Fleur ne veut plus partir, on passe devant un stand de nouilles vietnamiennes qui sentent divinement bon, puis devant un marchand de pâtisseries traditionnelles encore plus appétissant et, juste après, devant le point de vente des vergers Marmaduke, tenu par des dames à cheveux blancs et tablier rose, qui proposent des cruches de cidre doux. Les clients, allongés joyeusement dans l'herbe de plus en plus humide, savourent leur boisson, tandis que d'autres vont voir à quoi ressemble le Paradis du Fruit Voisin ou

Comme au Bon Vieux Temps où l'on peut trouver tous les bonbons chéris de notre enfance : frites au Coca, nounours, fraises Tagada !

— Heureusement qu'il y a des boutiques ! s'écrie joyeusement Fleur en enfournant un rouleau de réglisse et en nous entraînant vers Comment Survivre dans un Trou où officie Jet, un rouquin à cheveux longs qui vend tout le matériel nécessaire pour bien camper… mais dans une version bien plus cool : des sacs de couchage décorés de petites pièces argentées ou des tentes avec des motifs géométriques qui font voir trouble si on les fixe trop longtemps.

Plus loin, la boutique de fringues Je me Sens Moche Aujourd'hui vend ou loue des tenues invraisemblables comme des costumes de Spiderman, de cosmonaute ou de pom-pom girl, plus je ne sais combien de sortes d'ailes d'anges, un modèle immense un peu flippant de style gothique ou au contraire des ailes duveteuses d'inspiration afro ! On y trouve aussi des dents de vampires, des lunettes surdimensionnées et de fausses oreilles de Spok, pour peu qu'on ait envie de passer incognito. Les LBD essayent des chapeaux trop dingues et des pustules autocollantes, et manquent de se faire pipi dessus en comparant leurs têtes respectives. Cette fois, j'ai vraiment le tournis.

Mais il reste encore plein de choses à voir ! On continue notre exploration en se frayant un passage dans la cohue, manquant se perdre avec tous les gens qui déboulent de partout. Fleur arbore des cornes de diable rouges clignotantes et Claudette est tout simplement resplendissante avec sa couronne en carton dorée. Impossible de ne pas être contaminé par la folie ambiante. On croirait que les règles sensées qui régissent d'ordinaire la société ont laissé la place à une dinguerie de top niveau. Comme si tous les bonnets de nuit du pays avaient disparu et les fêtards de toute l'Angleterre convergé vers le même endroit pour le week-end. C'est fantastique !

— Où va-t-on maintenant ? demande Fleur à un croisement.

— Si on allait à l'église ? propose Claudette.

— Quoi ? T'es dingue ?

— Là ! s'esclaffe Claudette en nous montrant l'apparition sans doute la plus démente de tout le festival jusqu'ici… une cathédrale gonflable !

— Oh, mon Dieu ! je hurle.

Les LBD restent bouche bée devant l'énorme édifice religieux qui s'agite joyeusement dans la nuit. Une église surmontée d'une flèche gonflable et pourvue de vitraux en plastique que des cordes bien tendues empêchent d'aller folâtrer dans les airs. De près, on s'aperçoit que la flèche bouge au rythme d'un joyeux gospel craché par des baffles surpuissants. Je cours coller mon nez à un vitrail.

— C'est plein de gens déguisés en moines et en bonnes sœurs! C'est une discothèque! Entrons!

Bon d'accord, j'ai l'impression qu'ils sont habillés comme ça, mais je n'en suis pas sûre à cent pour cent.

— On peut s'y marier! couine Fleur en indiquant un panneau qui informe les festivaliers amoureux des modalités d'obtention d'une licence de mariage express. Vous croyez que je pourrais trouver une robe de mariée à la boutique de déguisements?

— Oh, là, là! Pauvre Spike Saunders! Il n'a aucune chance de s'en sortir! s'esclaffe Claudette au moment où on passe les portes gonflables de la cathédrale.

Des boum! boum! boum! insensés résonnent à l'intérieur.

— J'ai une de ces envies de danser! crie Fleur en se dirigeant vers le centre de la congrégation où elle se met immédiatement à tourbillonner en compagnie d'un beau curé.

— Moi aussi! Alléluia! hurle Claudette en sautant sur un banc sur lequel elle se met à agiter les bras, faisant remonter son minuscule T-shirt noir et dévoilant un joli ventre plat et brun, orné d'un nombril un rien saillant.

Sa mère serait drôlement fière d'elle, me dis-je au moment où un séduisant faux prêtre, avec des yeux verts à tomber et une chasuble enfilée par-dessus son jean et son T-shirt, m'attrape par la taille et me fait tournoyer tout autour de la cathédrale. Je ris tellement que je finis par m'écrouler sur un faux prie-Dieu.

Quelque chose a vraiment changé pour les LBD ce soir.

La vie ne sera plus jamais comme avant.

On fait la connaissance des voisins

— Dis, Claudette, elle ressemble à ça, l'église de Gloria ? je demande tandis que nous traversons, fourbues, la Clairière magique, parsemée d'innombrables feux de camp, pour rejoindre notre tente.

Il reste plein d'endroits à visiter, mais on a décidé de s'y mettre tôt demain. Quand nos cerveaux seront en mesure de digérer plus de folie. Par cette chaude soirée d'été, je me sens particulièrement irrésistible avec mon serre-tête à antenne clignotant (une affaire : une livre seulement à un stand situé à côté de la parcelle Karma).

— Effectivement, l'église de maman est la sœur jumelle de celle-ci ! répond Claudette, pince-sans-rire, sa couronne toute de guingois sur ses couettes ébouriffées. Une fois lancés, faites confiance aux méthodistes ghanéens pour s'éclater comme des fous, ajoute-t-elle.

Tout le monde se tord de rire en imaginant Gloria Cassiera et ses pieux compagnons se lâcher à leur pique-nique annuel.

Je crois que c'est la première fois que je ris autant. J'en ai mal aux joues.

— Bon, je le reconnais, je suis perdue, soupire Fleur en trébuchant pour la quinzième fois sur une corde. Où a-t-on planté cette fichue tente déjà ?

— Facile. C'est une grosse bleue à côté d'un énorme chêne, dis-je, me rendant soudain compte avec un frisson qu'il doit bien y avoir une douzaine de ces chênes massifs devant nous, sans compter la vingtaine de tentes bleu nuit qui viennent probablement de la même usine que la nôtre.

— Pas de panique ! lance Claudette. Je vois le drapeau des LBD ! On est là !

— Bien vu, Claudette ! dis-je avec un gros soupir.

Au moment d'arriver à destination, on entend s'échapper du chapiteau à rayures voisin des hurlements de joie et des coups de klaxon frénétiques.

— Vous croyez que le dance-floor non-stop ferme à un moment donné ? Une fille comme moi a besoin de ses heures de sommeil réparateur, grogne Fleur.

— Je crois que la réponse est dans l'intitulé, dis-je en riant.

Cela étant, je m'adresse à son derrière orangé car elle est en train de se faufiler dans la tente.

— Daphne n'est pas rentrée ? demande

Claudette en donnant deux trois petits coups sur le côté de la mini tente argentée.

Personne.

– J'espère qu'elle n'a pas de problèmes, dis-je.

– Moi aussi, renchérit Fleur avec sincérité. Ce Rex machin a intérêt à être un type bien sinon il aura affaire à moi !

Quand elle n'est pas sur ses gardes, Fleur est vraiment un amour.

Je m'apprête à proposer d'appeler Daphne quand, soudain, de derrière des camping cars voisins, une voix d'homme s'élève sur les accords d'une guitare acoustique.

– *Je suis perdu... perdu en toi ! Comment faire pour trouver ma voie !* chante le garçon.

J'ignore qui c'est, mais il est doué. Pourtant ses potes ne l'encouragent pas vraiment.

– Tooooooooooooooi ! se moque l'un deux avant de roter de façon fort disgracieuse.

En deux secondes, ils se mettent tous à huer et à siffler leur copain. Claudette et moi sommes tout ouïe.

– *Car je suis perdu en toi !* continue le garçon sans prêter attention aux critiques.

– Non de non ! marmonne Fleur en passant la tête par l'ouverture de la tente. Va leur dire quelque chose, Claudette, s'il te plaît ?

– Je le trouve plutôt bon ! dis-je, réalisant soudain pourquoi la chanson me paraît si familière. Ce ne serait pas *Perdu* du dernier Spike

Saunders? Mais oui, c'est un des morceaux du CD que tu m'as copié, Fleur!

Les LBD écoutent attentivement sans bouger.

— *Car je suis perduuuuuuuuuuu*, s'époumone le garçon.

— C'est pas vrai! Maintenant que tu le dis... Bien sûr que c'est ça! souffle Fleur avec des étoiles dans les yeux. Ronnie! Claudette! Ce ne serait quand même pas...

Fleur tape dans ses mains avec excitation, au bord de l'hyper ventilation.

— Non, Fleur. Je ne pense pas que ce soit Spike Saunders, espèce de folle furieuse! dis-je en secouant la tête.

Elle est affreusement déçue.

— Ce qui n'empêche que le type est carrément excellent, non? j'ajoute.

Brusquement, le voisin qui aborde le difficile changement d'accord du troisième couplet est totalement noyé par les cris de ses copains.

— Vas-y! Régurgite! Régurgite ta bière! hurlent les autres.

Et de fait, après un silence menaçant, on entend un splash visqueux!

— Beurrrrrrrk! Tu est dégoûtant, Franny! Espèce de porc! crie l'un d'eux.

— Alors, arrête de le pousser, Nico! braille un autre.

— Mais il ne l'a pas encore rebue, Damon!

201

lui réplique le précédent. Il n'aura pas ses cinq livres tant qu'il n'aura pas ravalé son vomi!

Avant que je puisse dire un mot, Claudette Cassiera s'est réveillée et elle a disparu au milieu du labyrinthe de tentes en direction de nos voisins.

Qu'est-ce qu'elle mijote? Elle n'est quand même pas partie leur faire la leçon.

Je la suivrais bien, mais quelque chose me retient. Ces garçons sont un rien déchaînés à mon goût! Et si ça tournait mal?

— C'est pas bientôt fini, ce boucan. Il y en a qui veulent dormir! j'entends râler la Bambina dure à cuire.

Fleur et moi faisons la grimace, nous attendant à un tir nourri d'injures et de cannettes de bière.

À la place, il y a un silence ahuri…

… suivi d'une salve d'applaudissements joyeux!

— Claudette! Comment ça va? crie la bande.

— Salut, les garçons! J'espère que je ne vous ai pas fait peur? s'exclame Claudette.

Quoi?

N'en croyant pas mes oreilles, je fonce en direction du raffut. Ces types ne sont quand même pas ceux auxquels je pense, n'est-ce pas?

Impossible!

Oh, mon Dieu, si!

Joel, Damon, Nico et Franny! Nos preux chevaliers de l'après-midi, installés autour d'un feu qui crépite joyeusement, à moins de vingt mètres du Q.G. des LBD, en train de jouer de la musique et de régurgiter de la bière pour se marrer!

— Ronnie! Vous avez réussi! s'exclame Joel en posant sa guitare, la figure barrée d'un énorme sourire.

— Tu te rends compte, Ronnie! Quelle coïncidence! Je ne savais pas que la bande campait à la Clairière magique! C'est incroyable, non? déclare Claudette.

Claudette n'est pas douée pour la comédie.

Damon se lève pour embrasser chaleureusement Claudette.

Va savoir pourquoi, il est affublé d'une perruque blonde de fille, posée toute de travers. Ils sont sans doute passés par la boutique de déguisements!

Confrontée à un mur de testostérone, il m'apparaît soudain que je suis non seulement couverte de brins d'herbe et de taches de boue, mais encore, que j'ai toujours mon serre-tête clignotant sur la tête et… gnngnnnngn… une pustule bidon collée au menton!

Je m'empresse d'enlever le serre-tête et balance la pustule quelque part du côté de la scène hexagonale.

— Assieds-toi, Ronnie! Que tout le monde se

pousse un peu! dit Joel, en me faisant signe de m'asseoir sur la couverture à côté de lui. La roue a bien tenu?

— On est arrivées entières, dis-je en souriant, assez hypnotisée par ses longs cils bruns et ses yeux noisette. (J'ose affirmer que les cils de Joel sont encore plus longs que ceux de Jimi, ce que je pensais impossible.) Encore merci pour ton aide, j'ajoute en lissant ma frange malmenée par le serre-tête.

— C'est rien. Alors, partantes pour des chansons? dit Joel en reprenant sa guitare.

— Euh.. je chante comme une casserole, dis-je en rougissant. En revanche, je joue un peu de la basse... Mais toi, tu te débrouilles bien, dis donc! Ce n'était pas un morceau du nouveau CD de Spike Saunders que tu chantais tout à l'heure?

— Si! répond Joel avec un grand sourire. En fait, le disque ne sort pas avant le mois prochain, mais...

— Tu l'as téléchargé sur Internet? Nous aussi!

— Beurk! Pas une autre fan de Spike Saunders! râle Damon en vidant une cannette de bière. Quel crétin, ce mec! Typique star de filles! Joel est sans doute le seul garçon d'Angleterre à l'aimer. Je me demande si ça n'est pas un truc pour attirer les nanas? Pour afficher sa sensibilité?

Joel est rouge comme une tomate.

– Je trouve juste que c'est un immense parolier, me dit-il. Je connais toutes ses chansons par cœur. Et *Prize* est le meilleur de ses CD.

– Quoi ? Ne me dis pas que tu sais déjà jouer les morceaux de *Prize* ?

– Si. C'est la triste vérité. (Il rougit à nouveau.) Je suis sûr que tu me trouves nul maintenant.

– Pas du tout. C'est génial…

Mais je suis interrompue par une voix familière qui se manifeste dans un nuage de Super Model.

– Encore vous ! braille Fleur Swan qui en a profité pour se changer et fait son apparition en pantalon de pyjama rose pâle, pull en cashmere beige et mules en plumes de cygne. Qu'est-ce que vous faites dans notre parcelle ? Ronnie, appelle la sécurité ! Qu'on lâche les chiens !

L'arrivée de La Swan est saluée par les vivas des garçons.

– Comment ça « notre parcelle » ? s'étonne Franny, dans un état de décontraction avancée dû à la bière. On devait s'installer ici depuis le début. En fait, c'est nous qui avons dit à Claudette…

– Eh, si on chantait une chanson ? l'interrompt Claudette « traîtresse » Cassiera. Un morceau du dernier Spike, d'accord, Joel ?

Fleur trouve un endroit où s'asseoir et tout le monde pousse des cris d'excitation en entendant Joel gratter les premières mesures du *Grand tourbillon,* le tube le plus célèbre de Spike, disque d'or multi récompensé. À l'entendre de près, Joel est encore meilleur ! Il sait faire tous les petits trucs compliqués et les changements d'accords acrobatiques exactement comme le guitariste de Spike, Twiggy Starr. Même les notes qui vont méchamment dans les aiguës ou au contraire dans les basses. Quand j'ai rencontré Jimi, il jouait tout le temps de la guitare. Il se produisait même dans des tas de petits concerts avec son groupe, Les Nouveaux Messies. Tout s'est arrêté le jour où la mairie a construit une nouvelle aire de skate. Désormais, sa guitare lui sert à bloquer la porte de sa chambre.

— *La vie n'est qu'un tourbillon,* chante Joel en m'adressant un gentil sourire. *Elle vous fait tourner la tête. Elle vous fait sombrer.*

La passion de Joel se partage, elle au moins. Ce n'est pas le genre d'activité qui vous oblige à terminer la journée avec un membre ou l'autre bandé ou des plaies douloureuses à soigner à la crème antiseptique ! Et, je parie que Joel ne me poserait pas de lapin le jour de la fête de Blackwell ! Non, il est probable qu'il arriverait en avance avec un attirail d'homme-orchestre accroché à la poitrine et qu'il me jouerait des chansons à l'eau de rose, en faisant tinter des cymbales entre ses fesses.

Soupir. Il est craaaaaaaaquant !

Quelqu'un s'en apercevrait si je lui léchais la figure ?

Reprends-toi, espèce de laideronne fleur bleue !

— Prenez une bière, les filles ! bafouille Franny en indiquant le van où s'entasse une pile de cannettes tellement haute qu'il pourrait y avoir de la neige au sommet.

— Non merci, ça va, dit Claudette qui semble curieusement en forme ces temps-ci.

— J'en veux bien une ! lance Fleur en jetant un coup d'œil à la montagne de bières, puis elle remarque le menton éclaboussé de vomi et la chemise à carreaux puante de Franny et réprime un frisson. Tu sais quoi, Franny ? chuchote-t-elle, je crois que je vais m'en passer. En fait, je ne bois que du champagne. Vous n'en auriez pas par hasard ?

— Euh… non, pas vraiment, répond-il, en se grattant la tête. On n'a que deux cents cannettes. Ça fait un paquet quand même.

— Ça ne me fait pas peur, dit Fleur.

Comme cette journée se révèle magique !

Vers deux heures du mat, une douzaine de chansons de Spike et autant de conversations échevelées plus tard, Franny s'est endormi sur les cendres froides et Nico lui dessine une moustache au marqueur phosphorescent. Le charmant Joel et moi-même devisons gaiement à propos des grands bassistes du moment pendant que Claudette et Damon, allongés sur le dos, comptent les constellations dans le ciel pur. Je pourrais parler avec Joel toute la nuit. C'est le genre de garçon qui écoute vraiment et réfléchit avant de répondre. J'ai envie de rester là, à refaire le monde jusqu'à l'aube, même si mes paupières me soufflent qu'elles tombent de sommeil.

— Bien chers amis, je vous adore mais je vous quitte, annonce Fleur en bâillant. Puis elle envoie un baiser à la ronde et rentre à la tente.

Je dois reconnaître que je suis cassée, moi aussi. Si je m'écoutais, je me roulerais en boule sur la couverture et je m'endormirais au son de la guitare de Joel. Ce serait parfait.

— On ferait peut-être mieux de rentrer, Claudette ? je lui chuchote. Il est affreusement tard.

— Encore cinq minutes, me répond-elle tout bas avant de reprendre sa conversation avec Damon.

— D'accord, je pars toute seule, dis-je en me levant avec un petit sourire.

— Tu t'en vas aussi ? demande Joel qui pose sa guitare, puis la reprend, puis la repose, puis se frotte les mains sur son jean.

Il m'a l'air un peu bizarre.

— Tu veux que… euh… je te raccompagne ? propose-t-il.

Je le regarde longuement, à deux doigts de répondre oui... mais je comprends le message caché de ce petit scénario interdit. Se faire raccompagner par un garçon? La nuit? Juste lui et moi, sans les autres? En gros, ça signifie passeport pour un smack, non? Ça signifie que «quelque chose de coquin va forcément arriver», non? Quelque chose qui implique des trucs avec la langue et les lèvres, voire les mains. Quelque chose que ma mère réprouverait.

Je m'empresse de préciser que je ne serais pas contre un câlin, surtout avec un type canon comme Joel... mais après ce qui s'est passé ce matin avec Jimi, ça me ferait bizarre.

Évidemment, je suis peut-être présomptueuse. Il se peut que Joel veuille simplement se montrer galant.

(J'entends d'ici Magda se gausser.)

— Non, ça ira, Joel. Je vais rentrer seule. Notre tente est à deux pas, dis-je doucement.

— OK, d'accord, dit Joel platement. C'était juste pour être galant. Bonne nuit, Ronnie.

— Bonne nuit, Joel, dis-je et, dès que j'ai fait deux pas, je me file une grande claque sur le front.

Pauvre nouille! Évidemment que c'était par galanterie!

— Quelle soirée! chuchote Claudette en se glissant peu après moi dans la tente où elle éprouve quelque difficulté à trouver une place avec Fleur qui dort étalée, les bras en croix. Je n'en ai jamais passé d'aussi géniale de ma vie. Si je meurs maintenant, je serai heureuse! Quand je pense qu'on a encore deux jours devant nous! C'est dément!

— Claudette Joy Cassiera! je chuchote à mon tour, jouant les choquées. Espèce de sale petite comploteuse! Que se passe-t-il au juste entre toi et… ce garçon?

Je profite de ce qu'elle se glisse dans son sac de couchage pour la chatouiller.

— Arrêêêêêêête! pouffe Claudette.

J'y mets les deux mains. Claudette déteste.

— Arrrrrrêêêêêêête! Ou je ne te parle pas du smack génial qu'on vient de se faire!

— De quoi? je couine alors que Fleur se retourne avec un ronflement de phacochère asthmatique. Tu es très vilaine! Je suis outrée.

— Je m'en doute! dit Claudette, rayonnante.

— Raconte-moi tout!

Et plongées dans une méga conversation ponctuée de fou rire, pesant le pour et le contre de Joel, discutant des biscotos et du joli petit derrière de Damon, on remarque à peine des pas qui se rapprochent de nous et une respiration haletante.

— Et là, il m'a dit que j'avais les plus beaux yeux qu'il ait jamais vus sur une vraie fille! Pas mal non? biche Claudette.

Une brindille craque juste devant la tente. On trébuche.

— Chuuuuuut, Claudette! Il y a quelqu'un dehors! dis-je, paniquée.

— Oh, mon Dieu, tu as raison! murmure-t-elle, en me serrant anxieusement la main.

— Fais la morte!

On ne bouge pas d'un cil. J'entrouvre un œil. Un visage fantomatique est penché sur nous! Je n'ose plus respirer.

— Tout va bien, Rexchhhhh, murmure dans un portable la présence mystérieuse, visiblement pompette. Elles dorment à poings fermés! Elles ont dû aller se coucher tout de suite après mon départ! T'y crois, ça? Quels anges!

Je m'empresse de coller ma main sur la bouche de Claudette pour l'empêcher de glousser comme une folle.

6. C'est le matin!

– Trop charmant! râle Fleur Swan en passant la tête à l'intérieur de la tente.

D'après ce que je vois, elle a dissimulé ses cheveux blonds sous un turban rose layette et porte d'énormes lunettes de soleil du dernier chic.

– Quoi... gnngnn. Qu'est-ce qui se passe? je grogne, en me redressant dans mon sac de couchage, soudain consciente d'avoir dormi la figure affreusement près du derrière dénudé de Claudette Cassiera!

Irkkkkkkkkkk!

J'adore Claudette, mais ce degré d'intimité dépasse les limites de l'amitié.

On est samedi matin, la première journée officielle de notre séjour à Astlebury... et je suis bonne à jeter! J'ai le dos raide et douloureux. On a été trop fainéantes avec Claudette en ne gonflant qu'un matelas pneumatique dont on a fait profiter Fleur. On s'est retrouvées à roupiller directement sur le sol dur et froid. D'après ce que je peux constater également, j'ai comme qui dirait les pieds qui puent, le serre-tête d'hier soir incrusté dans le front et une haleine de chat. Pour ne rien arranger, le dance-floor ouvert non-stop crache toujours des boum! boum! boum! endiablés sur lesquels un animateur, atteint de diarrhée verbale, hurle en continu : «Debout! Debout! Tout le monde! À tous les habitants d'Astlebury! Debout!»

Il est à peine huit heures quize!

J'ai trop envie de débouler en petite culotte et de lui débrancher son micro.

Je ne suis pas du matin.

— Je disais donc : je me suis pointée à la parcelle Karma pour procéder à mon rituel beauté, souffle Fleur. Et j'ai demandé à des types de la sécurité où se trouvaient les douches... Et pour toute réponse, ils ont ri! Tu ne trouves pas ça horriblement grossier?

Je sors de la tente, toujours dans mon sac de couchage, telle une limace géante aveuglée par le soleil matinal. Fleur, enveloppée dans un peignoir blanc moelleux, ses mules en plume de cygne aux pieds, une somptueuse serviette de bain jaune posée sur le bras, me fixe avec des yeux furibards.

— Tu n'y es quand même pas allée dans cette tenue? dis-je en réprimant un petit sourire.

— Évidemment que si! répond Fleur, me regardant comme si j'étais la dernière des imbéciles. Je reconnais qu'il y a eu quelques haussements de sourcils sur mon passage chez les pas encore lavés, mais je leur ai expliqué que c'était ça, la classe… Ils n'avaient donc pas de raison de s'en faire. Tout ça pour dire, Ronnie, que les douches de Karma n'existent pas ! Encore un mythe d'Astlebury ! Mais qu'est-ce que je vais faire ?

– Euh… t'en accommoder pour quelques jours ?

Fleur me refait le regard qui tue.

– C'est peut-être le moment de passer aux lingettes ? je propose en lui tendant le paquet géant que Claudette a emporté.

Dans tout le camp, les gens se glissent hors de leur tente ou de leur van, la tête entre les mains, maudissant DJ Migraine du dance-floor et réclamant à cor et à cri du paracétamol. Juste à côté de nous, trois types au crâne rasé, qui tenaient visiblement dans une tente de la taille d'une maison de poupée, descendent des litres d'eau en se dirigeant d'un pas mal assuré vers les toilettes. Il semblerait que tout le monde ait grandement fêté hier soir. On croirait une scène des *Zombies contre-attaquent IV*.

– Salut, les campeuses ! s'écrie joyeusement Claudette, passant la tête par l'ouverture de la tente. Aaaaaaaaaaaaaaah ! Quelle belle journée ! Idéale pour aller écouter des groupes, non ?

– Morgen, Fraülein Cassiera, lance Fleur avant de revenir à moi pour continuer ses récriminations. Et ne me branche pas sur ces toilettes portables à la noix, Ronnie! Elles sont littéralement couvertes de… de… Je n'arrive même pas à dire le mot… Et elles puent, c'est un poème! Sans compter que je suis tombée sur un type endormi dans les premières que j'ai ouvertes! Il n'y a de glace nulle part… et pas de papier toilette non plus! Et pas un endroit où se laver les mains ensuite, sauf quelques rares points d'eau primitifs où une cinquantaine de hippies font déjà la queue! En passant devant, j'ai même vu une femme qui se savonnait entièrement à poil! C'est trop… trop…

— Comme on te l'avait dit! finit gentiment Claudette.

— Pire! Ça ressemble plutôt à l'idée que je me fais de la terre après une attaque nucléaire. Il n'y a pas un endroit où brancher ma pince lissante! À ce compte-là, je vais ressembler à un porc-épic en fin de journée! (Fleur s'arrête de parler et déglutit nerveusement à la pire des éventualités.) Si mes cheveux font les dingues sur le devant comme l'autre fois, je crois que je me tue.

— Tais-toi donc, espèce de vieille bique! se marre Claudette en s'étirant avec un petit grognement de satisfaction.

— Parfait! Continue de m'insulter! Comme d'habitude, tout le monde se paye ma tête! dit Fleur, faisant mine d'être outrée. Je vous garantis que ce sera différent quand je reverrai Spike

Saunders et qu'il me dira : «Oui, Fleur, c'est exact, tu me plaisais vachement! Oui, je comptais t'épouser et inviter les LBD à venir habiter dans une annexe de mon hôtel particulier de Mayfair et profiter de mon Jacuzzi avec son robinet en or pour les grosses bulles… mais maintenant que je te vois avec ton look de yeti passé dans une essoreuse, je préfère m'en passer, merci!» Pfitt… Ça vous fera les pieds!

Claudette et moi échangeons un regard, puis on explose de rire toutes les trois.

Fleur se glisse à l'intérieur de la tente en traînant sa trousse à maquillage derrière elle.

– Maintenant, taisez-vous et laissez-moi tranquille! Je libère la magie!

Quand elle est en forme, Fleur peut vous faire rigoler à en avoir mal au bide. Soudain, je remarque quelque chose d'étrange concernant la tente de Daphne. On y entend deux ronflements distincts! Un tout léger et un beaucoup plus grave. En y regardant de plus près, je découvre un truc qui ne devrait pas en dépasser.

– Claudette! Regarde! Il y a d'autres jambes chez Daphne! dis-je en lui montrant une paire de boots noires taille quarante-quatre.

Leur propriétaire doit mesurer au moins deux mètres s'il ne tient pas dans la tente.

– Ouaouh! Il est arrivé quand? On ne dormait toujours pas à cinq heures du mat! s'esclaffe Claudette.

— C'est Rover ? Il a infiltré le Q.G. des LBD ? s'étouffe Fleur en sortant la tête.

— Il s'appelle Rex ! précise Claudette avec des yeux ravis. Je me demande à quoi il ressemble ! Je meurs d'impatience de le voir ! Si on lui balançait des bouts de bois sur les pieds pour le réveiller ?

— Claudette, il ne s'agit pas d'un vilain géant, dis-je.

— À tous les coups, ça va être le genre newage avec des œufs nichés dans la barbe et un T-shirt «Libérez le Tibet» ! Et je parie qu'il joue du digeridoo, déclare Fleur avec un petit sourire narquois.

— Chuuuuut, il va t'entendre, dis-je, pile au moment où un ronflement sonore s'échappe de la tente de Daphne.

— M'en fiche, dit Fleur. Qu'est-ce qu'il va me faire ? M'étrangler avec ses bracelets de l'amitié ?

— C'est sympa d'être sympa, dit Claudette, jouant les filles coincées.

— Bref, on s'en fiche, conclut Fleur en brandissant une grosse brosse couverte de poudre rose. Vilain géant mis à part, c'est quoi le plan pour aujourd'hui ? Tu as pensé à quelque chose de précis, Claudette ?

— Qui, moi ? répond-elle d'un ton pas très convaincant. Non... Je me disais juste qu'on n'avait qu'à suivre le mouvement, voir ce qui se passait..

— Ah, bon ? dis-je, me sentant soudain perdue.

— Enfin… genre, quoi. Je ne vous cache pas que j'ai pris la liberté d'imprimer le programme d'Astlebury sur le site web et de cocher les trucs susceptibles de nous plaire. (Claudette attrape son dossier festival et en sort trois tableaux couverts de signes et de flèches tracés au feutre.) J'ai mis une étoile dorée aux groupes qu'on adore et j'ai complété avec un système de points pour le cas où il y aurait télescopage d'horaire. (Elle pose sa feuille dans l'herbe.) Exemple : Les Hooligans de la Mort passent sur la scène hexagonale à midi mais, comme on ne les aime pas trop, ils n'ont pratiquement pas de points. À la place, j'ai pensé qu'on pourrait aller faire un tour à la fête foraine. Et j'ai classé ce choix en deux… ou aller voir ce qui se passe sur la scène des nouveaux groupes, à condition de ne pas trop s'éloigner pour ne pas rater Dernier Avertissement qui passe à quatre heures. Comme on les adore, ils ont une étoile dorée ! Et juste après, il y a Les Losers !

— Les Losers ! Ouaouh ! Je les avais oubliés, ceux-là ! Ils sont géniaux ! dis-je.

— Je veux absolument voir Carmella Dupris ! C'est une obligation. Je ne peux pas rater ça ! s'écrie Claudette avec excitation.

— Ensuite, il y a Arc-en-Ciel Torride ! s'exclame Fleur en vérifiant sur son tableau. Il paraît qu'ils sont déments sur scène !

— Excuse-moi, Claudette, mais je ne vois aucun arrêt-pipi prévu sur ton planning! dis-je pour la taquiner.

— Non, il n'y en a pas. Mais je ne suis pas si mauvaise que ça finalement? dit-elle avec un sourire.

— Pfitt, ça me convient parfaitement, les filles, lâche Fleur. Après avoir vu ces toilettes immondes, je ne bois pas une goutte d'eau et je ne mange rien jusqu'à mon retour à la maison! À la place, je vais me mettre du rouge à lèvres et me faire jolie!

Aussitôt dit, aussitôt fait. Elle s'étale du rouge à lèvres prune sur la bouche et nous envoie un baiser à chacune.

Je pense qu'elle est sérieuse.

— Mais pour conclure, roucoule Claudette, on peut surtout faire ce qu'on veut! C'est ça qui est bien!

— Vraiment? dis-je en fouillant dans mon sac à dos pour tâcher de trouver les trois ou quatre trucs froissés avec lesquels je pourrai me faire le look Astlebury. Alors, il n'est pas question de retrouver des garçons plus tard? Style couverts de tatouages et le crâne rasé? Style Damon, par hasard?

— Oooooooooh, tais-toi! crie Claudette, en rougissant.

— Euh... quoi? Qu'est-ce qu'il se passe? demande Fleur, accroupie, en agitant une brosse

à mascara. (Faites confiance à Fleur pour renifler un potin à cinq mètres même avec une pince
à linge sur le nez.) J'ai manqué quelque chose ?

— Nooooooooooooooooon ! s'écrie Claudette.

— Pas vraiment, Fleur. C'est juste que Claudette et Damon se sont embrassés hier soir !

C'est trop bon d'être la première à répéter
des cancans.

— Quooooooooooooi ? Quand ? Et comment
se fait-il que je ne sois pas au courant ? s'égo-
sille Fleur.

— Tu pionçais ! Ça s'est passé quand Damon
a raccompagné Claudette à la tente. Ils se sont
fait des papouilles à côté de l'arbre que tu vois
là ! Elle lui a caressé les fesses ! Et d'après elle,
elles sont si fermes qu'on pourrait casser des
noix dessus ! dis-je en riant.

— Nooooooooooooooooooon ! piaille Fleur.
C'est trop contraire à la règle numéro quatre
du contrat des parents ! Tu devrais avoir honte,
Claudette !

— Gnnnnnnnngnnnnn, grommelle Claudette en se cachant la figure dans les mains.

— Et Damon lui a dit qu'elle était bien mieux
foutue que n'importe quel mannequin !

— Ooooooooooooh, mon Dieu ! ulule Fleur.
Et qu'est-ce qui s'est passé ensuite ?

— Elle est rentrée sous la tente sur un petit
nuage et elle a déliré sur lui jusqu'à ce qu'elle
ne puisse plus parler !

– Hi! Hi! Elle était genre complètement gaga?

– Exact! On aurait dit une carte de la Saint-Valentin à elle toute seule. Elle est trooooop amoureuse! dis-je, optant pour mon jean déchiré adoré, un débardeur noir avec des lacets et un petit foulard à carreaux bleu.

– Je ne suis même pas amoureuse! proteste Claudette en enfouissant son visage entre ses mains. Arrêtez! Vous me filez la migraine!

–Ah! Tu vois! La migraine…, déclare Fleur avec autorité. C'est typique de l'amoureuse! Tu ne savais peut-être pas qu'aimer, c'est souffrir, Claudette?

– Ne m'en parle pas! je grogne quand me revient soudain le visage torturé de Jimi en nous voyant partir hier.

Bien. Oublie.

– OK, tout le monde. On ne parle plus de moi et on s'habille! dit Claudette, changeant de sujet. D'après mon planning, le Casino Las Vegas ouvre ses portes dans une demi-heure. Je tenterais bien ma chance au black-jack… Il paraît qu'on gagne des trucs déments, style les cent meilleurs CD de l'année ou son poids en chocolat! Le plan indique qu'à côté on sert des petits déj' gratuits de sept heures à onze heures… Enfin, c'est gratos à condition de se fader le discours religieux des gens qui tiennent le stand. Maintenant que j'y pense, j'aurais trop l'impression d'être à la maison, dit Claudette en levant les yeux au ciel. On va se le payer, notre petit déj'!

— Miaaaaaaaaaaaaaam, le petit déj'! je m'écrie en imaginant un bon gros hot dog avec du ketchup.

— Allez, on se bouge! dit Claudette. Si par hasard ça vous avait échappé, mesdemoiselles, une autre folle journée nous attend! Voire plus folle encore!

Pour faire plaisir à Paddy

Une demi-heure plus tard et quelque dix changements de tenue en ce qui concerne Fleur, et après avoir collé un mot sur la chaussure du vilain géant Rex pour prévenir Daphne qu'on était parties déjeuner, nous sommes prêtes à aller nous éclater.

— Je ne suis pas trop moche? demande Fleur qui est tout simplement sublime en débardeur court turquoise et mini noire.

Elle s'est bricolé une coiffure en deux temps trois mouvements qui lui fait ce look de «nana irrésistible de Frisco hyper rayonnante» que j'aurais tellement voulu réussir pour cette fameuse fête de Blackwell. Elle a plein de petits tortillons sur la tête d'où s'échappent des tas de mèches folles et, piquée au milieu de tout ça, une grosse fleur en soie rouge.

— Tu es super! dis-je pour la rassurer.

— Toi aussi, Ronnie ! Au fait, génial, ton T-shirt, Claudette ! s'exclame Fleur en voyant le haut en Lycra bordeaux de Claudette qui fait ressortir sa peau brune et met en valeur sa féminité.

On reprend le même petit chemin de terre qu'hier, mais, cette fois, on tourne à gauche dans le Pré nouveau où des centaines de stands proposent des choses à boire et à manger aussi étranges que merveilleuses dans un grand brouhaha. Exemple : du lait de zèbre, des bonbons à la goyave, des hamburgers à l'autruche grillée, des sucettes molles aux framboises bio, du goulasch aux haricots mungo… Si la nourriture est bizarre, les tenanciers le sont encore plus. À commencer par cette femme en chasuble blanche et couronne de feuilles qui vend des gâteaux et des biscuits censés vous procurer la vie éternelle parce qu'ils ont été bénis par des prêtres païens.

C'est sympa comme idée, mais les LBD, mourant d'envie de quelque chose de plus gras et de beaucoup moins diététique arrosé de litres de café, font patiemment la queue chez Bob, le roi du petit déj', en salivant comme des folles à l'odeur de bacon et de saucisses en train de griller. Il est dix heures du matin et tout le monde est déjà debout, des milliers de gens qui prennent leur petit déj' et s'étirent en pensant à la journée de folie et de musique qui se prépare

— Si on déjeunait vers chez les skaters ? propose Claudette en me passant un énorme hot dog confectionné par un grand baraqué aux cheveux ras.

Puis elle indique à l'autre bout du Pré la piste provisoire, avec sa gigantesque rampe hypra dangereuse sponsorisée par *Skate Magazine*. De là où on est, on voit déjà des types s'élancer vers le ciel sous le regard admiratif du troupeau habituel de minettes qui essayent désespérément de se faire repérer.

— D'accord ! Allons jeter un coup d'œil, dis-je.

— Tu n'en as pas assez vu comme ça ? demande Fleur qui, au mépris de son régime, enfourne un falafel.

— T'as raison, je marmonne, tandis que nous traversons la foule pour rejoindre l'endroit où traînent une centaine de garçons hypra sexy, crâne rasé, baggys, T-shirts déchirés et cicatrices partout.

Perchés sur des skates customisés, une vingtaine font des figures sur la piste en bois pendant que le reste frime à mort et se pousse mutuellement à faire des cascades atrocement difficiles. Je reconnais immédiatement un type à mèches vertes et bouc décoloré, c'est le skater professionnel Tyrone Tiller. Je l'ai vu en couverture de *Skate Magazine* le mois dernier dans les toilettes de chez Jimi. Tyrone, qui est connu pour son inconscience, tente en ce moment même de sauter par-dessus six copains allongés par terre. À l'instant où on s'écroule dans l'herbe avec nos sandwichs pour profiter du spectacle, les disciples de Tyrone finissent de se coucher de leur plein gré en rêvant de finir à l'hôpital.

– Gnnnngnnn! Quelqu'un peut me dire pourquoi les skaters sont si craquants? dis-je en voyant Tyrone retirer son T-shirt déchiré et exhiber un torse musclé et bronzé sur lequel s'étale un scorpion tatoué en vert émergeant de son treillis.

Les filles s'excitent comme des folles, y compris Fleur qui met deux doigts dans sa bouche pour siffler.

– Je ne sais pas, marmonne Claudette, la bouche pleine. C'est la même chose avec les stars de foot. Il n'y a pas de laideron chez ces gens-là.

– Ni chez les surfeurs ni chez les chanteurs, lâche Fleur en soupirant. Ni chez les patrons des clubs où tu passes tes vacances avec tes parents. Et j'oubliais ni chez les serveurs des restaurants italiens. Ils sont tous sexy! (Fleur secoue la tête.) Trop de garçons, pas assez de temps.

Tyrone prend son élan, bondit sur la rampe étroite, survole ses cinq copains et atterrit tête la première sur la poitrine du dernier. Aïe!

Les deux garçons roulent au sol, en poussant des cris de douleur… puis se relèvent, s'en tapent cinq et se mettent aussitôt à échafauder une autre figure encore plus stupide.

— Arrrrrrgh ! Maintenant que j'ai vu ça, je trouve Tyrone encore plus craquant qu'avant ! Qu'est-ce qu'il me prend ?

— Je crois que c'est normal, Ronnie. L'immonde Tariq n'a commencé à me plaire que lorsqu'il s'est fait virer en seconde pour s'être battu. Dès que je l'ai vu avec son œil au beurre noir, j'ai trouvé qu'il ressemblait Brad Pitt ! Ce n'est pas ridicule ? soupire Fleur.

— Euh… de toute façon… on ferait peut-être bien de bouger, dit Claudette qui paraît bien agitée tout d'un coup.

Je crois que l'intrépidité des skaters ne lui plaît pas trop. On voit qu'elle meurt d'envie de leur hurler d'arrêter.

— Qu'est-ce qui se passe ? je demande en avalant un dernier bout de saucisse avant de me lécher les doigts.

— Euh… rien de spécial, répond Claudette en se remettant debout. Je me disais juste qu'il était temps de continuer notre exploration. Il reste encore plein de choses à voir !

Je la sens nerveuse. Claudette se retourne pour jeter un dernier coup d'œil à la clique des skaters et de leurs supporteurs, puis elle revient à nous, en souriant cette fois.

— OK pas de problème, dis-je en me levant, imitée par Fleur.

– En fait, les filles, gazouille notre blonde copine, ce matin, j'ai eu une idée géniale ! Sauf qu'il faut marcher jusqu'au Pré que le temps a oublié, dont il s'est souvenu et qu'il a oublié à nouveau. Ça fait une trotte.

– Ça me va. Allons-y tout de suite, dit Claudette.

Aussitôt dit, aussitôt fait. Ne jamais oublier deux choses importantes concernant les idées géniales de Fleur :

1) Pour ceux qui l'ignoreraient, elles paraissent toujours mirobolantes. Prenons, par exemple, la fois où, en cinquième, elle a décidé de me faire « une coupe sexy », histoire de susciter des envies de smack chez les garçons…

2) Les idées géniales de Fleur vous mettent dans une mouise pire que vous n'auriez jamais imaginée. Dans le cas de la coupe de cheveux, j'avais l'air de m'être posé un cône de signalisation sur la tête et d'avoir taillé ce qui dépassait à la tronçonneuse, dans un état d'ébriété avancé. Bref, ce n'était pas vraiment ce que j'avais espéré.

Actuellement, quand j'entends les mots « idée géniale » sortir de la bouche de Fleur, j'ai une envie folle de prendre un aller simple pour Ploucville ou ailleurs où je suis sûre qu'elle ne viendra pas me chercher. Cela dit, ne me demandez surtout pas comment les LBD se retrouvent au fond d'une tente ouverte aux quatre vents, couchées à plat ventre sur des tables de soin, bercées par les accents relaxants d'une flûte péruvienne, une culotte en papier sur le derrière pour ménager leur pudeur, soufflant pour chasser la fumée d'encens... et se faisant faire des tatouages au henné !

Nooooooooooooon !

— Je voudrais un énorme soleil souriant en haut des fesses, s'il vous plaît ! demande Fleur. Et est-ce que vous pouvez le faire assez haut pour qu'il ne soit pas caché par mon string ? Et est-ce que vous pouvez faire en sorte que les rayons aient l'air de briller et de bouger... euh... Vous connaissez le tatoo de Spike Saunders ?

— Oui, je vois lequel ! répond la magnifique tatoueuse en train de mélanger de la poudre à de l'eau dans un bol en terre.

— Je veux exactement le même, s'il vous plaît ! dit Fleur qui se fiche éperdument d'être quasi à poil étant donné qu'elle passe son temps en séances d'épilation, de gommage ou de massage qu'on lui offre pour son anniversaire ou d'autres occasions.

— Vous n'oubliez rien ? demande malicieusement la tatoueuse.

— Attendez une seconde, laissez-moi réfléchir. Si ! Je sais ! Est-ce que vous pourriez écrire « LBD pour la vie » au-dessus de mon soleil ?

— LBD ? demande la tatoueuse, interloquée.

— Les Bambinas Dangereuses ! Euh… c'est une longue histoire ! LBD suffira ! répond Fleur en riant.

— On n'a qu'à toutes se faire tatouer « LBD pour la vie » ! s'écrie Claudette, tout excitée. Moi, j'aimerais la colombe de la paix, s'il vous plaît ! ajoute-t-elle en montrant laquelle sur le tableau. C'est possible au-dessus du nombril ?

— Pas de problème, répond la tatoueuse radieuse en lui jetant une serviette de toilette pour se couvrir la poitrine. Et vous ? dit-elle, en se tournant vers moi.

J'ai un peu mal au cœur.

— Euh… j'ai réfléchi. Je ne suis pas très sûre de vouloir.

— Oooooooooooh, Ronnie, arrête de faire ta bécasse ! hurlent Fleur et Claudette.

— Je ne fais pas ma bécasse ! On les garde combien de temps, ces tatouages ?

— Dix semaines si vous faites bien attention, répond la tatoueuse qu'on entend à peine avec les cliquetis de l'attrape-rêves malais qui s'agite derrière elle.

— Dix semaiiiiiiiiiiiines ! Gnnngngngngn ! Ça fait tout l'été, je gémis.

— Ne faites pas attention à elle, elle est toujours comme ça, déclare Claudette qui prend les choses en main et indique le tableau. Ronnie aimerait cette superbe croix celtique, s'il vous plaît! Au creux de la nuque, juste à la racine des cheveux. Ça sera super beau, non?

— En général, ça plaît bien aux petites brunes, approuve la tatoueuse.

— Oooooooooooh, Claudette! Tu ne peux pas m'obliger... Ma mère va criser... Et si jamais ça ne me va pas? Et..., je bafouille, cherchant mes mots. Tout ça pour finir par dire : OK, d'accord.

En moins d'une heure les LBD sont rhabillées, elles ont quitté la tente et comparent leurs dessins respectifs. Fleur a le tatouage de fesses le plus coquin et le plus sexy que j'ai jamais vu de ma vie! Son soleil est trop féminin! En plus, il fait un clin d'œil! Et elle a remonté son string deux centimètres au-dessus de sa jupe. Paddy va adorer!

Quant à moi, je suis trop fière de mon symbole d'amour celte un peu punk qui me descend jusqu'au milieu des omoplates! Il est carrément... incroyable!

Avec, je me trouve... allez j'ose le dire... sexy!

— Ha! Ha! Ha! LBD pour la vie! hurle Fleur après avoir examiné mon dos et la colombe du nombril de Claudette pour la énième fois, manifestant son enthousiasme si bruyamment que pas mal de festivaliers se retournent et nous regardent comme si on était folles. On ne peut pas leur en vouloir dans la mesure où on se trouve pile à côté d'un artiste dont la performance consiste à crier «Dong!» toutes les cinq minutes parce qu'il est persuadé de s'être réincarné dans une horloge de grand-père.

— Nos tatoos sont géniaux! hurle Claudette, en remontant son T-shirt une nouvelle fois (le contraste entre sa peau brune et le henné est renversant).

— Cette idée était vraiment géniale! Bien joué, Fleur! je glousse.

Encore une chose concernant Fleur : il faut parfois suivre ses propositions stupides… au risque de manquer une expérience carrément dingue.

— Maintenant, je crois qu'il faudrait entrer en contact avec d'autres planètes, déclare Fleur d'un ton pince-sans-rire, en nous montrant une tente à l'autre bout du Pré sur laquelle flotte une énorme banderole écrite en lettres d'argent :

CAPSULES SPATIALES
PARCOUREZ DES MILLIERS DE KILOMÈTRES
EN UNE NANOSECONDE.

— Qu'est-ce que tu veux dire? je demande.
— On est supposées appeler les parents tous les jours pour prouver qu'on est vivantes, n'est-ce pas? Toi, Claudette, tu as envoyé un texto à Gloria hier et elle a fait suivre le message aux planètes Paddy et Magda.

— Exact. Elle a passé un coup de fil aux deux, approuve Claudette.

— Euh ? Quoi ? C'est vrai ? dis-je, honteuse.

Cette fois, je me sens atrocement coupable. Malgré mes promesses, j'ai complètement oublié L'Incroyable pas plus tôt quitté la ville. Après quelques heures ici, on a du mal à imaginer que la vie continue normalement au-delà des grilles du festival. Hip, hip, hourra pour Claudette ! Magda serait bonne à enfermer à l'heure qu'il est. Surtout si elle est tombée sur mon portable !

— Bref, suivez-moi, les filles, dit Fleur qui part en se déhanchant vers la tente et salue effrontément les garçons séduisants qui font la retape à l'extérieur.

Claudette et moi suivons le mouvement sans trop savoir à quoi nous attendre.

À l'intérieur, on découvre une piste de danse en verre animée par de l'électro-funk qui sort à fond les ballons d'enceintes dissimulées sur les côtés. Derrière le bar surélevé, une femme à la tête rasée, portant des lunettes aux verres ultra-épais, prépare d'étranges cocktails de couleur verte. Mais plus étrange encore, la piste est entourée de grandes boîtes métalliques qui ressemblent un peu à des bandits manchots. En fait, ce sont des machines, de notre taille environ, munies d'un clavier au centre et d'une caméra sur le dessus qui suit tous nos mouvements.

C'est trop bizarre!

— Mais c'est quoi? dit Claudette, en tripotant les touches rose pétard de l'une d'entre elles.

SALUT! TU VEUX JOUER AVEC MOI? est le message qui s'affiche immédiatement sur l'écran.

— Euh… je n'en sais rien! s'écrie Claudette, en reculant sous la surprise.

— C'est une capsule spatiale! dit Fleur. Le principe est simple. La machine tourne un petit film sur toi, puis elle l'envoie dans le cyber espace!

— À qui? je demande.

— À qui tu veux! répond Fleur. Tu peux l'envoyer à l'adresse e-mail ou au téléphone portable de ton choix. J'avais lu un truc dessus dans *Elle Girl*. Je me disais qu'on pourrait envoyer un petit film à Paddy et lui demander de faire suivre!

— Oui! Génial! crie Claudette en se remettant à tripoter les touches du clavier.

ARRÊTE DE ME CHATOUILLER! dit la machine.

— Eh! Regardez! crie Claudette, morte de rire. Pauvre capsule spatiale! Elle non plus n'aime pas les chatouilles!

— OK, dit Fleur. Qui a de la monnaie?

— Moi! dis-je en donnant des pièces à Claudette, tout en peaufinant une moue qui me rend irrésistible.

— Glisse-les dans la fente! indique Fleur en fouillant dans son sac pour prendre son gloss dont elle se tartine généreusement les lèvres, tragiquement pulpeuses.

MERCI! dit la machine.

En un rien de temps, l'écran nous renvoie un énorme plan de nos visages!

On se croirait à la télé!

– Génial! crie Claudette en tirant sur ses couettes. Dites donc, les filles, vous avez vu comme la caméra me fait des gros nénés?

– T'as raison Claudette, c'est la caméra, dis-je, en levant les yeux au ciel après un rapide coup d'œil à mes œufs au plat.

TOUCHEZ-MOI DÈS QUE VOUS SEREZ CONTENTES DE VOTRE IMAGE! lit Fleur sur l'écran.

– Alors, les filles, on est contentes? demande-t-elle, en nous prenant par les épaules.

– Fleur! Ne me fais pas des oreilles de lapin derrière la tête! dis-je d'une voix cucul de ventriloque.

– Tu me prends pour qui? réplique Fleur d'un ton dédaigneux.

– Attendez une seconde, il faut que je rajuste mon soutif! crie Claudette.

– Dites cheeeeeeeeeeeeeeeeeeeeeese! hurle Fleur en appuyant sur le bouton.

– Noooooooon! Arrête! Ooooh.. cheese! grogne Claudette au moment où la caméra se met à vrombir sur fond de hip-hop avant de s'arrêter quelques instants plus tard au son d'une trompette.

Voulez-vous voir comme vous êtes belles ? demande la machine.

Évidemment qu'on veut ! En un clin d'œil, on assiste aux débuts des LBD à l'écran. Fleur Swan squattant pratiquement toute l'image avec ses faux airs de mannequin (si on oublie le morceau de falafel collé sur ses dents de devant), moi qui ressemble comme deux gouttes d'eau à un hobbit diabolique, avec Fleur derrière moi qui me fait des oreilles de lapin… gnngnn… et de l'autre côté, Claudette, une main enfoncée dans le soutif, la bouche qui pend mollement et un œil qui louche ! Tout ça en musique hypra rythmée. On croirait vraiment un clip vidéo. Sauf qu'on a l'air de totales demeurées ! C'est le truc le plus drôle qu'on ait vu depuis des siècles ! On se tord tellement de rire qu'on est obligées de se tenir à la machine pour ne pas tomber ! Fleur envoie une copie du film à l'ordinateur des trois LBD. (Dès que je rentre, j'imprime une photo et je la punaise au mur.) Après quoi, elle l'e-mail à Paddy avec le message suivant : «Bons baisers d'Astlebury!» Et texte une photo sur le portable de son père et une sur celui de Daphne. Et hop ! Parti ! Galopant à travers le cyber espace ! Ce n'est pas génial ?

Deux secondes plus tard, le téléphone de Fleur couine.

– C'est Daphne ! dit Fleur. Elle me remercie

pour la photo et propose qu'on se retrouve avec elle et Rex près de la scène hexagonale. Est-ce que je lui dis que je la rappellerai pour la prévenir quand on y est?

— Oui, ce serait sympa! On bouge? dit Claudette.

— Je crois que je vais en faire une autre! annonce Fleur, le sourcil levé, fouillant dans son porte-monnaie rose bonbon à la recherche de quelques pièces avant de programmer la machine pour qu'elle envoie une photo demain matin à dix heures. Bizarre!

Très vite, la caméra commence à vrombir tandis que la blonde coquine se retourne et remonte son débardeur pour montrer son soleil géant dans toute sa merveilleuse gloire tatouée, ainsi qu'un large aperçu de son string en dentelle rose! Soudain, elle se met à se tortiller comme une folle sur la musique puis, voyant que la caméra s'arrêter de tourner, se jette furieusement sur le clavier.

— Noooooooon, Fleur! Ne fais pas ça! Ne l'envoie pas à Paddy! s'étouffe Claudette.

— Tais-toi donc, réplique Fleur, en entrant l'adresse e-mail de Paddy. J'aime le maintenir sous pression!

— Franchement, je ne pense pas que…, commence Claudette, mais trop tard, la vidéo du tatouage de Fleur est déjà partie sur l'autoroute de l'information «de trop».

— Alors, on va voir des groupes ? demande Fleur, radieuse. Si on se dépêche, on peut choper Les Dominos Vengeurs ! Et Dernier Avertissement juste après !

— D'accord pour les groupes ! approuve-t-on, Claudette et moi, avant de quitter la tente à la suite de l'œuvre artistique postérieure de Fleur.

Du boucan !

En dévalant le sentier qui serpente jusqu'à la scène hexagonale, à la sortie du Pré que le temps a oublié, je reconnais de loin Zander Parr, le chanteur du groupe hollandais les Dominos Vengeurs. Il est à peine capable de croasser ! À vol d'oiseau, la scène est à moins de cinq cents mètres, mais le carré VIP qui nous en sépare, nous oblige, festivaliers lambda que nous sommes, à faire un détour en suivant la clôture.

— Je me demande ce qui se passe là-dedans ? dit Claudette, le visage pressé contre le grillage.

De là où on est, tout ce qu'on peut voir, ce sont des cars de tournée, quelques tentes et des types des maisons de disques, tout de noir vêtus, un talkie dans une main et un bloc dans l'autre, l'air très affairé.

— Tous les trucs méga-intéressants ! soupire Fleur. C'est là que sont les stars et leur entourage ! Sans compter les équipes télé ! Imagine un peu ! CeCe Dunston de Dernier Avertissement est sûrement en train de siffler du bourbon, en faisant la causette avec Jocasta Jemini des Losers… Et Lester Ossiah d'Arc-en-Ciel Torride doit boulotter macrobiotique, en se faisant faire un massage des épaules à l'aromathérapie ! Et à tous les coups, les tops Zaza Berry et Cynthia Lafayette se détendent dans un Jacuzzi…

– Euh… on dirait que tu as bien cogité la question, glisse Claudette avec un petit sourire, un œil sur le sévère écriteau au-dessus de nos têtes qui dit :

ACCÈS STRICTEMENT INTERDIT
SAUF AUX PORTEURS DE BRACELETS VIP

– Non, je suppute, c'est tout, marmonne Fleur.

Au même instant, un énorme car noir à trois étages, décoré d'un éclair rouge sur le côté, arrive devant la grille, suivi par une limousine d'un blanc éblouissant. Les vigiles se précipitent, criant des ordres d'un air stressé, pour procéder à l'entrée des stars dans le quartier VIP.

– Noooooooooooon ! J'y crois pas ! piaille Fleur en gesticulant comme une folle. C'est Carmella Dupris ! Là ! Dans la voiture !

Elle a raison.

Claudette (qui possède tous les albums de Carmella, y compris ceux de ses débuts avec le groupe féminin qu'elle avait formé au lycée, Les Strings) se met à sauter sur place en poussant des cris stridents. Ouaouh! Tout ça est-il bien réel? Je tends le cou pour mieux voir, mais les gens qui surgissent de partout me repoussent.

– Carmella! couine Fleur qui déclenche l'émeute en tapant sur la vitre au passage de la limousine. Tu assures, Carmella! Je t'adore!

C'est bien elle.

À l'intérieur, Carmella Dupris, à peu près aussi grande qu'une salière, agite une toute petite main couleur caramel de sous son immense capeline! Elle est microscopique!

– Chapeau Dolce & Gabbana! crie Fleur à qui veut bien l'entendre. Lunettes Gucci! Carmella a toujours des fringues géniales! Elle est top cool!

– Elle nous a fait un signe! Elle a salué les LBD! s'extasie Claudette. (C'est trop mignon, elle ne s'est pas aperçue qu'on était environ cinq millions de fans à manifester aussi follement notre adoration.)

– Je sais! Je sais, Claudette! Et tu as vu Big Benson, le mec de Carmella et patron de Big Benson disques? Il était à l'arrière à côté d'elle! Il m'a fait le signe de la paix!

Je laisse Claudette et Fleur faire leur crise d'hyper ventilation et reste là, un sourire idiot plaqué sur la figure, à regarder disparaître la limousine. À la seconde où les véhicules sont passés, les vigiles referment la grille dissuasive, sécurisée par un énorme verrou, et abandonnent les humbles LBD à l'extérieur du carré VIP.

— Opération terminée! Mlle Dupris à l'intérieur! Aucun intrus n'a pénétré! Je répète : aucun intrus! Bravo à tous! crie dans son talkie un vigile à l'air rébarbatif.

Après argumentation, on parvient à arracher Fleur au carré VIP et, shootées à l'adrénaline, on avance vers la scène hexagonale où la foule se fait plus dense et plus intimidante. Le sol tremble sous les monstrueuses vibrations d'une basse. Il doit bien y avoir cinquante mille personnes réunies pour la musique! Des tonnes de gens qui hurlent, applaudissent, montent sur les épaules les uns des autres, dansent, rient et tombent par terre sur les feulements intempestifs de Zander Parr qui, pour être justes, n'en ressemblent pas moins à des cris de chat pris dans une tondeuse à gazon.

— C'est bien le groupe qui fait partir des feux d'artifice sur scène? je crie.

— Oui! répond Fleur, juste au moment où un craquement énorme déchire l'air.

Tout le monde baisse la tête pour se protéger, puis se redresse en hurlant de joie.

Sur scène, Zander Parr saute sur place en proie à une exaltation démente. Zander adooooooooooooore les feux d'artifice! Il se fait d'ailleurs souvent virer des endroits où il joue parce qu'il pousse le bouchon trop loin.

– Ouaouh! Regardez! hurle Claudette, bouche bée, quand une pluie de pétales rouge et ivoire retombe sur le public.

Les gens applaudissent frénétiquement et récupèrent les pétales tombés sur leurs cheveux. C'est le départ d'un spectacle pyrotechnique avec un maximum de flammes, d'étincelles, de bruits, de sifflements et d'explosions. Ce fou de Zander, à qui son T-shirt noir et son pantalon moulant en résille dorée donnent des allures de robot, saute dans tous les sens comme un possédé, fait partir des roues de feu, agite des torches, tellement à son affaire qu'il en oublie certaines paroles.

– Il est carrément à l'ouest ce coup-ci! s'esclaffe Claudette, le doigt tendu vers les énormes écrans vidéo situés de part et d'autre de la scène.

– Merci, Astlebury! Je vous aiiiiiiiiiiiiiiime! hurle Zander, sous le regard découragé de son guitariste qui secoue la tête.

Zander n'a plus l'ombre d'un sourcil, juste des petits bouts de poils cramés au-dessus des yeux!

Preuve vivante qu'il ne faut pas jouer avec le feu.

– Si on allait plus loin! crie Claudette.

— Génial! hurle Fleur que le spectacle de la folie ne comble pas.

— Euh… d'accord, dis-je, prudente.

Se déplacer dans cette cohue n'est pas une mince affaire. On a l'impression de traverser un enchevêtrement de corps, de sacs, de vêtements, de cannettes et de boîtes de hamburgers. Le truc minant, c'est que, chaque fois qu'on découvre un raccourci par où se faufiler, vos copines ont disparu en un clin d'œil. On croirait qu'elles ont pris un chemin totalement différent. Ça fiche méchamment les jetons. Je détesterais être perdue dans cette foule. Astlebury est tellement énorme que je doute d'être capable de retrouver notre tente.

— Par là, Ronnie! dit Fleur en me prenant fermement par le bras. Je te tiens!

Sur scène, Les Dominos Vengeurs entonnent les premières notes de leur tube *Sale et mort* auquel la foule réagit en se précipitant vers la scène. Les gens se bousculent, tombent et se démènent comme des fous pour se remettre debout. Certains jettent des bouteilles en plastique vers les musiciens, ratant de peu Zander Parr qui les repêche derrière les enceintes et leur renvoie. C'est trop dingue! D'une dinguerie effrayante. Oui, mais dingue!

— Ouaouh! Regardez celui-là! crie Fleur en montrant un type velu avec une iroquoise bleue, en short écossais et débardeur déchiré en résille, qui se fait jeter vers la scène par une foule consentante. Dans le feu de l'action, il perd sa monnaie.

— Oh, mon Dieu ! C'est la première fois que je vois un type faire du *crowd-surfing* en vrai ! s'exclame Claudette.

Après avoir tourné, viré pendant vingt minutes dans la foule en délire, on finit par se retrouver un peu plus sur le devant, mais légèrement à l'écart, là où l'agitation est moins folle. Zander est en train de se rouler par terre en larmes, visiblement en proie à un mélange d'émotions qui mettent ses nerfs à dure épreuve et dont la foule se délecte littéralement parce qu'il faut bien le dire, il fait toujours ça. (Chaque fois que Zander est numéro un au hit-parade, mon père peste exagérément derrière son *Daily Miror* et finit par hurler : « Je ne paye pas ma redevance pour regarder un crétin en sueur sauter en l'air en poussant des cris ! Passe-moi la télécommande ! »)

Fleur adore son cirque. Elle sort son portable et prend une photo de Zander en train de sangloter pour l'envoyer à son frère à Amsterdam.

— Josh adore Zander Parr ! Ça va le rendre malade de jalousie ! se réjouit-elle, un œil sur son œuvre. Oh, attendez une seconde. C'est quoi, ce délire ?

Fleur éteint, puis rallume son portable.

Les accents joyeux du *Grand Tourbillon*

de Spike Saunders annoncent sa remise en marche, et sur l'écran apparaît une photo de Fleur et de sa sublime mère en vacances dans le Sud de la France. La bombe platine appuie sur différentes touches, l'air de plus en plus énervé.

— Je n'ai plus le réseau, crie-t-elle. Quel crétin de téléphone! Je savais que j'aurais dû harceler Paddy pour avoir le nouveau! Claudette, regarde si tu as un signal!

Claudette sort son appareil, un modèle antique en piteux état, sans doute fabriqué à l'époque où les dinosaures peuplaient la terre.

— Oooh, non! crie Claudette. On est toutes les deux Fusia?

— Oui, répond Fleur ivre de rage, en tapant son portable contre sa cuisse.

Comme si ça allait arranger les choses!

— Euh... pardon de me mêler, intervient une blonde aux cheveux hérissés, portant une salopette en jean, qui danse juste derrière nous. Si vous voulez appeler sur Fusia, aucune chance. Il n'y a plus de réseau depuis une heure.

— Oh, bon sang! Encore! Mais pourquoi? s'énerve Fleur.

— Sans doute parce que cent mille personnes essayent en même temps d'envoyer des images et des textos du fin fond d'un champ! Certains disent que ça ne remarchera plus du week-end, crie la fille.

— Quoi ? s'étouffe Fleur.

— Du calme, Fleur, chuchote Claudette. C'est sans doute encore une de ces rumeurs d'Astlebury !

Quand son téléphone ne marche pas, Fleur flippe vraiment.

— Pour commencer, le rendez-vous avec Daphne est fichu, dit-elle, fâchée pour de bon. Elle aussi est Fusia. Ça va encore être ma faute, je suis sûre.

— Aucune chance de tomber sur elle par hasard, dis-je en jetant un coup d'œil autour de moi.

On se regarde en chiens de faïence, chacune essayant de deviner les risques qu'on encourt, maintenant qu'on a complètement perdu notre « grande personne », mais les errements de Zander Parr nous distraient de nos sinistres pensées. Le chanteur a choisi de clore la prestation des Dominos Vengeurs en arrachant ses vêtements, un à un, psalmodiant des « la ! la ! la ! » sur un air qui ressemble à du n'importe quoi, pendant que ses musiciens improvisent pour essayer de le suivre.

— Zander ! Zander ! Zander ! clame la foule en chœur pour l'encourager à continuer.

Au moment où Zander s'apprête à retirer son slip qui, j'ai le regret de le dire, est une chose beige douteuse plutôt détendue qui a sans doute fait de nombreuses tournées à travers le monde, des vigiles se précipitent sur scène pour l'entraîner vers les coulisses.

– Merci Astlebury et au revoooooooooooooir! hurle Zander avec son délicieux accent hollandais tandis qu'on lui retire son micro de force et qu'un type, muni d'un casque, se précipite pour cacher sa nudité. C'est le plus beau jour de ma vie! ajoute-t-il. Je m'appelle Zander Parr et je suis nu comme au premier jour de ma vie! Bonsoir! Rentrez bien! conclut-il.

Son départ rend la foule totalement hystérique.

– Arrrrrggggghhh! C'est carrément mieux qu'à la télé! Voir les feux d'artifice en vrai, c'est trop dingue! dit Claudette.

– Et sentir le slip cramé de Zander aussi, je m'esclaffe.

– Dernier Avertissement passe maintenant, nous rappelle Fleur. C'est leur premier concert en Angleterre depuis deux ans!

– Ça va être géant! On a vraiment de la chance d'avoir eu des billets! dit Claudette.

Puis, il y a un drôle de petit silence, car les LBD savent de qui exactement Dernier Avertissement est le groupe favori. Ne nous aventurons surtout pas de ce côté-là.

– Un… deux… un… deux… C'est bon? demande un *roadie* qui vérifie le micro de CeCe Dunston. Tu m'entends? Un… deux?

Uggggh… Je me demande ce que Jimi peut

faire pendant que je m'éclate comme une folle. Il pleure sur son oreiller ? Il compte les heures jusqu'à mon retour ? Ou bien il se livre à une de ses activités habituelles, se retirer les loulous du nez et les étaler je ne sais où, mater des gros lolos dans un canard coquin, découvrir les bonus désopilants du DVD de *J'ai encore bousillé ta mère II* ?

Soudain, je sens quelqu'un me prendre solidement par la taille et me soulever presque de terre. Je lâche un cri.

— C'est sympa de se retrouver ! lance une voix chaude que je reconnais.

Je me retourne, interloquée.

— Oh, mon Dieu, Joel ! C'est toi ! je m'exclame en découvrant devant moi le beau garçon aux yeux noisette, entouré de sa bande de bras cassés.

On s'embrasse gentiment Joel et moi, mais Claudette pousse un hurlement de joie qu'elle ne cherche même pas à dissimuler.

— Damon, tu es là ! dit-elle en riant, puis à son oreille : je ne pensais pas que tu te rappellerais !

— Tu as été très précise, chuchote Damon en lui faisant un gentil baiser sur le front que tout le monde fait semblant de ne pas remarquer. Tu m'avais dit : sur le devant, à droite, à l'heure de Dernier Avertissement, ajoute-t-il.

— Ronnie ! Fleur ! gazouille Claudette en

se tournant vers nous, revoilà les garçons ! Incroyable qu'ils nous aient retrouvées, non ?

Fleur et moi échangeons un regard qui signifie « est-ce que cette fille s'imagine qu'on est nées de la dernière pluie ? » et on éclate de rire. En moins de deux, Fleur tarabuste Franny, qui affiche un teint verdâtre, à propos de ses extravagances d'hier soir, et Nico part nous chercher à boire. Pendant ce temps, sur scène, des *roadies* chevelus en pleine effervescence fixent au sol les câbles qui vont aux amplis situés sur le devant de la scène et accordent des guitares.

— Au fait, Ronnie, dit Joel, l'air un peu gêné, je te ferais remarquer que je ne te suis pas.

— Que tu dis ! Va raconter ça au juge, monsieur Je-te-suis-partout ! je rétorque pour le taquiner.

— C'est pas vrai ! C'est Damon qui voulait... (on se tourne vers Claudette et Damon en plein jeu de mains). Tu m'as compris !

— Je te faisais marcher !

— Tant mieux, dit-il avec un petit sourire en m'enfonçant gentiment un doigt dans les côtes. Parce que, de toute façon, qui ferait un détour pour venir te voir ?

— Exact. Oublie...

On est interrompus par le présentateur qui nous somme d'accueillir bruyamment, le seul, l'unique, le légendaire Dernier Avertissement ! Yesssssssss !

L'enfer

Les heures qui suivent sont proprement hallucinantes.

D'abord, Dernier Avertissement fait un show fabuleux en jouant tous ses tubes, accompagné par une foule enthousiaste mais qui chante affreusement faux. À un moment donné, CeCe Dunston, reconnaissable à ses boucles noires et à ses énormes lunettes de mouche teintées, divise les cinq mille personnes devant lui en deux groupes et pousse chacun à faire plus de bruit que l'autre ! Je crie tellement que j'en deviens presque aphone. Après ça, CeCe fait monter sur scène une chanceuse du premier rang et lui roucoule une chanson hypra sexy à propos de son joli petit derrière ! La fille ne s'offusque pas. Au contraire, elle sort un stylo de sa poche et lui demande de lui signer un autographe sur l'étiquette de sa culotte !

À présent, le ciel est dégagé, le soleil commence à se coucher et la douce brise qui souffle nous rafraîchit délicieusement. C'est génial d'avoir retrouvé les garçons. On se marre bien avec eux et ils sont mignons par-dessus le marché. Histoire de rendre les choses encore plus étonnantes, entre chaque morceau, le très charmant Joel et moi-même n'avons pas cessé de ricaner et de nous raconter nos vies (bon d'accord et de flirter un peu !). À cette occasion, j'ai collecté quelques informations «garçon» plutôt saisissantes sur mon nouvel ami. Par exemple, qu'il compte faire une prépa en physique, chimie et math l'été prochain. (Ouaouh! Un professeur Nimbus!) Qu'il habite une petite ville qui s'appelle Charlton-Jessop, à cent cinquante kilomètres de L'Incroyable. J'ai découvert également que l'immonde van jaune tagué appartenait à Franny (ce qui est plus logique) et non à Joel qui a une Polo noire. Mais le truc incroyable, c'est que son ambition suprême est de devenir chirurgien. Et pas chirurgien ordinaire... non, chirurgien du cerveau, sans blague! Apparemment, ça nécessite dix ans d'études!

Oui, Joel sait ce qu'il veut faire de sa vie dans les dix ans à venir!

Quand je pense que je n'ai pas de projet pour le reste de l'été!

(Sur la dernière feuille de renseignements qu'on lui a demandé de remplir, à profession envisagée, Jimi a marqué : «Homme de l'espace cosmique.»)

Et pour couronner le tout, Joel travaille comme maître-nageur à la piscine municipale de Charlton-Jessop tous les samedis! Gasp! Tout ce que j'en conclus, c'est que sous le treillis et le T-shirt de Joel se cache le genre de corps musclé qui distrayait tant les LBD pendant les leçons de secourisme de Blackwell où elles étaient supposées sauver des briques en pyjama au fond de la piscine.

Ma mère adoooooooooooorerait Joel.

À la nanoseconde où elle poserait ses yeux perçants sur lui, elle prendrait mentalement ses mesures pour lui commander un haut-de-forme de marié. Je suppose que c'est exactement le genre de garçon avec lequel je devrais sortir.

Dernier Avertissement n'est pas plus tôt sorti de scène sur les rotules que Les Losers viennent les remplacer. Les Losers sont un groupe australien composé de deux filles et de deux garçons qui jouent essentiellement des morceaux planants, accompagnés à la guitare, au synthé et à la flûte, qui ont pour effet de plonger le public dans un état léthargique. Certaines chansons sont tellement tristes qu'elles vous donnent envie de pleurer, surtout celles qui parlent de «bateaux perdus en mer» ou de «cœur brisé sur le point de mourir» chantées par Jocasta Jemini, la minuscule chanteuse déprimée du groupe qui s'accompagne à la flûte. Pendant les morceaux méga sentimentaux, certains agitent des briquets en l'air. Soit parce qu'ils adorent sincèrement Jocasta, soit pour se moquer d'elle, parce qu'ils trouvent que c'est une vieille bique. Sans oublier ceux qui jettent des bouteilles en plastique. Mais j'ai fini par comprendre que les amateurs de ce jeu le faisaient en toute circonstance. Le temps que Les Losers terminent, qu'ils sortent de scène, puis reviennent jouer leur plus grand succès et finissent par partir pour de bon, le soleil s'est couché et l'air est devenu sensiblement plus frais. Il est presque huit heures. Où le temps a-t-il filé? Tout le monde est excité. Surtout Fleur qui veut absolument que, pour Arc-en-Ciel Torride qui vient ensuite, on aille plus dans la foule, près des barrières de protection de la scène, là où se passent toujours les trucs les plus dingues.

— Oh, allez! se moque-t-elle. Arrêtez de faire vos poules mouillées! Arc-en-Ciel a toujours un show laser dément! Il faut être devant si on veut danser!

Franny et Nico sont tout de suite d'accord. Joel, Claudette et moi sommes moins enthousiastes. C'est chaud là-bas. J'en ai déjà vu qui s'étaient évanouis ou s'étaient fait piétiner et que les vigiles récupéraient par-dessus la barrière. Cela dit, je sais que Fleur ira de toute façon et que je risque de rater une expérience qui ne se présente qu'une fois dans la vie.

Alors, je dis oui.

— Tu es sûre, Ronnie? demande Joel.

— Oui, allons-y! dis-je, un rien inconsciente.

Fleur laisse échapper un petit cri de victoire.

On part donc en direction des barrières en se frayant un passage à travers la foule déchaînée. Damon tient Claudette par les épaules, Franny et Nico ouvrent la voie, Fleur dont le tatouage suscite bien des regards se fait siffler sur son passage. Joel ferme la marche, je le trouve d'ailleurs très protecteur à mon égard. C'est mignon et un peu bizarre en même temps. On arrive bientôt à environ dix rangs de la scène. Impossible d'aller plus loin, il n'y a plus de place pour bouger. Tout le monde se serre, dos à dos, histoire de délimiter un espace. Joel me soulève par la taille et me fait tourner pour me faire voir ce qui se passe derrière nous…

Une mer d'au moins cent mille visages s'étend aussi loin que je peux voir. Incroyable! Ça me donne le tournis.

Soudain, la scène est plongée dans le noir et, aux premières notes de *Chien pouilleux*, la foule reconnaissant le morceau, explose en cris et hurlements de joie. Les enceintes crachent une cacophonie de sons qui sature l'air et fait se dresser les petits cheveux au creux de ma nuque. J'ai l'impression de ne plus pouvoir m'arrêter de sourire. Autour de nous, les gens dansent, sautent et se bousculent dans une frénésie totale.

— Merci beaucoup, dit Lester Ossiah, le gentil homme-orchestre d'Arc-en-Ciel pendant une pause. Les gens se taisent pour l'écouter. Je pensais qu'il n'y aurait personne ce soir, ajoute-t-il, pince-sans-rire.

Tout le monde rit et applaudit.

Quelques mètres plus loin, Fleur qu'on ne peut plus arrêter et qui pendant les dix dernières minutes s'est déchaînée, dansant et criant comme une folle, a réussi à convaincre je ne sais quel gogo de la laisser monter sur ses épaules. Perchée sur le type, elle se balance d'avant en arrière, fait des signes de main frénétiques à Lester Ossiah et lui envoie des baisers. Le timide chanteur finit par la remarquer et lui renvoie un baiser ! Dément, le visage radieux de Fleur remplit soudain les énormes écrans vidéo de chaque côté de la scène ! Elle en pleure presque de joie.

Lester enchaîne avec *Miroir*, longtemps numéro un dans tous les hit-parades du monde, un morceau entêtant, repris des millions de fois dans des films, des pubs et des jeux vidéo. Ouaouh ! J'adore cette chanson ! Les gens se poussent de plus en plus. On n'a pratiquement pas de place pour respirer. Les vigiles nous hurlent de reculer. Je commence à avoir peur... d'autant que Fleur a sauté des épaules du type sur lequel elle était perchée pour procéder à sa toute première tentative de *crowd-surfing*.

– Oh, mon Dieu ! Claudette ! Regarde ce que fait Fleur ! je hurle.

– Wiiiiiiiiiiiiiiiiiiiiiiiiiiiz ! Je vole ! couine Fleur.

– Fleur, descends ! Tu vas te faire mal ! crie Claudette en vain.

Fleur avance au-dessus de nos têtes sur une forêt de mains, soutenue par des gens déchaînés en qui j'ai moyennement confiance.

Ça me fait carrément flipper. Je l'envie, mais j'aimerais vraiment qu'elle descende.

Heureusement, elle le fait cinq minutes plus tard. Un énorme type avec un anneau dans le nez qui le fait ressembler à un gentil taureau la dépose délicatement au sol.

– Ouaaaaaaaaaaaaaaaaaaouh! J'assure! hurle Fleur en jetant les mains en l'air comme une diablesse. C'était gééééant! Vous m'avez vue? J'ai trop envie d'y retourner!

Claudette et moi levons les yeux au ciel, soulagées que notre copine déjantée soit revenue entière. Au même instant, un morceau encore plus dingue, le très connu *Désert*, explose dans les enceintes et, sous nos yeux ébahis, Fleur va taper sur l'épaule en sueur de l'homme taureau et lui fait les yeux doux pour obtenir une courte-échelle.

– Noooooooooon! hurle Claudette

Mais il ne nous reste plus qu'à la regarder monter sur les épaules du type, en exhibant sa culotte. Claudette et moi, qui luttons pour rester debout, l'observons, incrédules, passer de main en main, très à l'aise, gloussant et poussant des cris de joie. De temps à autre, elle disparaît au milieu de la foule puis resurgit sur les épaules d'un autre inconnu la seconde d'après, boxant l'air d'un air combatif. On tâche de ne pas la perdre de vue, mais ça devient de plus en plus difficile. Elle ne cesse d'être engloutie par la foule qui se livre à un nouveau jeu : plonger en avant et se laisser tomber en arrière.

Je n'ai pas l'impression qu'on soit encore à l'endroit où elle nous a laissés.

Quand je la vois la fois d'après, elle est à quatre-vingts mètres de moi, assise sur les épaules d'un type, en train de bavarder avec une fille perchée sur celles d'un autre, et elle rit comme une folle.

Soudain le type qui la porte chancelle. Je vois l'expression de Fleur se muer en peur et elle fait un drôle de plongeon.

Je guette sa réapparition, espérant que tout finisse comme les autres fois, mais en vain.

On se précipite pour lui porter secours, mais arrivés sur place, suants et hors d'haleine, il n'y a plus de Fleur.

Ni sur les épaules de personne.

Ni en train de faire du *crowd-surfing*.

Ni dans aucun endroit où on est allées ensemble.

Ni à la tente.

Ni au pavillon des personnes disparues.

Nulle part.

Elle a totalement disparu.

7. *Le tréfonds du désespoir*

— Quelle heure est-il ? je chuchote.

— Euh… quatre heures du mat, me répond Claudette, assise dans son sac de couchage, le visage éclairé par la lumière diffuse de l'écran de son portable.

— Pfft… Ça devient ridicule, dis-je en me redressant et en me prenant la tête entre les mains. Il faut qu'on se décide à avouer qu'elle a disparu.

Claudette soupire et hoche la tête.

— Je sais. Regardons les choses en face, on aurait dû le faire depuis des heures. Tu crois que c'était une bêtise ?

— Je n'en sais rien, dis-je, sincèrement dans le doute.

À l'extérieur, la pluie frappe gentiment le toit de la tente. Il bruine depuis au moins quatre heures. Où qu'elle soit, Fleur est sûrement trempée et gelée, en plus d'être perdue.

Claudette vérifie pour la énième fois si son portable affiche un signal, le secoue, le tend au-dessus de sa tête, n'importe quoi pour obtenir le réseau. Quelqu'un peut me dire pourquoi les gens de Fusia ne se bougent pas un peu pour rétablir la connexion? Fleur pourrait nous appeler ou envoyer un texto, un signe. On n'est pas le genre à se faire facilement du mouron. Mais avec Fusia hors service, Claudette et moi sommes en train de sombrer dans le pathos.

Et Dieu sait si on a essayé de retrouver Fleur. On l'a cherchée partout, dans tout Astlebury, pendant des heures et des heures. Claudette et Damon ont passé le champ de la scène hexagonale au peigne fin, scrutant chaque visage, chaque dos tatoué et jambes interminables, caractéristiques de Fleur. Joel et moi avons écumé les autres prés, d'abord le chapiteau des groupes non signés où je n'arrêtais pas de «voir» Fleur, pendue au bras de je ne sais quel musicien ou au centre de toute l'attention d'un groupe rassemblé autour d'un feu de bois, ou simplement en train de boire un verre au bar.

En fait, je ne la voyais pas. Mon imagination me jouait des tours. On a poursuivi nos recherches dans l'allée centrale des boutiques et j'aurais donné mon bras droit pour revoir Fleur, ne serait-ce qu'une fois, en train d'essayer une paire de talons aiguilles hyper voyants ou un boa en plumes, être elle-même, toujours aux limites de l'impertinence, essayant de convaincre le patron de la boutique qu'elle était une star pour obtenir une ristourne de quarante pour cent.

Elle n'y était pas non plus.

Ni à la fête foraine, ni à la piste de skate, ni au casino, ni au dance-floor.

Ensuite, on est allés à Biggin Hill où est installé le poste de secours d'Astlebury, dans l'espoir de la trouver bandée des pieds à la tête, flirtant avec les toubibs. Mais au registre des admissions ne figuraient que des types qui avaient trébuché sur une corde ou s'étaient écrasé le pouce avec un maillet ou avaient plongé de la scène des nouveaux groupes pour s'apercevoir qu'il y avait un trou dans le public et avaient atterri durement sur le sol. Mais aucune fille à signaler ce soir.

— Vous pensez qu'on aurait pu la confondre avec un garçon ? De nos jours, il arrive que ce soit difficile de les départager ? a demandé l'infirmière avec un sourire.

Joel et moi avons échangé un regard et on a secoué la tête.

Le pire de tout fut le pavillon des personnes disparues.

Pendant qu'on remplissait l'avis de recherche qui allait être épinglé sur le tableau d'affichage, des gens affluaient de partout, retrouvaient leurs copains ou leurs familles, s'embrassaient, et même pleuraient. Puis ils maudissaient

Fusia d'avoir totalement fichu en l'air leurs plans et se précipitaient dehors aussi vite que possible pour rattraper le temps perdu. Les jeunes sautaient littéralement de joie en repérant leurs potes et tourbillonnaient, enlacés, autour du pavillon dans une débauche de bonheur.

Mais pas de copine.

On ne s'est pas retrouvées.

Au lieu de réfléchir à quelque chose d'utile à écrire, j'ai commencé à lire les avis de recherche les plus graves, placardés aux murs du pavillon. Des visages de filles, aussi jolis et distingués que celui de ma Fleur, me fixaient, un sourire sinistre aux lèvres et en dessous de leurs photos, on pouvait lire ce genre de texte à vous glacer les sangs :

DISPARUE : IMELDA SMITH, QUINZE ANS.
VUE POUR LA DERNIÈRE FOIS IL Y A SIX MOIS
EN TRAIN DE PARLER À UN INCONNU
(BRUN, 1,80 M, DES LUNETTES) À UN CONCERT
DES LÉZARDS BLEUS AU THÉÂTRE MUNICIPAL
DE SHEPERD'S BUSH.
ELLE MANQUE TERRIBLEMENT
À SES PARENTS ET À SES AMIS.
SI VOUS AVEZ LA MOINDRE INFORMATION,
APPELEZ LE NUMÉRO VERT
DE LA BRIGADE CRIMINELLE.

Celle-ci en particulier m'a mise carrément mal.

Voilà donc ce qu'on ressent lorsque quelqu'un disparaît ? Il faut bien qu'elles commencent quelque part, ces histoires monstrueuses qu'on voit à la télé et qui n'arrivent qu'aux autres. Un être cher disparaît, les années passent et toujours rien, et on finit par vous dire de penser à autre chose «parce que c'est ce qu'il ou elle aurait voulu», et bla bla bla... alors qu'on ne cesse jamais de se demander ce qu'il ou elle est devenu. Pour Fleur, ce serait pareil. Je ne pourrais jamais l'oublier.

Et comme si ça n'était pas assez glauque, des affiches mettaient en garde les festivaliers contre les sectes qui prospectent dans le coin. Des tordus à ce qu'il paraît, qui vous lavent le cerveau pour vous obliger à partir à l'étranger et vous extorquent tout votre argent, vous coupant totalement de vos amis et de votre famille.

– Pas de panique, m'a dit gentiment Joel, Fleur ne serait pas assez bête pour parler à ce genre de malade.

Honnêtement, je n'en étais pas si sûre.

Claudette ? Jamais. Aucune chance. Mais Fleur ? Bon sang... si le recruteur de la secte était joli garçon, alors... Je me refusais à l'envisager.

Je touchais le fond.

Le seul problème avec le fond, c'est qu'il reste

toujours de la place pour quelques couches d'horreur supplémentaires.

J'ai senti un doigt osseux s'enfoncer dans mon omoplate.

— Ronnie! C'est incroyable de te retrouver là! s'est exclamée une voix insipide.

Je n'en croyais pas mes oreilles.

Cent-vingt mille personnes réunies dans un champ et, pile au moment où je suis le plus vulnérable, je tombe sur l'ennemie jurée des LBD : l'immonde Pamela Goodyear!

— Ben dis donc, tu en fais une tête! Tu ne t'attendais pas à me voir, c'est ça? a-t-elle coassé.

J'hallucinais ou quoi? Mais non, elle était bien là, devant moi, un peu défaite aux entournures après une journée au grand air, mais encore méchamment glamour avec son pantalon camel, son débardeur rose pâle et ses sandales qui laissaient voir ses pieds hyper soignés. Le seul microscopique soulagement, c'est qu'elle était seule.

— Ugggh… salut, Panama, j'ai marmonné.

— Vous vous connaissez? a demandé Joel en nous regardant, tout sourire.

— On est dans le même bahut! Le monde est petit, non? a gloussé Panama avec enthousiasme, plongeant ses yeux dans ceux de Joel et lui tendant la main. Excuse-moi, mais tu t'appelles comment?

— Joel.

— Moi, c'est Panama Goodyear ! Ravie de te rencontrer ! roucoula-t-elle en déployant des tonnes de charme.

Elle fait ça très bien quand elle veut.

— Vous passez un bon festival ?

— Hum… pas trop en ce moment, je murmure en indiquant le panneau d'affichage des personnes disparues.

Ça me faisait trop mal de donner le plaisir à Panama de nous savoir dans cette horrible situation, mais peut-être y avait-il une toute petite chance qu'elle puisse nous aider.

— On a perdu Fleur. Tu ne l'aurais pas vue par hasard ?

— Qui ? a-t-elle demandé avec une petite moue méprisante.

Elle savait pertinemment qui. Elle l'a su à la seconde où Fleur, plus grande et plus jolie qu'elle, est arrivée à Blackwell en sixième. Elle lui pourrit suffisamment la vie depuis quatre ans pour s'en souvenir mais, comme par hasard, sa mémoire était défaillante.

— Fleur Swan, j'ai répété avec un profond soupir.

— Une grande avec des cheveux blonds, a ajouté Joel tentant de raviver ses souvenirs.

— Ah, elle ! a dit Panama en levant les yeux au ciel. Désolée, je ne l'ai pas vue.

— Ce n'est pas grave, dis-je, encore plus déprimée.

263

Joel m'a pris par les épaules pour me réconforter.

— Ça fait longtemps qu'elle a disparu ? a demandé Panama en s'en fichant comme de l'an quarante.

— À peu près trois heures, ai-je répondu, les dents serrées.

— Dans ce cas, il y a toujours de l'espoir, a-t-elle gloussé.

— Évidemment. Ce n'est pas si long que ça. Elle va revenir, a affirmé Joel avec beaucoup d'assurance.

— Bien sûr, a ajouté Panama hypocritement. Mais si j'étais vous, je préviendrais la police avant qu'il ne soit trop tard. Ils la retrouveront sûrement. Ou du moins ce qu'il en reste !

Choqué par son manque de tact, Joel l'a regardée avec colère.

— Ha ! Ha ! Je blaguais, s'est esclaffée Panama. Bon sang, on dirait que vous avez oublié votre sens de l'humour aux impros de percussions !

— De toute façon, il faut qu'on y aille, a dit Joel en me prenant par la main pour m'entraîner dehors.

— Moi aussi ! Je dois retrouver les autres ! Je m'étais absentée pour aller aux toilettes ! À tous les coups, ils vont lancer les secours à mes trousses, persuadés que je me suis fait assassiner !

Je l'ai regardée et j'ai senti une boule se former dans ma gorge.

– Oooooooh ! a-t-elle gloussé en se dépêchant de mettre sa main sur sa bouche. Je vous jure que je n'avais pas l'intention de plaisanter.

– Au revoir, Panama, a dit Joel fermement.

– Salut Joel ! a répliqué Panama en lui faisant un clin d'œil, et, juste au moment de sortir, elle a ajouté à mon intention : et au fait, Ronnie, bonne chance pour retrouver Machine !

– Fleur, ai-je dit sottement.

– Oui, c'est ça, Fleur ! a soupiré Panama. À plus !

J'en aurais pleuré toutes les larmes de mon corps. Mais Joel me serrait fort la main et il m'a fait remarquer que j'avais sans doute faim, que j'étais fatiguée et que j'étais en train de noircir le tableau. Et il m'a obligée à manger des beignets bien sucrés avec du thé, de façon à ce que j'aie au moins la force de remonter jusqu'à la tente retrouver Claudette.

– Fleur finira par se montrer. Je le sais. Elle a sans doute rencontré des gens avec qui elle est restée pour faire la fête et elle aura perdu la notion du temps. Elle sera probablement là d'une minute à l'autre, m'a dit Joel en me serrant gentiment dans ses bras.

On a attendu encore une demi-heure.

Mais elle n'est pas venue.

Claudette et moi nous sommes retrouvées à la tente avec un sentiment d'échec partagé. Et comme on avait envie d'être seules, on a remercié les garçons de leur aide et on leur a dit d'aller s'amuser un peu. Le moment était venu de prendre des décisions importantes.

Avec le recul, je pense que Panama avait probablement raison en disant qu'on aurait dû prévenir la police. Ou, du moins, avouer à Daphne que sa sœur avait disparu. Mais on ne l'a pas fait comme des idiotes. On aurait eu l'impression de trahir notre copine. Fleur se serait retrouvée dans un méchant pétrin parce qu'elle s'était perdue et Daphne aurait été obligée de téléphoner à Paddy. Paddy aurait appelé la police, nos parents auraient appris la nouvelle et nous aurions été obligées de rentrer. Quel cauchemar! Mais plus on attendait pour dire la vérité, plus on allait avoir des ennuis. C'était l'impasse.

Alors, on a fait quelque chose de totalement crétin. Un truc tellement bête que ce n'est pas la peine d'essayer de deviner de qui était l'idée, la mienne évidemment. On a emprunté aux garçons la perruque blonde de Franny et on a décidé de laisser du temps à Fleur. Les jolies mèches blondes étalées comme si elles sortaient du sac de couchage, le sac lui-même bourré d'oreillers pour faire la forme d'un corps, on a réussi une imitation de Bambina quasi parfaite.

On aurait juré que Fleur dormait depuis la fin du concert d'Arc-en-Ciel Torride.

Au début, on s'est trouvées supra intelligentes et méga malines comme filles, mais les heures se sont mises à défiler et est arrivé le moment où Daphne a passé la tête par l'ouverture de la tente et a chuchoté un «Bonne nuit, les filles» soulagé à la vue des LBD «profondément endormies». Je me sentais quasi diabolique. Surtout quand Daphne a posé une main affectueuse au pied du sac de couchage de Fleur et qu'elle a dit à Rex qui se trouvait derrière elle :

— Elles se sont comportées comme des chefs! Je les trouve vraiment raisonnables pour des gamines de quinze ans! Après quoi, elle a refermé la tente bien comme il faut et elle a ajouté : J'ai une petite sœur géniale, tu sais, Rex? Je l'adore. Je ne sais pas ce que je ferais sans elle.

Ça craignait à mort.

Quelle bêtise étions-nous en train de faire en couvrant Fleur?

— Écoute, Ronnie, voilà le plan, m'annonce Claudette d'un ton ferme.

— Vas-y, je t'écoute.

— On attend qu'il fasse jour, dans deux heures à peu près, et on repart à sa recherche. On retourne dans tous les endroits où on est passées hier soir. Si, à neuf heures, elle ne s'est pas pointée, on va direct voir la police. Elle aura eu sa chance. On est obligées de la trahir, d'accord ?

– D'accord.

Claudette a raison. On pourrait effectivement continuer de mentir, mais ça ne ferait qu'aggraver les choses.

– C'est comme un rêve affreux. Je voudrais tellement me réveiller, murmure Claudette.

Je m'agite dans mon sac de couchage dans l'espoir de trouver une position confortable et, qui sait, d'arriver à fermer les yeux, mais le grand vide en forme de croix entre Claudette et moi, à l'endroit où Fleur devrait se trouver, me serre atrocement la gorge. Ne pouvant contenir mes larmes, j'essaye de pleurer le plus silencieusement possible, en m'essuyant les yeux sur mon sac de couchage.

Claudette m'entend et se redresse d'un bond.

– Ne pleure pas, Ronnie ! dit-elle d'une voix vacillante en me prenant dans ses bras. On va s'en sortir. On n'a qu'à se dire que c'est une autre aventure LBD, d'accord ?

– Tu as raison, dis-je, en inondant de plus belle l'épaule de Claudette.

Et là, elle éclate en sanglots.

Entrée des bouseuses

Pendant ce temps-là, Astlebury se métamorphosait en un immense marécage ridicule. Entre quatre heures et six heures du matin, la gentille bruine anglaise s'est transformée en mousson tropicale torrentielle. On allait s'extirper de notre tente, pleine de fuites, pour reprendre notre chasse à l'homme quand on s'est trouvées obligées de faire marche arrière afin d'enfiler une tenue spéciale typhons. En moins de deux, Claudette a mis ses bottes en caoutchouc, s'est glissée dans le gigantesque imper à carreaux de sa mère et a pris un parapluie de golf écossais. Quant à moi, je me suis entortillée des pieds à la tête (tennis comprises), dans des sacs-poubelle noirs, histoire d'être vaguement protégée de l'humidité. Je le confesse, j'avais envisagé de prendre des habits pour la pluie mais, chargé uniquement de mes fringues d'été, mon sac à dos était déjà lourd, alors j'y ai renoncé. Puis, dès que le soleil a pointé un nez timide derrière Biggin Hill, on est parties en mission, Claudette pareille à une grand-mère ghanéenne travaillant du chapeau et moi, me traînant derrière, telle une Berthe aux grands pieds désespérée.

Les chemins étaient boueux et détrempés. Partout, on croisait des gens mouillés qui essayaient de se réchauffer au coin d'un feu, enroulés dans des couvertures, tremblant sous les assauts d'un vent mauvais qui soufflait à travers les arbres et propageait sur tout le site l'immonde puanteur de toilettes de chantier vieilles de trois jours. Cela dit, je ne sens pas franchement la rose non plus. Plutôt le vieux fromage oublié derrière un radiateur. Ma dernière douche remonte à vendredi matin huit heures, il y a quarante-huit heures! J'ai les ongles sales et les cheveux en bataille. Heureusement que je suis loin de la maison et qu'aucune personne importante ne peut me voir dans cet état.

— On commence par où? ai-je demandé à Claudette avec un soupir.

— Le Pré nouveau, a-t-elle proposé tandis que nous traversions les stands de hamburgers et de boissons chaudes, assaillis par des hordes de gens sirotant du café et fumant des clopes pour se tenir chaud.

On est arrivées devant la piste de skate où des skaters déprimés essuyaient leurs rampes chéries quand d'autres, sosies de Jimi Steele, émergeaient de leurs vans en maudissant le temps. Pas de Fleur. On a claudiqué dans la boue jusqu'à la parcelle Karma, histoire de scruter les visages de ceux qui faisaient la queue pour se débarbouiller. Pas de Fleur. On a poursuivi avec le salon de tatouage et la tente des capsules spatiales en se racontant des bêtises pour garder le moral.

À présent, le soleil est haut et l'air semble plus chaud. Et on finit par le pavillon des personnes disparues où une dame en pull à rayures multicolores dort la tête posée sur son bureau, son bloc encore serré dans sa main. Au mur derrière elle, une affiche met en garde les filles contre les dangers de se faire droguer sa boisson par un dingue.

FAITES ATTENTION À CE QUE VOUS BUVEZ!
ÇA N'EST PEUT-ÊTRE PAS CE QUE VOUS CROYEZ!

Ugggghhh! Je ne l'avais pas vue, celle-là, hier soir! Mais qu'est-ce qu'il se passe avec ce pavillon? Cette femme prend plaisir à inventer de nouvelles techniques pour me faire peur. Il faut vraiment être tordu pour mettre de la drogue dans un verre! Aaaaah… Je me refuse à l'envisager! Une dernière vérification au poste de secours (vaine. N'empêche, on tombe sur un type qui se fait soigner pour une forme d'engelure au pied), et on retourne dans la décharge en laquelle s'est transformé le champ de la scène hexagonale. À ce stade, on ne communique plus que par grognements, Claudette et moi.

Qu'est-ce que j'aimerais être dans mon petit lit. Qui a eu l'idée saugrenue de venir à Astlebury?

— Bien, il est neuf heures moins trois, annonce Claudette au moment où on fait une pause devant l'entrée du carré VIP, gardée par l'habituelle tripotée de vigiles en chemise noire.

Le soleil faisant une méga tentative pour sécher les prés, Claudette retire son imper, révélant un T-shirt bordeaux couvert de boue, un jean mouillé, des bras sales et un bracelet doré poussiéreux.

– Je me sens crado, dit-elle en soupirant, avec un énième coup d'œil à son portable inutile.

– Moi aussi.

On se regarde sans rien dire, sachant très bien ce qu'on a décidé.

– On prévient qui en premier ? je demande.

Claudette réfléchit, fixant avec appréhension un des gros bras.

– Je suppose qu'il suffit qu'on dise à un de ces types qu'on a un truc urgent à communiquer à la police et ils lanceront le mouvement. La police, Paddy, les médias… tout… Bon sang, Ronnie, elle n'a que quinze ans. Elle est blonde, jolie, elle vient d'une famille aisée… À midi, toute l'Angleterre sera à sa recherche. Ça risque d'être méga lourd.

– Ça l'est déjà, Claudette, dis-je en soupirant.

– Alors, finissons-en, dit-elle en me montrant un vigile d'au moins deux mètres, ressemblant vaguement à un canapé mais avec des lunettes. Celui-là fera l'affaire, ajoute-t-elle.

Pardon, Fleur. On est obligées. C'est la seule solution.

On avance prudemment vers le vigile à qui Claudette adresse un petit signe de la main.

– Excusez-moi, monsieur.

Il nous examine d'un air soupçonneux, pas loin de se marrer en voyant ma tenue haute couture en sac-poubelle, puis il se penche pour regarder de près nos bracelets dorés, d'abord celui de Claudette, puis le mien.

— Euh… excusez-moi, répète Claudette Je crois qu'on a de gros ennuis…

Mais le vigile ne l'écoute pas.

Il se tourne pour crier un truc aux collègues qui se trouvent de l'autre côté de la clôture.

— Voilà, on a perdu notre copine, poursuit Claudette en haussant un peu la voix, mais je l'entends à peine à cause du vacarme métallique épouvantable que fait l'énorme grille en s'ouvrant.

— En fait, on ne l'a pas seulement perdue. Ça fait quatorze heures qu'elle a disparu… Je sais que vous êtes très occupé et que ça n'est pas vraiment votre boulot, mais est-ce que vous pourriez contacter la police pour nous ?

Le vigile, qui n'a pas écouté un mot de ce qu'a dit Claudette, fait signe à ses collègues que quelque chose est OK en levant le pouce, puis se tourne vers nous d'un air interrogateur.

— Vous m'excuserez, mais je n'ai pas compris ce que vous disiez ! dit-il en souriant, puis il nous montre la grille grande ouverte. Mais vous pouvez y aller maintenant. Dépêchez-vous en tout cas, parce qu'on doit refermer fissa.

Claudette et moi échangeons un regard ahuri avant de nous tourner sans comprendre vers la grille ouverte.

— Quoi? hurlons-nous de concert.

— Comment ça, quoi? demande le vigile. Vous pouvez passer!

— On a le droit d'entrer là-dedans? Dans le carré VIP? je demande, interloquée.

— Euh… ben, oui! dit le vigile comme s'il s'adressait à des demeurées. Vous avez un bracelet doré. Vous voulez entrer ou pas?

On le regarde, bouche bée, style gobeuses de mouches.

— Vous avez fumé? s'enquiert le vigile.

— Pas du tout! crie Claudette.

Au même instant, un car rouge arrive derrière nous. Le vigile prend son talkie-walkie et se met à hurler :

— L'équipe d'Annanova est là! Je répète! L'équipe d'Annanova s'apprête à entrer. Prévenez l'accueil! Puis il se tourne vers nous en nous incitant à entrer, moins patiemment cette fois. Allez, on se bouge, les filles, ou vous allez vous faire renverser!

Tout se déroule en un éclair. En moins de deux, Veronica Ripperton et Claudette Cassiera se retrouvent dans l'enceinte du légendaire carré VIP d'Astlebury, leurs yeux incrédules fixés sur leurs bracelets dorés!

C'est surréaliste! Plus que ça. J'ai à nouveau le tournis.

— Claudette, on a… on a… des bracelets VIP! je m'écrie.

– Je... je... je... sais! hurle Claudette au moment où la grille se referme derrière nous avec un claquement, faisant officiellement de nous des *people*!

– C'est Spike Saunders! je bégaie. C'est lui qui a dû nous envoyer des bracelets VIP! Et on ne le savait même pas! Personne n'a fait attention. Aucune de nous ne s'est aperçue qu'ils étaient différents des autres! Tu avais remarqué? Pas moi!

J'ai carrément la tête qui tourne.

Claudette secoue la tête, sautant d'un pied sur l'autre, hésitant entre rire et larmes.

– Alors, on est VIP depuis le début. On aurait pu rencontrer Carmella Dupris! On aurait pu aller en coulisse. Oh, Fleur aurait été si contente! Si on l'avait su, on n'aurait pas été se fourrer au milieu de cette foule idiote! On n'aurait pas perdu Fleur, crie Claudette.

– Mais qu'est-ce qu'on fait maintenant? J'ai envie de faire un tour pour voir, mais on ne devrait pas appeler la police, comme on a dit? je demande, totalement déboussolée.

Claudette se mord la lèvre en jetant des regards vers la tente VIP un peu plus loin.

– Il faut absolument que je fasse pipi, dit-elle en se mordant la lèvre de plus belle. Qu'est-ce que tu dirais de passer par les toilettes VIP, histoire de se rafraîchir, et ensuite, on appellerait la police?

— Ça marche, ça me paraît bien, dis-je avec le ventre qui fait des bonds. Oh, noooooooooon, Claudette ! On ne peut pas aller dans les toilettes VIP ! Je ne pourrai jamais faire pipi en présence d'une star.

— Moi non plus ! dit Claudette.

Se poussant mutuellement, on avance vers la porte à côté de laquelle se trouvent deux blondes immenses, le teint éclatant, coiffées par les plus grands et habillées comme si elles descendaient d'un podium : jean customisé, débardeur en soie, sandales à talons, les ongles de pieds vernis et des bracelets de cheville. Celle qui a les cheveux les plus clairs tire sur une cigarette légère et parle avec un accent d'Europe de l'Est qui avale les voyelles.

— C'est déjà assez dur que cette garce d'Hazel invite Curtis à s'asseoir à côté d'elle au défilé Versace et, en plus, elle rapplique ici ! crache la fille.

— Ne m'en parle pas ! réplique l'autre géante affreusement jolie. Si jamais cette Hazel Valenski pose ne serait-ce qu'un doigt sur mon Curtis, elle a droit à un coup de pied au derrière !

On passe devant elles, en se filant des coups de coude.

— Claudette ! Ce n'était pas Tabitha Lovelace, le top model ? je demande dans ma barbe.

Claudette se retourne pour vérifier et laisse échapper un petit cri.

– Mais oui ! Et l'autre, c'est Zaza Berry ! L'égérie de la lingerie Boudoir !

– Elles débinaient Hazel Valenski ! dis-je, me sentant atrocement honorée d'avoir entendu un potin d'un tel niveau. C'est trop *Célébrités Magazine* !

– Tu as raison ! approuve Claudette.

Mais, une fois entrées, Zaza et Tabitha passent aux oubliettes car ce qu'on voit les dépasse de loin dans l'absolument merveilleux.

On se trouve à l'intérieur d'une gigantesque tente noire au sol noir également, équipée d'une cabine de DJ en hauteur. Des gens s'agitent partout, mais personne n'est habillé de sacs plastiques ou couvert de boue comme c'est notre cas. Oh, non ! Eux sont particulièrement séduisants, propres comme des sous neufs, une peau parfaite, une haleine fraîche et des chaussettes neuves. Certains au bar sirotent un café, un milk-shake, un bloody mary ou carrément une bouteille de bourbon. D'autres font honneur à un grand buffet qui propose des croissants sentant délicieusement bon, des œufs Benedict ou des sandwichs au saumon fumé, servis par des chefs en toque blanche. Tout le mur du fond est pris par des écrans plats qui diffusent les moments forts d'hier soir sur la scène hexagonale. Actuellement, on y voit Zander Parr en slip, agitant une torche vers le public d'un air victorieux.

— Regarde! Zander Parr! Il est là en vrai! souffle Claudette en me filant un coup de coude.

Je me retourne et avise Zander Parr, pas seulement à la télévision, mais juste à côté de nous, endormi sur un canapé, l'air tout fragile, son fameux slip enfilé sur la tête, enroulé dans un drapeau anglais pour cacher sa nudité!

— Ouaouh! C'est vraiment lui, je m'écrie.

On le regarde un instant, subjuguées par son aura de célébrité, avant de continuer en direction d'un endroit aménagé comme un bistrot où les équipes de radio et de télé tiennent leurs réunions et décident ce qu'ils vont faire dans la journée. Une tripotée de garçons et de filles traînent péniblement des caméras énormes, des câbles et des projecteurs à l'intérieur de la tente pendant que des présentateurs, tels que Chloe Kissimy de MTV, répètent leur texte pour les prochaines diffusions en direct, ou préparent leurs interviews.

— Alors, vous êtes content de votre festival? lit et relit Chloe Kissimy dans l'espoir de mémoriser cette difficile question.

Entre des sièges, plusieurs types que je reconnais immédiatement pour être les musiciens du groupe hip-hop Blaze Tribe Five jouent à la balle! Ils passent en premier aujourd'hui. Bon sang, ce qu'ils sont craquants! Dans un coin plus calme, affalés dans des canapés en cuir luxueux, les Smart Bomb, un trio électronique, se font interviewer par les filles de *Chaos nocturne*, le canard de potins le plus célèbre d'Angleterre ! Ces filles sont nos idoles ! Sur un autre canapé, Mick Monroe, le patron de *Célébrités Magazine*, descend cocktail au champagne sur cocktail au champagne, entouré d'une ribambelle de filles magnifiques, sans doute un groupe féminin à moins que ce ne soient des mannequins... ou tout simplement l'équipe suédoise de volley-ball envoyée par Dieu pour humilier des gamines en sac-poubelle et imper à carreaux.

Je ne sais plus quoi dire.

Je crois que je souffre d'overdose de célébrités ! Personne ne me croira au bahut. Et je ne suis pas du genre à aller quémander un autographe. Par ailleurs, Claudette commence à marcher bizarrement, morte d'envie de faire pipi. On ne voit aucun panneau indiquant des toilettes ! Et pas question de demander à qui que ce soit. Tous ces gens ont l'air de n'y avoir jamais mis les pieds de leur vie.

— Ça devient trop bizarre. Je commence à avoir les jetons, je chuchote à Claudette.

— Je suis d'accord, dit Claudette en retirant de la boue dans ses cheveux. J'ai comme l'impression qu'on n'est pas assez habillées.

On se regarde, conscientes qu'en dépit de la tentation de rester ici pour «s'acclimater» à la vie des VIP, il nous faut régler un problème plus grave.

L'une de nous manque à l'appel.

Et c'est là qu'on remarque le truc le plus dingue de la journée. Squattant le coin le plus reculé de la tente où s'étalent plusieurs canapés bordeaux extraconfortables, un groupe d'individus tellement glamour et branché, qu'on ne peut s'empêcher de les regarder. Ils sont une vingtaine, effondrés les uns contre les autres, comme s'ils avaient passé une nuit blanche mais voulaient continuer encore à faire la fête. Ça rit, ça se raconte des histoires, ça joue de la guitare. Les garçons ont les cheveux longs et emmêlés, divers petits boucs, et portent des jeans délavés et des T-shirts ahurissants. On dirait des mannequins essayant d'avoir l'air de gars ordinaires et se plantant magnifiquement. Parmi eux, il y a plusieurs filles. Toutes sorties du même moule angélique que celui de Zaza Berry : grandes, bronzées, longilignes, des yeux de biche, vaguement hippies, la tête posée sur les genoux d'un musicien ou blotties au creux de ses bras vigoureux, une moue indifférente sur leurs lèvres pulpeuses.

Il faut avoir habité sur Jupiter l'an dernier pour ne pas reconnaître le chef de la bande, le légendaire Curtis Leith, chanteur des Kings du Kong.

On dirait Jésus en jean présidant la Cène.

– Claudette! Ce sont les Kings du Kong! je bafouille beaucoup trop fort, mais personne heureusement ne m'entend car le DJ vient de mettre de la musique.

– Non, c'est pas possible!

Je ne sais pas qui Claudette contredit : moi ou la réalité?

– Je te dis que ce sont eux! Là sur le canapé bordeaux! Regarde! Curtis Leith! Et Lorcan Moriarty, le guitariste!

– Tu as raison! approuve Claudette en frissonnant. Il y a aussi Benny Lake, le batteur!

J'observe plus attentivement le groupe, espérant y découvrir d'autres visages. Je reconnais une nana qui faisait la campagne d'une marque de fringues l'hiver dernier… Lilyanna quelque chose? Mariée à Zander Parr, genre cinq minutes environ. À côté d'elle, une brunette se remet du gloss en se regardant dans un petit miroir en forme de cœur pendant qu'une fille au teint café au lait, très mannequin comme style, raconte un truc dément qui lui est arrivé à Cannes l'an dernier. Et dans l'œil du cyclone qui bavarde et rit, radicalement sexy avec ce jean bleu incroyable et ce haut rayé à épaules dénudées, une blonde qui pourrait être la petite sœur de Tabitha Lovelace. Jolie, mince, les joues légèrement empourprées. Peut-être est-ce une comédienne ou bien une pop star car j'ai vraiment l'impression de la connaître.

Oh! Oh! Attendez une seconde.

– Claudette! dis-je d'une voix hachée, une main boueuse posée sur la bouche. Tu ne vas pas me croire, mais je crois que c'est Fleur.

Les amies se sont retrouvées

Les secondes qui suivent ressemblent à un tourbillon.

Claudette et moi poussons un cri monstrueux, la musique et les conversations s'arrêtent brusquement, tout le monde se tourne vers nous et nous regarde avec des yeux ronds.

Au même moment, Fleur Swan, car il s'agit bien de la Miss, nous voit, pousse un hurlement joyeux encore plus perçant que le nôtre et fonce sur nous, bras, jambes et cheveux s'agitant dans tous les sens, nous attrape et nous serre contre elle comme une folle.

– C'est voooooooooooooous! hurle-t-elle. Vous m'avez trouvée! Hourra!

Je suis tellement soulagée de la voir en vie et non découpée en morceaux par le tueur en série du coin que je suis au bord de m'évanouir.

– Fleur! dis-je, le souffle coupé. Je suis tellement contente de te revoir!

– Moi aussi! s'esclaffe-t-elle. Au fait, ce n'est pas génial qu'on soit dans le carré VIP?

En revanche, Claudette n'est pas disposée à laisser Fleur s'en tirer comme ça. Ivre de rage, elle la repousse des deux mains, les yeux aussi noirs que ceux d'un taureau.

— On le voit que tu es dans le carré VIP! hurle-t-elle.

— Je sais! roucoule Fleur. Spike nous a envoyé des passes! C'est merveilleux, non?

— Merveilleux? tonne Claudette. Merveilleux, Fleur? Espèce de bimbo égoïste et sans cervelle! Si je m'écoutais, je t'arracherais les yeux, pauvre idiote! Comment ça, c'est merveilleux?

— Ça l'est un peu, je bredouille quand je m'aperçois que toute l'équipe de Blaze Tribe Five a pris un siège pour regarder la scène.

— Et si tu la fermais, Ronnie! hurle Claudette. Tu t'es fait un sang d'encre, toi aussi!

Fleur a l'air moins guillerette d'un coup.

— Tu es trop nulle! reprend Claudette. Tu te prends pour qui exactement pour nous faire nous ronger les sangs comme ça?

— Mais j'allais très bien! Je faisais la fête avec Les Kings du Kong!

— Tu allais très bien! grogne Claudette. Eh bien, figure-toi que, pendant que tu allais très bien, la police a envoyé ses chiens à tes trousses! Et j'oubliais, Sky News diffuse ta photo de sixième depuis six heures ce matin!

Fleur devient verte.

— Pas celle où j'ai la frange de travers et le front qui luit?

Claudette la fixe sans rien dire, histoire de la torturer.

– Tu blagues, n'est-ce pas? Tu n'as pas appelé la police? Ni Paddy? demande-t-elle d'un air anxieux.

Claudette continue de fulminer et la laisse mijoter dans son jus.

– Non, on ne l'a pas fait, finit-elle par dire. Mais on était vraiment limite. On t'a couverte. Et on a même menti à Daphne. Et ça, c'est pas cool!

– Oh, hummm, oui... Daphne, murmure Fleur honteuse qui, se rendant soudain compte de ce qu'elle nous a fait endurer, a les larmes qui lui montent aux yeux. Je vous demande pardon, les filles, ajoute-t-elle. Je suis vraiment désolée. Une fois que j'ai été ici, j'ai rencontré tout le monde et je me suis laissé un peu entraîner. Et avec Fusia qui ne marchait pas, je n'ai pu appeler personne. Et ensuite, on m'a présenté Les Kings du Kong et...

– Tais-toi donc, espèce de bimbo, et viens m'embrasser, peste Claudette en essayant de réprimer un petit sourire. Je suis tellement soulagée que tu sois vivante, Fleur!

Fleur serre chaleureusement Claudette dans ses bras.

Tant mieux, elles se sont réconciliées. Je voyais mal le long voyage de retour dans un silence de mort.

— Mais si je comprends bien, on n'est pas obligées d'aller retrouver Daphne tout de suite, n'est-ce pas ? demande Fleur, en se libérant de l'imper boueux de Claudette.

Claudette et moi échangeons un regard, cherchant l'assentiment de l'autre.

— On pourrait peut-être rester encore un peu, j'ai une faim de loup, je propose, en louchant vers le buffet.

— Moi aussi, renchérit Claudette.

— Hourra ! crie Fleur. Mais avant ça, je me disais que vous pourriez peut-être caser une petite séance relooking.

— Un relooking ? Qu'est-ce que tu veux dire ? Qu'est-ce que tu nous reproches ? demande malicieusement Claudette.

— Euh… pas grand-chose. C'est juste que vous me rappelez la vieille dame qui vivait dans la haie derrière les courts de tennis du bahut. Et on sait toutes ce qui lui est arrivé.

— Pas moi, dit Claudette.

— Elle a fini à l'asile, répond Fleur le plus sérieusement du monde.

Prête pour les gros plans

En moins d'une heure, j'ai du mal à reconnaître la Veronica Iris Ripperton que je vois dans la glace.

Vous pouvez faire confiance à Fleur pour entrer dans les bonnes grâces des Kings du

Kong et de leurs fiancées qui semblent la considérer comme leur petite protégée. Elle a également pactisé avec l'ennemie, Hazel Valenski, la styliste, dont elle est devenue la super copine! Hazel, qui a été dépêchée de New York par la maison de disques des Kings du Kong pour les habiller en vue du concert de ce soir, se cache des vipères dans le «vestiaire» voisin. Hazel est entourée de portants bourrés de robes de couturier hors de prix, de chapeaux hallucinants, de chaussures et de sacs déments pour lesquels vous vous trancheriez volontiers la gorge. À notre arrivée, la légende de la mode est en train de siroter un milk-shake au jujube et à la cerise à l'aide d'une paille tortillée et torpille Tabitha Lovelace, ce «squelette givré» qu'elle a entendue délirer sur Curtis Leith sous la tente VIP.

— Grands dieux! Son horrible boy friend est carrément *out* pour moi! hurle Hazel à une maquilleuse qui passe par là. De toute façon, cette histoire a été montée de toutes pièces par les journaux. Mais si Tabitha se pointe pour un raccord maquillage, tu as intérêt à sortir ton fond de teint antiseptique. Elle est au bord de l'éruption d'acné. Dommage, quand on est l'image d'une marque de produits de beauté, tu ne trouves pas?

La vacherie d'Hazel fait rire la maquilleuse.

— Salut, Hazel! crie Fleur.

– Salut, la fille perdue ! Quoi de neuf ? demande Hazel dont l'unique mèche platine scintille au milieu de sa coupe afro.

– Je ne suis plus perdue ! J'ai retrouvé mes copines ! Je te présente Ronnie et Claudette. Je crois qu'elles ont besoin d'un coup de ta baguette magique. Tu pourrais faire quelque chose pour elles aussi ?

Hazel considère notre accoutrement miteux et hausse un sourcil.

– Je suis styliste, pas magicienne ! rugit-t-elle en se levant pour aller fouiller dans le portant qui se trouve à côté et ajoute : mais je vais essayer.

– Génial ! s'écrie Claudette.

– D'abord, vous avez besoin d'une bonne douche ! dit Hazel en nous lançant des serviettes. Je ne déposerais pas de poubelle avec votre odeur devant chez moi, ça ferait baisser le standing de mon quartier.

Claudette et moi piquons le fard du siècle.

– Vous feriez bien de me rapporter ces affaires, sinon je vais avoir des ennuis ! Je perds d'autres fringues et Venus Record me rapatrie à New York en classe éco ! Et Hazel Valenski ne voyage pas en classe éco ! Qu'est-ce qu'Hazel ne fait pas ?

– Elle ne voyage pas en classe éco ! On hurle de concert en prenant les tonnes de tenues incroyables qu'elle nous passe.

J'ai repéré un pantalon noir avec des boutons dorés Dolce & Gabbana et un débardeur vert émeraude Gucci décoré d'un papillon argenté sur l'épaule. Très pop star!

Après avoir pris une douche chaude (quel bonheur!) et s'être séchées dans des peignoirs ultra moelleux, les LBD prennent leurs affaires et vont dans les loges maquillage où des flopées de danseurs, de choristes et de présentateurs télé supplient les maquilleurs de dissimuler les traces de la fête d'hier soir sous des couches d'anticerne et de crème sublimatrice de lumière.

On prend un siège et on attend notre tour dans la chaîne de beauté, frémissant de bonheur lorsqu'une femme nous applique du fond de teint puis de la poudre à paillettes sur le visage à l'aide d'un gros pinceau. Après quoi, une coiffeuse nous tire les cheveux en arrière et les lisse mèche par mèche. Pour ma part, je suis coiffée style années 50 avec des couettes hypra branchées!

C'est magnifique!

Je serais incapable de refaire ça toute seule à la maison!

Et pendant que je me fais coiffer et maquiller, une manucure me pose un tout petit cœur rouge au milieu de chaque cuticule!

Quand je dégotte enfin un miroir en pied pour me regarder, j'ai du mal à croire ce que je vois!

Je suis vraiment… Ouaouh!

Je n'ai pas l'habitude de me jeter des fleurs mais là… une seconde…

(Envoyer les fleurs!)

Je suis sublime!

On l'est toutes!

Claudette ressemble à une mini Carmella Dupris avec son pantalon en nubuck noir, ses boots en serpent assorties et son top moulant violet. Fleur a encore changé de tenue à cause d'une robe mini froufroutante rose pâle retenue par des bretelles hyper fines dont elle est tombée amoureuse.

Elle profite évidemment de notre séance de relooking pour combler les heures qui nous manquent en nous racontant comment elle est tombée des épaules du motard sur lesquelles elle était montée et avait manqué finir piétinée dans la fosse pendant le concert d'Arc-en-Ciel Torride. Des gens se seraient mis à plusieurs pour la faire passer de l'autre côté de la barrière et c'est comme ça qu'elle s'était retrouvée au poste de secours du carré VIP, en compagnie de Zander Parr qui se faisait soigner pour des brûlures dans une zone intime! Quand l'infirmière avait décrété qu'elle était sur pied, elle prétend être restée assise pendant des lustres sous la tente VIP (je n'y crois pas trop), en attendant de se faire éjecter brutalement.

Mais personne ne l'a chassée. En réalité, tout le monde a été gentil !

— Ensuite, je suis allée trouver des pontes de Big Benson disques et je leur ai avoué que j'étais une intruse. C'étaient des gros balèzes de rappeurs et je me sentais sans défense ! Mais ils m'ont dit que j'avais le droit d'être là ! Que j'avais un passe VIP comme tout le monde ! Bon sang, j'étais VIP ! C'est là que j'ai réalisé ce que Spike avait fait !

— Et pas une seconde, pauvre demeurée, tu as pensé à venir nous chercher ? la titille Claudette.

— Si bien sûr ! répond Fleur en soupirant. Je voulais ! Mais ça a vite tourné à la folie. D'abord, Carmella Dupris a donné une petite fête privée après son concert ! Et c'est Million Dollar Mark qui était aux platines !

Claudette lui jette un regard noir.

— Ensuite, il y a eu un barouf pas possible à cause d'un tas de vieux rabat-joie du conseil paroissial d'Astlebury en veste de tweed et protège-coudes en velours qui voulaient faire arrêter Zander Parr sous prétexte qu'il s'était déshabillé sur scène ! Tout le monde a plaidé sa cause !

— Formidable, ronchonne Claudette.

— Arrête de faire la tête ! s'insurge Fleur. C'est le moment où je comptais vraiment partir, mais Les Kings du Kong ont débarqué et la fête a tout de suite commencé !

Je suis obligée de rire. Fleur essaye à mort de la jouer «humble» et «repentante».

Ça ne marche pas.

— En plus, pourquoi je serais rentrée? raille-t-elle. Toi, tu étais avec ton Damon! Et Ronnie avec son Joel! J'étais l'idiote de l'histoire!

Aïe… Je savais que ça allait venir.

— Tu t'es bien rattrapée, non? rétorque Claudette d'un ton légèrement culpabilisant.

— Et moi je n'étais pas avec Joel! On ne s'est même pas embrassés, je te signale! dis-je indignée.

— Quoi… vraiment? souffle Fleur. Tu ne l'as pas smacké? Tu aurais dû! Pauvre bécasse! Il est trop sublime. Et tu lui plais à mort!

J'ai envie de la contredire, mais impossible. Joel est trop sublime.

— Bon sang, Ronnie! couine Fleur en secouant la tête. Tu peux m'expliquer pour-quoi vous ne vous êtes pas encore embrassés? Qu'est-ce qui cloche avec toi?

Je réfléchis.

Mais, pour dire la vérité, je n'en sais rien.

Vera La Téméraire

Le bruit enfle dans le quartier VIP.

Maquilleurs et coiffeurs sont sur les dents, chuchotent et échangent des petits rires. Les danseuses et les choristes se remettent du gloss en peaufinant leur moue de séduction. Tout le monde se donne des coups de coude, les yeux écarquillés, fixant anxieusement la porte.

– Il est là ! bafouille une serveuse tout excitée à un copain.

– Il arrive ! Tâche d'avoir l'exclu ! aboie un producteur de MTV à Chloe Kissimy.

– Oui, c'est bien lui qui descend de l'hélicoptère ! crie une des filles de *Chaos nocturne* à sa collègue. Quel top l'accompagne ? Fifi ou Lily ? Il nous faut son nom pour la une de demain !

– Arrivée imminente de musiciens ! beugle un vigile massif dans son casque.

– Hi ! Hi ! laisse échapper Fleur, radieuse, en nous tenant fort par la main. Spike Saunders est là !

Claudette et moi, nous nous figeons.

Spike Saunders, celui grâce à qui nous sommes ici, va entrer sous cette tente d'une minute à l'autre. On n'avait pas prévu de le revoir !

On n'a pas potassé de banalités « spontanées » à lui sortir.

Agggggghhhhhh !

On n'en aura plus l'occasion parce qu'à cet instant précis une tripotée de *beautiful people*, dont la plupart sont des habitués de *Célébrités Magazine*, pénètrent sous la tente. À commencer par Fenella Tack, la manager hyper coriace de Spike, Tasha, sa maquilleuse, Krafty, son coiffeur, Bobby Bean, son habilleur, et au moins une douzaine de gardes du corps ! Juste après vient Caleb, son petit frère (qui joue le chef des zombies dans *Les Zombies contre-attaquent IV*) en pleine discussion avec Lewis, l'assistant personnel de Spike, et Parker Hendry, son pilote d'hélicoptère ! Au milieu de cette folie, marchant plus lentement et avec étonnamment moins de suffisance que les autres, on découvre M. Spike Saunders, encore plus génial et irrésistible que la dernière fois !

– Ouaouh ! laisse échapper Fleur, totalement éblouie.

– Ahhhhh ! soupire Claudette au moment où la suite de Spike nous passe devant d'un air hautain.

Les gardes du corps s'empressent de virer les mortels inférieurs des canapés sous prétexte qu'ils sont exclusivement réservés à l'équipe de Spike. Lewis se laisse tomber dans le premier et claque dans ses doigts pour appeler la serveuse.

– Apportez-nous de l'eau ! Tout de suite ! dit-il, débordant d'arrogance. Ni gazeuse ni plate. J'exige de l'eau de source des montagnes péruviennes légèrement gazéifiée ! C'était spécifié sur le formulaire concernant les conditions d'accueil de Spike ! Assurez-vous que sa température ne soit pas inférieure à dix degrés !

Lewis farfouille dans son… (il faut le dire) sac à main.

— Prenez ce thermomètre! ajoute-t-il.

La serveuse s'éloigne rapidement et une des journalistes de *Chaos nocturne* avance subrepticement vers les canapés dans l'espoir d'échanger quelques mots avec Spike qui joue tranquillement au jeu du serpent sur son portable.

— Excusez-moi, Spike, tente la fille en brandissant son carnet. Comment s'est passé votre vol aujourd'hui?

— Laissez respirer l'artiste! hurle la manager de Spike, Fenella. Et pas de questions intempestives! Toutes les demandes des médias doivent être transmises par fax au bureau de son manager à Los Angeles et approuvées par Selena Kanchelskis, chef des relations extérieures de Silver Shard Disques! Dégagez, s'il vous plaît!

— Mais enfin, il est assis là! râle la fille en s'éloignant d'un pas lourd.

Spike lève les yeux, voit ce qui se passe et s'enfonce davantage dans son siège. Tout le monde fait semblant de ne pas le regarder parce que c'est nul de fixer les gens, la bouche ouverte, mais franchement le voir respirer est déjà fascinant. Ce type remplit des stades de cent mille personnes de Londres à Sydney! Alors comment se fait-il qu'il ait l'air si déprimé? Il a sûrement plus d'argent qu'il ne sait quoi en faire!

Un dernier arrivant qui pénètre sous la tente d'une démarche mal assurée pourrait peut-être expliquer l'humeur morose de Spike.

– C'est Twiggy Starr, chuchote Claudette derrière sa main. Il est totalement cassé.

À en croire les journaux, Twiggy, le guitariste et ami d'enfance de Spike n'est pas loin de se faire virer. Ne serait-ce que la semaine dernière, *Célébrités Magazine* a sorti un papier racontant qu'il sèche les réglages son, qu'il s'accroche avec Spike et arrive tellement saoul aux concerts qu'il ne sait même plus par quel bout jouer de la guitare. Maintenant que je l'ai vu, je trouve ça plutôt plausible.

– Où est le bar, Kari ? bafouille Twiggy à la blonde qui le soutient.

Non seulement, il a des corn flakes et de la sauce au chocolat plein sa tignasse noire bouclée, mais il a le nez rouge vif. La Kari en question, l'Américaine qui nous a envoyé les billets, semble chargée de le surveiller.

– Désolée, Spike, murmure Kari. Je l'ai quitté des yeux dix secondes et il en a profité pour se tailler. Je vais lui chercher du café. Des litres de café.

– Ce n'est pas ta faute, Kari, soupire Spike. Tu fais de ton mieux.

Fenella, sa manager, lance un regard ultra dégoûté à Twiggy.

– Si on allait dire bonjour à Spike ! dit Fleur,

totalement inconsciente de la tension pourtant palpable.

— Nooooooooon, Fleur! Pas ça! Réjouissons-nous déjà d'être là! Inutile de le harceler! je la sermonne.

— Ronnie a raison, Fleur, approuve Claudette alors que Twiggy qui se trouve au bar s'écroule sur le derrière, entraînant avec lui deux tables basses qui se renversent dans un boucan effroyable.

Les filles de *Chaos nocturne* se précipitent sur leur carnet avec un sourire sournois.

— Ramassez-le! hurle Fenella aux gardes du corps.

Profitant de l'affolement, Fleur se précipite au milieu de la forteresse de gens qui entourent Spike et surgit devant la pop star, les mains sur les hanches.

— Spike! C'est moi, Fleur! Tu te souviens?

Spike Saunders lève la tête et regarde Fleur en plissant les yeux. Il est perplexe.

Claudette et moi retenons notre souffle, prêtes à la veste la plus humiliante de toutes les vestes.

Gnngnnnnn!

Il poursuit son examen quelques pénibles secondes, puis renverse la tête en arrière et s'écrie :

— Ha! Ha! C'est toi! La BDL!

— LBD, corrige Fleur. Tu te souviens de nous, alors?

— Vous voulez que je la fasse dégager? aboie un mutant garde du corps.

— Non, je ne veux pas que vous la fassiez dégager! Je veux que vous me trouviez ses copines! Les deux agitatrices sont avec toi?

— Oui, Ronnie et Claudette sont là! dit-elle, en se tournant vers nous.

Hourra!

En un clin d'œil de star, on se retrouve entourant Spike Saunders sur le canapé! Sous la tente, tout le monde semble chuchoter «Qui sont-elles? Un groupe féminin? Qui sont ces LBD?»

Hi! Hi! Hi!

— Bien le bonjour, jeunes filles, glousse Spike. Ça fait longtemps qu'on ne s'est pas vus!

— Un an! dis-je.

— Un an déjà? dit-il en riant (ce qui nous donne l'occasion d'admirer deux rangées de dents éblouissantes). J'étais en tournée aux États-Unis tout l'hiver et en Extrême-Orient au printemps, je n'ai pas vu le temps passer.

— Ouaouh! Alors, tu n'as pas encore fait de crochet par chez toi? demande Claudette.

— Non, pas vraiment, approuve-t-il d'un air un peu triste.

— Tu veux dire, même pas pour changer de caleçon?

Spike éclate de rire.

— J'ai un *roadie* qui s'occupe de ça, dit-il avec un clin d'œil. Alors pas de panique ! Si jamais je me fais renverser par un camion, j'arriverai en caleçon propre aux urgences.

— Tu as le trac pour ce soir ? je demande, soucieuse d'aborder un sujet qui n'implique pas la participation des caleçons de Spike.

Il jette un coup d'œil anxieux en direction de Twiggy et pousse un petit soupir.

— Pas en ce qui me concerne, Ronnie. Ce sont les éléments incontrôlables qui m'inquiètent. C'est la première fois qu'on joue les chansons de mon nouvel album.

— Oh ! s'exclament les LBD en chœur.

Trouve-t-il Twiggy assez en forme pour passer en vedette à Astlebury ?

— Comment ça va au bahut ? Tout est rentré dans l'ordre après votre fête ? C'était plutôt chaud, non ? nous taquine-t-il.

— Depuis, McGraw est sous traitement. Il n'a toujours pas décoléré d'avoir dû appeler la police, déclare Fleur.

Spike croise des milliers de personnes par an ! Je n'arrive pas à croire qu'il se souvienne de tout ça.

Peut-être ne rencontre-t-il pas beaucoup de gens à qui parler ?

Ce qu'il dit juste après me scie complètement :

— Et où tu en es avec ce Jonny, Jimi, Timmy ?

— Tu veux dire Jimi Steel ? Comment tu sais ?

— Grâce à Fleur. Elle m'envoie des e-mails sur le site de mon fan-club pour me raconter ce que vous devenez, répond Spike en riant.

Fleur est fière comme un pou.

— Je vous l'avais bien dit qu'il les lisait ! dit-elle tout bas.

— Mais toi aussi Ronnie, tu es allée sur mon forum l'été dernier pour me dire que tu avais conclu avec « ce crétin de skater » quelques mois après notre rencontre, ajoute Spike.

Je rougis jusqu'à la racine des cheveux !

— Tu avais l'air rudement amoureuse ! Ça m'a fait super plaisir !

— Euh... je voulais juste te tenir au courant des dernières nouvelles concernant les LBD. Tu avais été tellement gentil avec nous ! Je n'aurais jamais pensé que tu lirais les messages envoyés sur ton propre forum !

— Je ne me contente pas de les lire, chuchote Spike, faisant semblant d'être sérieux, j'en écris aussi ! Je m'ennuyais tellement pendant les dernières étapes de notre tournée du Sud-Est asiatique que j'ai emprunté l'ordinateur portable de Lewis et j'ai commencé à me débiner moi-même sur mon site ! Je me faisais passer pour une mère de famille de Doncaster avec trois enfants. J'avais pris Vera comme pseudo !

— C'est pas vrai! explose Fleur. Je me suis frittée avec toi il y a quelques mois! Mon pseudo, c'est Blondie 101!

— Moi, c'est Vera La Téméraire! chuchote Spike. N'allez surtout pas raconter ça aux filles de *Chaos nocturne*!

Soudain, des cris de joie retentissent dans toute la tente : le réseau Fusia est réparé!

Quel soulagement! Le portable de Fleur se met à sonner furieusement. Premier message : Paddy Swan dans un état apoplectique menaçant de «venir à Astlebury arracher les bras du bouffon qui tient le pistolet à tatouer». Oh, là, là! Celui d'après, c'est Daphne. Elle est furieuse qu'on soit parties ce matin sans lui dire où on allait.

— Si seulement, elle savait la moitié de la vérité! reproche Claudette.

Je laisse Fleur passer quelques coups de fil d'excuses.

Je crois que je souffre d'overdose de célébrité.

Je m'esquive aux toilettes. J'ai besoin de me couper un peu de cette folie.

Debout devant la glace, je me savonne les mains au-dessus du lavabo en Inox et ne peux m'empêcher d'admirer la nouvelle Ronnie Ripperton irrésistible que j'y vois.

Je suis à deux doigts de craquer pour moi! Quand je pense qu'il y a trois semaines à peine, le soir de la fête de Blackwell (ou vendredi noir, comme dit papa), j'étais à deux doigts de me flinguer avec un pistolet-cloueur!

Et voilà ce que je suis devenue! Je suis coiffée et maquillée comme une star! Je fais partie de la bande de Spike Saunders! Je vis des moments inoubliables!

Alors comment se fait-il qu'il me manque un tout petit quelque chose?

— Sympa, ton tatoo, remarque une fille qui se sèche les mains à côté de moi. C'est un vrai?

— Euh… quoi? dis-je, émergeant brutalement de ma rêverie.

— Ton tatoo, répète la fille qui porte un pantalon bleu marine raccourci, une veste de sport et une casquette de base-ball jaune sur sa queue de cheval.

— Merci! Non, ce n'est pas un vrai, dis-je, me rappelant soudain l'œuvre d'art dans mon cou.

— Tant mieux! commente la fille avec un sourire. Puis elle retire sa casquette sous laquelle j'aperçois une mèche rouge qui tranche sur ses cheveux aux pointes dorées. C'est vraiment une drôle d'idée de se faire dessiner un truc permanent sur le corps! ajoute-t-elle. Parce que les choses changent, on n'a pas toujours le même avis sur les tatoos, la musique, les garçons! Pas un sentiment ne dure toute la vie, n'est-ce pas?

— Hum… je vois ce que tu veux dire, dis-je en laissant échapper un petit grognement (fut une époque où je pensais que Jimi et moi, c'était pour toujours).

— On dirait que j'ai mis les pieds dans le plat ? dit la fille.

Ne me demandez surtout pas comment je me suis retrouvée à raconter toute l'histoire de Jimi Steele, fête de Blackwell et malédiction du gros nul comprises, à une parfaite inconnue. Je lui ai même parlé de Joel qui, au fur et à mesure de ma description, faisait de plus en plus figure de Superman. C'est sorti tout simplement ! Serait-ce l'effet toilettes pour dames ? En tout cas, ça m'a fait un bien fou de me libérer.

— En plus, Jimi ne m'a jamais dit qu'il m'aimait, je soupire en m'inondant d'une nouvelle rasade de parfum.

— C'est pas sympa. Tu as bien fait de lui infliger une leçon, dit la fille.

— Sans doute.

— Il est temps, Ammy, ordonne une dure à cuire, armée d'un bloc-notes, qui surgit à côté de nous. On est très en retard.

— Entendu, dit la fille, puis se tournant vers moi (elle a des yeux d'un vert incroyable) : il faut que j'aille travailler. Mais, si tu veux mon avis, ton Jimi mérite une deuxième chance.

— Tu crois ?

— Oui et non ! s'esclaffe-t-elle. Probablement

que oui! C'est vrai qu'il a l'air de s'être conduit comme un vrai nul… mais c'est très courant chez les garçons. Ils font toujours des trucs idiots. Oublier de t'emmener à une fête où vous avez prévu d'aller, par exemple. Facilite-lui un peu les choses, d'accord?

— Tu as peut-être raison, dis-je en remarquant le tatouage celtique qui dépasse de sa jambe de pantalon.

— En fait, oublie ce que je t'ai dit. Ne m'écoute pas! Mes problèmes avec les mecs sont universellement connus, grogne-t-elle en passant la porte. À plus!

— Salut! dis-je avec un sourire.

Bien sûr, je n'y vois pas plus clair dans ma vie. Mais elle était vraiment sympa pour une inconnue.

Le nirvana

Dimanche, presque dix heures du soir, et les LBD se trouvent dans les coulisses de la célèbre scène hexagonale d'Astlebury. Les Kings du Kong ont fait un tabac. C'est la première fois de toute ma vie que j'entends des gens applaudir et taper des pieds aussi fort pour réclamer un rappel. On s'est tellement laissé prendre à la fête qui a suivi leur concert (je confirme   Curtis est aussi craquant de près que de loin, même s'il ferait bien d'utiliser un déodorant un peu plus efficace), qu'on a

303

totalement zappé le concert d'Amelia Annanova! Je ne l'aurai pas vue! Aggggh, tant pis… le sacrifice valait la peine puisqu'il nous a donné le plaisir de voir le batteur des Kings du Kong, Benny Lake, débouler sous la tente VIP, en arrachant son T-shirt, et nous demander trop gentiment, en battant de ses longs cils noirs, si ça ne nous embêtait pas trop d'aller lui chercher une bière! Ouaouh!

Mais voici venue l'heure de la star d'Astlebury. Cent mille personnes au moins attendent Spike. En coulisse, ça fait vingt minutes que l'artiste fait les cent pas, prie, se signe, passe la tête pour voir le public, saute sur place et manque vomir d'anxiété. Sur la scène elle-même, une armée de techniciens chevelus règlent des pieds de micros et des caisses claires. En plus des proches de Spike : Lewis, Fenella et compagnie, sont également avec nous Daphne Swan et Rex, hypnotisés par les stars, et carrément sciés par les événements qui ont ponctué cette dernière heure. Soit dit en passant, Rex n'est pas du tout un vilain géant! Ce serait plutôt un bon hippie surdimensionné qui doit avoir du mal à trouver des pantalons à sa taille dans sa ville de Brighton. Pas grave, il n'a pas cessé de sourire depuis qu'on a annoncé à Daphne qu'elle était VIP et qu'on avait dégotté un bracelet doré supplémentaire pour son nouveau copain s'il avait envie de venir. Il se trouve que Caleb s'est fait jeter par sa copine hier et qu'il n'a plus besoin du sien.

— Ça tombe rudement bien ! a dit Fleur malicieusement en zieutant le sublime Caleb, avant de foncer prévenir Daphne.

— Mais comment faites-vous, les filles ? s'esclaffe Daphne en regardant la foule d'un air ahuri.

— Question de chance à chaque fois ! glousse Claudette.

Je suis limite nauséeuse en voyant le public. Je n'en reviens pas que Spike puisse chanter devant des millions de paires d'yeux qui le fixent intensément. Il ne vole vraiment pas ses robinets en or !

— Regarde, Ronnie ! Twiggy se prend une engueulade maison ! chuchote Claudette en me montrant le guitariste qui se fait gifler, pousser et hurler dessus par Fenella.

— Contente-toi de faire ton boulot comme il faut ! hurle Fenella. Tu n'es pas irremplaçable, tu sais ! Si je veux, je trouve dix sosies qui donnent le change avant la fin de la semaine !

— Je t'en prie, Fenella ! raille Twiggy. Ferme-la ! Tu ne fais que parler. Essaye seulement de te débarrasser de moi. Je fais partie des meubles, je te signale.

Fenella tourne les talons (aiguilles en croco) et s'éloigne d'une démarche martiale, laissant le meilleur ami de Twiggy, Spike, s'expliquer avec lui plus calmement.

— Tu as bien tous les accords de *Perdu* en tête ? demande Spike. Tu avais du mal à les mémoriser en répète, non ?

— Tout va bien, dit Twiggy d'un ton assez convaincant.

— Et pour *Moulin à vent*, tu as bossé la transition ?

— Tout est là, soupire Twiggy, en indiquant sa tempe.

— Tu as intérêt, Twiggy. On passe en direct sur BBC1 ! Et MTV2 rediffuse les images dans le monde entier ! Et…

— Tu te biles pour rien, se moque Twiggy avant de roter bruyamment.

Spike s'éloigne, en secouant la tête.

— Cinq minutes, Spike ! hurle Fenella. Allez tout le monde ! On se bouge ! Où est Foxton ? Trouvez-moi le batteur !

— Je suis là, grogne un type à la tête rasée et aux yeux exorbités qui a fait sept allers-retours aux toilettes pendant la dernière demi-heure. Sûrement un problème de vessie.

— Où sont les choristes ? Toujours au vestiaire ? crie Fenella. Lewis, va les chercher immédiatement !

Soudain, toute l'équipe de Spike est là (guitaristes, choristes, claviers, percussionnistes), qui boit de l'eau à la bouteille, fait des gammes, déambule nerveusement, s'embrasse, se souhaite bonne chance. Quand Spike les réunit autour de lui pour un petit discours d'encouragement, ils ont tous l'air terrifié.

— Je vous dis bonne chance à tous. Ne soyez pas inquiets. Le public a l'air vraiment sympa. Faisons ce qu'on fait toujours et tout se passera bien. Je crois en vous… c'est d'ailleurs pour ça que je vous paye bien !

S'ensuit un grognement collectif qu'on sent plein d'affection.

— On peut le faire, n'est-ce pas ? demande Spike.

— Oui ! répond sa bande.

— Alors, allons-y !

Spike sourit en entendant le public scander le fameux cri : «Un seul Spike Saunders ! Il n'y a qu'un seul Spike Sauuuuuuuuuuunders !»

Gloups ! Si c'était moi, je serais déjà de l'autre côté de la clôture, cachée derrière une haie.

Spike fait un petit signe de tête à Fenella. Elle lui répond par un clin d'œil et lève le pouce en direction d'une femme coiffée d'un casque. Celle-ci donne un coup de coude au vieux rocker qui officie comme animateur. Et, à son tour, il prend une profonde inspiration, saisit son micro et commence à exciter la foule d'une voix rocailleuse :

— Booooooooooooonsoiiiiiiiiiiir Astlebury !

Le rugissement qui lui répond manque me renverser!

— Vous avez été très patients. Mais voici celui que vous attendez! Je vous demande de faire un maximum de bruit pour accueillir l'artiste qui vend le plus de disques de ce côté-ci de Jupiter! Êtes-vous prêts?

Le boucan est assourdissant!

— Le voici!

Le batteur entre en premier au pas de course, saute derrière sa batterie et démarre un petit solo endiablé. La foule tape instantanément dans ses mains tandis que les autres musiciens se ruent jusqu'à leur place, faisant progressivement monter le volume sonore avec un nouvel instrument ou une nouvelle voix. Ouaouh! Enfin, quand l'ambiance ne peut guère être plus électrique, Spike Saunders pénètre sur scène d'un pas nonchalant, les bras boxant l'air, et provoque le tonnerre d'applaudissements le plus monumental du week-end.

— Où est Twiggy? crie Claudette.

— Là! dis-je en voyant Twiggy émerger de l'obscurité d'une démarche incertaine en buvant au goulot un truc qui ne m'a pas l'air du tout d'être de l'eau minérale des montagnes péruviennes légèrement gazéifiée.

— Rock and Roll vingt-quatre heures sur vingt-quatre et sept jours sur sept! hurle Twiggy à on ne sait trop qui.

Sous les yeux horrifiés de cinq millions de téléspectateurs à travers le monde, Twiggy enfile sa guitare et entreprend de traverser la scène au pas de charge, en jouant la phrase musicale la plus importante : l'intro de *Perdu*. Le public rugit à l'entrée grandiloquente de Twiggy qui tombe à genoux et se laisse glisser sur le sol, la langue pendante…

… mais calcule mal la profondeur de la scène et fait un plongeon de quatre mètres dans la fosse où il manque écraser un photographe de *Musique Magazine*.

Oh, mon Dieu !

Un silence de mort saisit la foule. Sur les écrans géants situés de chaque côté de la scène, on voit Twiggy qui gît inanimé et le photographe qui se redresse d'un air hagard et tente de ressusciter le guitariste. Il vérifie son pouls et hurle d'une voix horrifiée aux secouristes qui accourent :

— Je crois qu'il est mort !

8. Poste à pourvoir

Twiggy n'était pas mort évidemment.

Seulement assommé.

Mais peut-être l'aurait-il souhaité quand il a vu l'expression de rage incendiaire qui déformait le visage de Fenella et traduisait parfaitement son souhait de l'achever à coup de pochette Miu Miu à la seconde où il est arrivé au poste de secours.

— Otez cette carcasse puante de ma vue et trouvez-moi un autre guitariste sur le chaaaaaaaaaaaaaaamp! hurle-t-elle aux gardes du corps qui s'éloignent en soutenant le corps mou de Twiggy.

Spike observe la scène d'un œil sidéré, il a perdu toute sa superbe.

— Trouvez-moi le guitariste remplaçant! continue de beugler Fenella qui ressemble fortement à un ptérodactyle avec du rouge à lèvres.

— Mais on n'a pas de remplaçant, crie Spike.

Les yeux de Fenella se rétrécissent jusqu'à devenir des fentes. Si elle pouvait bouger les sourcils (ce qui n'est pas le cas, étant donné les tonnes de Botox qu'elle s'est fait injecter dans le front), ils seraient certainement méga froncés.

– Comment ça, pas de remplaçant ? Tu es fou furieux, couine-t-elle. J'espère que tu plaisantes, Spike. Ce fiasco risque de coûter la bagatelle de vingt-huit millions de dollars à nos assureurs si le concert est annulé au bout de dix minutes !

– Je sais… mais…

– C'est la première opportunité pour Silver Shard Disques de faire la promo de *Prize* devant un public estimé à deux cent vingt-trois millions d'individus dans le monde ! Et toi, tu me dis que tu n'as pas de guitariste ?

– C'est exact ! crie Spike au bord des larmes. Twiggy est le seul à connaître les nouveaux morceaux !

– Je refuse d'entendre ça ! explose Fenella. Tu as mis toute ta confiance dans ce type ! Un débris ramolli par le bourbon qui n'a plus sa place ! Tu as perdu ce qui te reste de jugeote ou quoi ?

Fenella a la figure de quelqu'un qui s'apprête à se jeter sur Spike pour lui arracher le cœur à mains nues.

– Oui, je lui ai fait confiance, Fenella ! C'est mon meilleur ami ! Il traverse une mauvaise passe, mais je ne pensais pas que ça irait jusque-là ! Je vais le faire désintoxiquer, je le remettrai sur pied ! crie Spike.

— Ça ne nous est d'aucun secours, ce soir! braille Fenella.

Pendant que les deux se disputent, la foule fait entendre des signes d'impatience grandissants.

— Spike! Spike! scande le public, accompagné par les inévitables jets de bouteilles plastique.

— Le concert reprend aussi vite que possible! crie l'animateur qui tente de calmer le jeu.

Pendant ce temps-là, Lewis, l'assistant personnel de Spike, pousse les deux belligérants vers les coulisses, à l'endroit où les LBD assistent avec consternation au déroulement des événements. En deux secondes, Fenella et Spike sont rejoints par une armée de techniciens en sueur et de décideurs de la maison de disques en costume trois-pièces qui se plaignent haut et fort qu'ils vont perdre des sommes tellement astronomiques que Spike semble sur le point de vomir.

— Mais puisque je vous dis qu'il n'y a pas de remplaçant! hurle-t-il pour la cent soixante-douzième fois à un gros type de Silver Shard Disques qui ressemble à un crapaud tirant sur un cigare. Personne d'autre ne connaît ces fichus morceaux! Vous m'entendez!

Et c'est là que j'ai une inspiration!

— Claudette! Fleur! Venez! Il faut qu'on parle à Spike!

Elles me regardent avec des yeux horrifiés, mais je les prends par la main et les entraîne vers le coin où la bataille fait rage, jouant des coudes pour approcher de Spike. Malheureusement, chaque fois que je suis assez près pour lui parler, un des types en costume m'attrape par la taille et me repousse plus loin.

— Ce n'est pas le moment de demander un autographe, petite fille ! hurle Fenella, puis elle claque des doigts à l'intention d'un vigile. Sortez-moi ces trois filles !

— Noooooooon ! je crie aussi fort que je peux, en écrasant le pied de l'ogre en chemise noire qui me soulève par mon string. Spike ! Écoute-moi juste une seconde ! Je connais quelqu'un qui sait jouer tes morceaux !

Spike se fige et plante ses yeux dans les miens.

— Quoi ? demande-t-il, le visage soudain radouci. Ce n'est pas une blague, Ronnie, n'est-ce pas ?

— Non ! Je t'assure, c'est vrai ! j'insiste, tout en essayant de redescendre mon string. Je connais un type qui sait tout l'album de *Prize* par cœur !

— C'est impossible, Ronnie ! Il ne sort que le mois prochain ! rétorque Spike.

— Si, c'est possible ! Il l'a téléchargé sur le net ! Je t'en supplie, il faut que tu me croies !

— C'est vrai, Spike ! crie Claudette en sautant sur place. Je l'ai entendu, moi aussi !

— Il est carrément excellent! confirme Fleur en hochant la tête comme une folle.

— Euh... d'accord, dit Spike dont les yeux s'agrandissent. Ouaouh! Où est ce type? Je peux le rencontrer?

— Oui! Il est... il est quelque part par là, dis-je sottement en me tournant vers la foule hurlante.

Autant trouver une aiguille dans une botte de foin.

Spike nous regarde comme si on était tombées sur la tête... mais on est sa seule chance.

— T'en fais pas! On va le trouver! crie Fleur, puis elle ajoute, en indiquant l'animateur qui danse d'un pied sur l'autre dans un coin. Mais il nous faut l'aide de ce type!

Fleur se précipite sur l'animateur et lui chuchote un truc à l'oreille. Le type hausse les sourcils, puis il prend une profonde inspiration et se met à vociférer dans son micro.

— Bonsoooooooooir Astlebury! Nous avons une annonce extrêmement importante à l'intention d'un membre du public! Est-ce que Joel... Joel qui? demande l'animateur en se tournant vers nous. Quel est son nom de famille?

On n'en sait rien!

— Joel... qui conduit un van jaune tagué! dit Fleur.

— Et qui est maître nageur! Et qui veut devenir chirurgien du cerveau! j'ajoute.

— Et dont le meilleur ami s'appelle Damon. Damon qui a la boule à zéro! crie Claudette charitablement.

Ces infos surréalistes font le tour du champ provoquant des petits rires parmi le public stupéfait qui commence à vérifier si le mystérieux Joel n'est pas dans les parages.

— Si tu te reconnais, Joel, viens tout de suite à l'entrée du carré VIP! Spike Saunders a besoin de toi!

— Laisse-nous cinq minutes! je crie à Spike en espérant de tout mon cœur que Joel a entendu l'appel (mais il peut aussi bien se trouver à perpète).

Les LBD sortent des coulisses en trombe, traversent la tente VIP au pas de charge et foncent jusqu'à la barrière. Tout en courant, Claudette essaie d'appeler Damon au numéro de portable qu'elle a gribouillé avec un rouge à lèvres sur un gobelet en carton écrabouillé au fond de son sac.

— Zut! Il est sur boîte vocale! hurle-t-elle.

— Je n'arrive pas à croire qu'on soit en train de faire ça! Y a-t-il une chance qu'il ait entendu?

— Ne flippe pas, Ronnie! crie Fleur. Regarde! Il y a déjà plein de monde à l'entrée!

Fleur a raison! Une grappe humaine se presse déjà derrière la barrière. Au moins une cinquantaine de types qui essaient de pénétrer en douce dans le carré VIP!

— Mais, c'est moi, Joel, je vous jure ! crie un blond avec des dreadlocks, dont les dents avancent furieusement. Laissez-moi entrer !

— Ne faites pas attention à lui, braille un autre, la tête ceinte d'un turban violet. Je suis Joel. Spike m'attend pour jouer ! Je viens juste de garer mon van jaune, c'est pour ça que je suis en retard.

— Ça va comme ça, barrez-vous ! vocifère un Noir en treillis camouflage et chapeau mou. C'est moi, Joel ! Vous êtes tous des imposteurs !

— Oh, non ! On est fichues, je grommelle.

En approchant du groupe, on remarque que le videur qui tient les prétendants à distance est un grand rouquin avec des bras comme des jambons et un nez violacé.

On ne l'aurait pas déjà vu quelque part, celui-là ?

— C'est Hagar ! s'étouffe Claudette. Hagar, l'affreux jojo ! Celui qui a vérifié nos billets vendredi !

— Le type qui a fait exprès de ne pas nous dire qu'on était VIP ! grogne Fleur qui s'apprête à hurler des horreurs, mais n'en fait rien car on vient de repérer dans le groupe une silhouette qui nous remonte carrément le moral.

Se débattant au milieu de la foule de faux candidats… le vrai Joel ! Joel aux yeux noisette, aux cheveux bruns et au sourire parfait, qui agite les bras en tous sens et saute sur place !

À côté de lui, un Damon remarquablement en colère essaie de faire admettre la vérité à Hagar.

— Joel! je crie, mais il ne peut pas m'entendre.

— On est là! hurle Claudette.

— Hourra, vous êtes là! couine une fille dans un état pitoyable qui vient de se matérialiser à côté de nous. Regardez les autres! Ronnie et Claudette sont là! Elles vont nous tirer d'affaire!

— Euh… oui pourquoi pas! dis-je un peu perplexe, puis je crie à Joel : Joeeeeeeeeeeeel!

— Au fait, tu es sublime comme ça! J'adore ta tenue! susurre la fille couverte de boue et de taches d'herbe.

Attendez une seconde. J'ai déjà entendu cette voix écœurante quelque part!

— Panama… euh… Goodyear? bafouille Claudette.

Panama est quasi méconnaissable. Les éléments n'ont pas été tendres avec elle.

— Oui! C'est moi! Salut! couine-t-elle, puis remarquant Fleur qui la fixe d'un œil mauvais, elle ajoute : et vous avez retrouvé Fleur! Quel soulagement! Je me faisais un tel souci!

On nage dans le très étrange. Je m'écarte de Panama qui dégage exactement la même odeur que les toilettes de chantier.

— Qu'est-ce que tu veux? dis-je, pas très aimable. (J'ai des priorités autrement plus importantes que de bavarder avec Panama Balayette à chiottes.)

— Je vous ai vues sur scène lancer l'appel pour Joel et… ça m'a donné envie de passer vous dire bonjour! dit-elle, tout sourire.

— Hum… c'est trop sympa, grogne Fleur en s'éloignant. Viens, Ronnie, on n'a pas le temps.

Panama n'en continue pas moins de sourire, tout en jetant des regards à la tente VIP pour laquelle elle tuerait père et mère, histoire de prendre une douche chaude, de se faire relooker par Hazel Valenski et de traîner en compagnie des Kings du Kong, d'Amelia Annanova ou de Spike.

Dans ses rêves!

— Allez, Ronnie! Il faut qu'on dise à Hagar qui est le vrai Joel! crie Claudette.

Coincé au milieu de la mêlée, Joel plaide sa cause comme un damné auprès du géant roux.

— Mais puisque je vous dis que je conduis un van jaune! Et que je suis maître nageur! crie Joel, en exhibant sa carte de la piscine municipale de Charlton-Jessop. Je vous en supplie, croyez-moi! Je connais toutes les chansons de Spike par cœur!

— Ben, voyons, mon gars! glousse cruellement Hagar en feignant la surprise de manière exagérée. Moi aussi, je les connais. D'ailleurs, je suis même en train d'en jouer une en ce moment même… sur ma flûte invisible!

ajoute-t-il, en faisant semblant de jouer d'un air narquois.

Damon tente d'entraîner Joel.

—Allez, viens, Joel. On perd notre temps.

— Mais non! je hurle.

Puis, rassemblant une force de titan, je fonce dans le tas.

— Ronnie? Rooooooooooonie! s'exclame Joel avec un sourire radieux. C'est vrai, tu es là?

— Oui, je suis là. Il faut que tu rencontres Spike immédiatement! Viens avec nous! Et toi aussi, Damon. On a besoin de ton soutien!

— Hourra! commente Panama en tapant dans ses mains (sales). Tout est bien qui finit bien!

— Pas question, ricane Hagar en secouant la tête. Non, non, non et non! Aucune chance. Pas avec moi. Vous connaissez la règle : pas de passe VIP, pas d'entrée. Je ne ferai aucune exception!

J'ai envie de me laisser tomber par terre de frustration, mais Claudette n'a pas la moindre intention d'obtempérer.

— Bien! Cette fois, la coupe est pleine! hurle Claudette. Alors, monsieur Hagar... Hagar comment? C'est quoi votre nom de famille?

— Petoto, grogne Hagar, défiant quiconque de ricaner.

Pas étonnant qu'il ait des problèmes.

– Bien, monsieur Petoto, poursuit Claudette. Je vous conseille de m'écouter! J'en ai plus qu'assez de vos âneries!

Hagar la considère avec une moue dédaigneuse qui s'avère de façade, il est plutôt choqué.

– Je suppose que vous ne me reconnaissez pas, ni mes amies. Et pourtant, vendredi, à notre arrivée, vous nous avez joué un tour de cochon!

– Je ne vous ai jamais vues de ma vie! dit Hagar en haussant les épaules, mais soudain une toute petite étincelle dans son regard montre qu'il nous a reconnues. Il paraît subitement gêné.

– Vous saviez qu'on avait des billets VIP, mais vous ne nous l'avez pas dit! hurle Claudette. Ça m'a fait rater la fête de Carmella Dupris et je n'ai pu rencontrer les Kings du Kong que ce matin! Vous devriez avoir honte de vous, Hagar! Votre petite blague était ignoble!

Hagar prend l'air affreusement coupable.

– À présent, en tant qu'être humain, je vous supplie de vous racheter aux yeux des LBD et de Dieu, et de vous comporter normalement.

Voilà que Claudette nous refait le coup du Jedi.

– Vous savez pertinemment que Spike Saunders a besoin de ces garçons sur scène maintenant! continue Claudette, enfonçant un doigt dans la poitrine d'Hagar. Il faut qu'on sauve

Astlebury! Et vous êtes celui qui peut le faire! Claudette baisse la voix : car la question que vous devez vous poser, monsieur Hagar Petoto, est celle-ci : Suis-je un pécheur ou un homme vertueux?

– Quoi? demande Hagar.

– Êtes-vous du côté des bons ou des méchants?

Hagar réfléchit un instant. On dirait qu'il a les yeux rouges.

– Du côté des bons, répond-il d'un air contrarié.

Les attaques de Claudette semblent l'avoir fait rapetisser d'un mètre.

– C'est ce que je voulais entendre, chuchote Claudette qui s'étire sur la pointe des pieds et pose la main sur l'épaule monumentale d'Hagar. Alors? Vous les laissez entrer?

Hagar respire un bon coup, puis il fait signe à un collègue d'ouvrir la barrière.

Les garçons se précipitent en poussant des cris de joie. Hourra! On a réussi!

Reste cependant un petit hic. Il semblerait qu'on ait hérité de Panama Goodyear qui profite de l'ouverture de la porte pour entrer.

– Pas elle! crie Claudette aux vigiles en indiquant Panama. Cette fille n'est pas avec nous!

– Mais je suis leur copine! couine Panama juste au moment où son «copain» Boris, le vigile aux cheveux noirs corbeau de l'entrée A surgit de nulle part.

Boris saisit Panama par le fond de son pantalon dégueu. Elle gigote dans tous les sens.

— Redescendez-moi immédiatement! Ou je vous fais un procès! Vous m'entendez? Ce sont mes amies. Il faut que je sois dans le carré VIP, couine-t-elle.

— Tu n'as jamais été notre amie, Panama, dit Claudette d'un ton sans appel. À un de ces jours, peut-être?

— Salut, Panama! dis-je en agitant la main.

Devant les portes qui se referment, le visage de Panama se transforme en une boule de haine.

— Sales teignes! grince-t-elle. Plutôt mourir que d'être vue avec toi!

— À ta guise, Panama! s'esclaffe Claudette, puis, tapant dans ses mains avec excitation : Joel, Ronnie, Fleur, Damon, dépêchons maintenant! Il faut retourner sur scène!

— Vous avez intérêt! Grouillez! hurle Hagar en agitant son énorme battoir pour nous presser. Hé les gosses... amusez-vous bien!

En moins d'une nanoseconde, on est de retour sur scène. Spike et Joel se lancent dans une négociation acharnée, Joel gesticulant comme un beau diable et Spike secouant la tête avec l'air d'avoir envie de pleurer.

Je suis en train de me demander ce que Joel peut bien dire à Spike pour essayer de le convaincre quand il se passe soudain quelque chose de fantastique, la star se tourne vers ses musiciens, un sourire victorieux aux lèvres !

— Alors, c'est oui ? crie Joel.

— Ça marche ! dit Spike en faisant signe à un *roadie* d'aller lui chercher une guitare.

Fenella observe la scène avec des yeux proprement horrifiés. Spike reprend son micro et s'adresse à la foule qui manifeste bruyamment son impatience.

— Mesdames et messieurs, je tiens au nom de toute mon équipe à vous présenter nos excuses pour ce petit retard impromptu ! Si on oubliait ça avec une chanson ?

Hourra !

Fleur me prend par les épaules.

— Bien joué, Ronnie, tu as sauvé la situation ! s'écrie-t-elle en riant.

— Betty, Tonita, Marie ! crie Spike à ses choristes. Poussez-vous un peu ! Il faut faire de la place pour trois nouvelles recrues. Je vous demande d'applaudir bien fort les filles qui ont sauvé Astlebury : Ronnie, Claudette et Fleur ! Je veux qu'elles se sentent chez elles !

— Quoi ? Maintenant ? je bafouille, mais Fleur me pousse sur scène, traînant Claudette derrière elle.

— Arrrgh !

Je tente de me cacher derrière la batterie, puis derrière le bassiste, mais inutile. Tout le monde me voit !

Mon visage s'étale sur les écrans vidéo !

Saluuuuuuuuuuuut, maman !

— Et permettez que je vous présente mon nouveau guitariste pour ce soir... Joel ! hurle Spike.

Joel, qui à l'évidence a passé dix ans de sa vie à gratter des airs sur une raquette de tennis dans sa chambre en prévision de ce moment, sort un médiator de la poche arrière de son jean.

— Nous allons vous interpréter *Perdu* ! crie Spike sur les premiers accords de la chanson que Joel exécute à la perfection.

Spike pousse un énorme soupir de soulagement en constatant son talent inouï.

On vit un de ces moments merveilleux qui restent à jamais gravés dans les cœurs ! Un océan de visages me regarde taper du tambourin contre ma cuisse et ululer dans un micro que j'espère fermé ! À côté de moi, Fleur Swan se déhanche sauvagement, profitant de chaque mouvement des caméras de BBC1 pour se trouver dans le champ. Quant à Claudette, elle improvise de nouvelles paroles en poussant une complainte qui ne colle avec rien, mais s'en contrefiche parce qu'elle prend un pied géant. En coulisse, Daphne et Rex dansent en se marrant comme des fous en compagnie de Tabitha Lovelace, Zaza Berry et Blaze Tribe Five au complet. De l'autre côté, Hazel Valenski, Smart Bomb et les filles de *Chaos nocturne* s'en donnent à cœur joie. Damon raconte à qui veut l'entendre que Joel est son meilleur ami, pendant que Les Kings du Kong lancent des regards envieux à Spike qui remporte de loin le plus gros succès du week-end. J'aperçois dans l'ombre Fenella Tack sortir un mouchoir en papier de sa pochette Miu Miu et s'en essuyer rapidement les yeux, en vérifiant que personne ne l'a vue.

C'est trop bien!

Comment se fait-il qu'on en soit déjà à la septième chanson? Où a filé le temps?

Je n'ai aucune envie de quitter la scène! Je comprends maintenant pourquoi toute cette affaire de show-biz rend tellement accro!

Spike annonce gentiment au public qu'il est bientôt l'heure d'arrêter mais les gens lui réclament *Le Grand Tourbillon*, morceau sans lequel aucun concert de Spike ne saurait se terminer.

— Tu la connais, celle-là? crie Spike à Joel.

— Tu te fiches de moi? plaisante Joel en jouant les premières mesures du morceau qui serrent immanquablement la gorge de millions de fans.

Spike rit à gorge déployée.

— Je crois que vous connaissez les paroles, crie-t-il à la foule. Alors, je vais me reposer et c'est vous qui ferez le boulot!

Deux rappels plus tard (il faut bien satisfaire notre public), les LBD sortent de scène, en sueur, mortes de rire et hors d'haleine. Lewis nous passe des serviettes chaudes hyper moelleuses et nous donne de l'eau minérale péruvienne à boire, puis il nous rapatrie rapidement à la tente VIP. Ce qui nous oblige à longer la barrière qui nous sépare du public d'Astlebury. Incroyable! Les gens se pressent contre le grillage pour nous toucher et nous supplient de leur signer des autographes! Comme si on était des vraies stars! Évidemment, Fleur ne perd pas une minute pour gribouiller des signatures alambiquées à ses fans, et Claudette se fait kidnapper par un journaliste de Radio 1 qui exige une interview. Je marche en compagnie de Joel et Spike que les derniers événements font se tordre de rire.

— Merci, Ronnie! Je suis très fier de toi! dit-il.

— De rien, dis-je, débordant de bonheur.

— Quant à toi, Joel, que puis-je te dire? ajoute Spike en secouant la tête. Je suis estomaqué!

— À ton service, dit Joel, en se rengorgeant.

Fenella embarque Spike pour sa conférence de presse et on se retrouve tous les deux seuls, Joel et moi. Il me prend dans ses bras, le regard énamouré.

— Tu as changé ma vie, Ronnie. Je ne sais pas quoi dire!

— Tout le monde en aurait fait autant, je réponds en rougissant.

Oh, mon Dieu, je crois qu'il va me faire le coup du Chamallow.

— Non, tu es vraiment quelqu'un de spécial, Ronnie. Tu m'épates! En plus, tu es belle!

— Uggghhh, gngngnngng! C'est parce que je suis très maquillée, dis-je, en rougissant de plus belle.

— Il ne s'agit pas seulement de beauté physique, Ronnie, mais de beauté intérieure! dit Joel avec les yeux embués.

Bon, il est temps de lui fermer le bec.

— Tout doux, Joel! Tu commences à ressembler à une chanson de Spike Saunders.

— Oh, zut! dit-il en se reprenant. C'est vrai? J'ai un peu perdu la tête, non?

On se regarde dans le blanc des yeux. Joel me prend par le cou et je pose la tête sur sa poitrine. J'entends les battements de son cœur!

C'est sans doute le moment de s'embrasser comme me l'a fermement conseillé Fleur Swan. Je ne sais pas si c'est bien, mais je relève la tête quand même et ferme les yeux dans l'espoir que la «puissance de l'amour» me submerge.

Et j'attends… et j'attends. Joel a les yeux fermés! Il attend aussi!

— Joel! hurle Claudette qui surgit comme un diable et fiche tout en l'air sans le faire exprès. Fenella exige que tu sois à la conférence de presse ! News Live et Fox veulent te poser quelques questions !

– Moi ? Tu es sûre ? Ouaouh ! dit Joel en filant à toutes jambes, me laissant seule sous le clair de lune, en proie à une grande perplexité.

– Ronnie ? Ça va ? demande Claudette, totalement inconsciente de ce qu'elle vient d'interrompre.

– Je suis belle, Claudette. Et pas seulement physiquement, à l'intérieur aussi.

– Quoi ?

– Rien. Ce sont des bêtises que je viens d'entendre. Et si on retournait à la tente fêter ça ?

– Essaie de m'en empêcher ! dit-elle en me prenant par le bras et en m'entraînant gentiment. Un peu qu'il faut fêter ça, et en grand ! Sans blague, on a sauvé Astlebury ! Les Bambinas Dangereuses sont encore tombées à pic ! babille-t-elle sans reprendre haleine. Comment a-t-on réussi cette fois ? On dirait que, dès qu'on a décidé de s'occuper de quelque chose, rien ne nous résiste !

Soudain, le visage de Claudette s'affaisse et son expression tourne à la plus grande des stupéfactions.

– Oh, mon Dieu, grogne-t-elle.

– Quoi ?

– C'était lui. C'était vraiment lui finalement ! J'ai cru avoir une hallu hier à la piste de skate, mais c'était lui !

– Qui? Quoi?

Claudette est carrément sur le derrière.

– Lui! répète-t-elle, me faisant pivoter pour voir de qui il s'agit.

En reconnaissant les yeux bleus perçants qui me fixent à travers le grillage, j'ai les genoux qui se dérobent.

– Jimi Steele! Non mais qu'est-ce que tu fiches ici?

Barrières

Non, ce n'est pas une hallu.

Il s'agit bien de Jimi.

De «mon» Jimi.

Qui me regarde à travers le grillage avec l'air d'un des nounours perdus de Mme Perkins, l'épicière de mon quartier, qui les mettaient en vitrine dans l'espoir que les propriétaires viendraient les réclamer.

Abandonné et vulnérable.

Sans compter : épuisé et couvert de boue. On ne se trompe pas vraiment en disant qu'il n'a pas bénéficié d'un relooking d'Hazel Valenski. Il ressemble à l'homme de Cro-Magnon.

– C'était qui? est l'entrée en matière de Jimi. Ce guitariste à la noix! Le brun avec sa tête de bellâtre! Tu l'as embrassé? C'est quoi, ce trafic?

Non mais je vous demande un peu, quel culot!

– Comment ça? Qu'est-ce que ça peut te faire, espèce de bouseux? Et qu'est-ce que tu fais là?

— Je t'ai suivie! Parce que tu refusais de me parler! Miss Foldingue!

— Tu m'as suivie! Gnnnnngngngngngng! Eh bien, tu m'as trouvée maintenant! J'ai chanté sur scène avec Spike! Qu'est-ce que tu dis de ça? Un truc perso ou bien quelque chose que Naz et Aaron t'auront soufflé?

— Euh… je… j'y vais…, marmonne Claudette en prenant la poudre d'escampette. Il faut que je tire ce machin… euh… au clair.

— Ça te va bien de dire ça! réplique Jimi. Parce que c'est peut-être moi qui fais passer mes copains en premier! Si on allait chercher Fleur! Elle va être trop déçue qu'on se fritte en son absence!

Forcément, ça me cloue le bec… deux secondes.

— Ce n'est pas Fleur qui m'a convaincue que tu étais un gros nul, Jimi Steele! J'ai trouvé ça toute seule. Tu me l'as prouvé en me posant un lapin le soir de la fête de Blackwell! Tu m'as plantée à L'Incroyable, décoré comme un sapin de Noël, pour y aller avec Naz et Aaron! Comment tu as pu me faire un truc pareil?

Jimi rougit et passe les mains sur le grillage en faisant du bruit.

— Gggggggnnngngn… je te demande pardon, Ronnie! Tu ne sais pas à quel point je regrette. J'ai trop honte de moi! J'y pense tous les jours depuis trois semaines. Et toutes les nuits!

Il s'énerve encore plus contre le grillage.

— Tu es ce qui compte le plus dans ma vie, pauvre tête de mule. Tu es mon univers!

Je relève le nez d'un air pincé, un petit sourire narquois aux lèvres.

— Le skate est ton univers, Jimi! je lance, furieuse.

Ha! Ça lui en bouche un coin!

— J'ai vendu mon skate, Ronnie.

— Tu... tu as quoi?

— J'ai vendu Bess.

J'en suis comme deux ronds de flan.

— J'en ai tiré cent livres. Je suis venu ici en stop dans la Coccinelle d'un vieux bonhomme, j'ai acheté un billet au noir et je suis parti à ta recherche. Mais le site était plus grand que je ne pensais.

— Où tu as dormi? je demande en essayant d'avoir l'air détaché.

— À l'arrière du van de Tyrone Tiller. Avec cinq autres skaters. (Il me regarde d'un air triste.) Mais je me suis levé tous les matins à l'aube pour essayer de te retrouver.

— Oh! je laisse échapper avec un petit sourire honteux.

C'est ce que j'ai entendu de plus mignon de sa part. Satané Jimi!

— Tu m'as retrouvée, dis-je d'une petite voix, lui faisant un petit signe de la main. Bonjour, Jimi!

— Bonjour, répond-il en agitant la main comme un dément, la figure toute froncée, comme il le fait chaque fois qu'on se retrouve. (Ça me fait mourir de rire.)

— Je t'aime, Ronnie, lâche-t-il tout à trac.

— Tais-toi, donc, dis-je en secouant la tête.

— Mais c'est vrai, insiste-t-il d'un air blessé. Je sais que je ne te le dis pas souvent…

— Tu ne me l'as jamais dit. Pas une fois !

— C'est vrai ? Je pensais que tu avais compris que… gngngngngng ! Voilà, je te le dis : je t'aime !

Je le regarde avec une envie incroyable de le croire.

Il est si craquant, si drôle, si irrésistible.

Si nul. Si incapable d'arriver à l'heure. Et si capable de me briser le cœur.

— Écoute, c'est vraiment ridicule, dit Jimi. Je sais que tu fais partie des *beautiful people* maintenant, mais tu pourrais peut-être sortir deux ou trois minutes de ton petit carré VIP pour qu'on se parle normalement ? Et si on allait à Biggin Hill ! On a une vue géniale sur les feux de joie de là-haut.

Je réfléchis une seconde.

Ça ne peut pas faire de mal, une petite promenade, n'est-ce pas ?

— D'accord, dis-je d'une voix glaciale. Mais ne va pas t'imaginer des trucs, Jimi. Je ne te promets rien.

9. On rentre !

— Qu'est-ce que vous avez envie de chanter ? demande Fleur en tapotant frénétiquement sur le tableau de bord de la Mini, au moment où Daphne met son clignotant à gauche pour sortir d'Astlebury et reprendre la petite route de campagne qui serpente à travers les vergers Marmaduke.

— Tu n'as pas assez chanté ce week-end ? glousse Claudette.

— Non ! ulule Fleur. Aujourd'hui, je me sens affreusement d'attaque. Qu'est-ce que vous diriez de *Colchiques dans les prés* ?

— Pas question, je grommelle à l'arrière. N'importe laquelle, mais pas celle-là !

— *Cadet Roussel* ? *Il était un petit navire* ? propose Fleur.

— Pourquoi pas *Un kilomètre à pied* ? On la chantait en allant au camp de Jeannettes !

— Oui, mais les dix premiers vers. Parce que ça devient vite répétitif, déclare Fleur.

Oh, là, là ! Les occupantes de la Mini sont dans une forme éblouissante !

Après une scène d'adieu inénarrable entre Damon et Claudette, accompagnée de force sanglots et promesses de s'appeler, de s'envoyer des textos et des e-mails dès que chacun serait arrivé à bon port (sinon avant), Daphne et moi avons finalement réussi à faire monter Claudette dans la Mini. Avec un Damon (qui ne maîtrise pas vraiment le «je la joue méga détaché»), accroché à l'aile de la Mini, débitant des trucs du style : «Je n'arrive pas à croire qu'on se quitte!»

Quand Claudette, dans le même état, la figure écrasée contre la vitre, geignait des : «Je t'appelle plus tard! Tu me manques déjà!»

— Assez! a soupiré Fleur, excédée, en montant à l'avant de la Mini.

Évidemment, c'est moi qui ai rangé les affaires de Fleur dans son sac à dos car elle était trop occupée à discuter au téléphone avec des journalistes de *Shout!* et de *Scream!*

— Je suis désolée, mais je ne peux pas tout dire aux journalistes! pérorait-elle, confortablement installée sur une souche d'arbre, pendant que je me démenais pour faire entrer son sac de couchage humide dans le coffre de la Mini. Je dois garder secrète une partie de ma vie privée, sinon je perds pied!

— Hummmph, a lâché Daphne, en levant les yeux au ciel.

— Et juste pour info, bêlait Fleur d'une voix

snob, je ne sors pas avec Caleb Saunders, le frère de Spike! On est bons amis, c'est tout. Nous étions effectivement ensemble à la fête de clôture hier, mais c'était purement platonique! Je vous prie de l'indiquer dans votre journal!

– Smack platonique? a commenté Claudette, pince-sans-rire. Qu'est-ce qu'elle va inventer après?

– Je pense que tout le monde s'est rendu compte qu'on a enfreint toutes les règles du contrat des parents. C'est mal! je marmonne, alors que nous rejoignons l'autoroute par une route de campagne glissante.

On s'en serait sorties si on n'avait fait que perdre Daphne, oublier d'appeler les parents, parler à des types louches, flirter avec des garçons, traîner avec des fêtards, mais comment expliquer la photo des LBD placardée à la une du *Daily Mirror* où on nous voit, collées à Spike Saunders, en train de siroter du champagne sous la tente VIP.

Je n'en ai bu qu'une flûte! Après tout, on fêtait notre succès!

(Si vous voulez mon avis, le champagne a un goût de pied mais version pétillant.)

Fleur réfléchit une seconde et recompte les règles sur ses doigts :

– Champagne, smack, type louche! Ouaouh!

Tu as raison, Ronnie! confirme-t-elle, trop contente. Je suis fière comme un pou. C'est ce qu'il y a de meilleur au monde!

Son portable sonne à nouveau et la voilà qui explique pour la énième fois à un journaliste comment, grâce à sa présence d'esprit, son ingéniosité et son intelligence, elle a sauvé Astlebury toute seule.

– Et là, j'ai dit à mon amie, Ronnie, « on connaît quelqu'un qui sait les chansons de Spike par cœur », se vante-t-elle.

Ça me fait trop rire.

Derrière le volant, Daphne Swan affiche un air complètement béat. Il faut dire aussi que ses adieux avec Rex sont loin d'être définitifs.

– On a décidé d'arrêter la fac une année supplémentaire et de repartir en voyage! roucoule Daphne, l'air complètement illuminé. Rex a entendu parler d'un endroit dans la forêt tropicale du Guatemala qu'on déboise à raison de dix hectares par mois! On a l'intention de se rendre sur place pour aider les gens à sauver leur forêt.

Ah! l'idée va enchanter Paddy, me dis-je en appuyant ma tête épuisée contre la vitre arrière.

J'essaie de mettre les événements des jours derniers au clair, mais mon cerveau est plein d'images plus folles et excentriques les unes que les autres. Je revois Joel nous aidant galamment à porter nos innombrables sacs et cartons dans la Mini avant de me glisser son numéro de téléphone dans la poche arrière de mon jean.

– Écoute, Ronnie, j'ai compris que tu ne sais pas trop où tu en es avec ce… ce Jimi, mais si jamais tu as envie de me revoir, n'hésite pas à m'appeler. Je ne suis qu'à deux heures de route de chez toi. Je saute dans la voiture et j'arrive. Tu n'as qu'un mot à dire.

Après quoi, je nous revois, Jimi et moi, remontant Biggin Hill au milieu des pétarades de feux d'artifice qui éclataient au-dessus de nos têtes, sous une lune pleine et souriante. Entourée de milliers de festivaliers qui profitaient de leur dernière soirée de folie à Astlebury, j'écoutais Jimi essayer de me prouver pour la cent millième fois que son énorme bêtise lui avait appris une leçon, reconnaître qu'il était un gros nul, m'affirmer qu'il était décidé à changer de comportement et à prendre mon avis en considération. À l'entendre, il voulait changer, être le meilleur copain du monde.

Mais on ne change pas, n'est-ce pas ?

Ensuite, je pense à maman, papa et Seth et je me rends compte à quel point j'ai envie de les voir. Pour tout dire, les plaisanteries catastrophiques de papa et les remontrances perpétuelles de maman concernant la collection de tasses que je laisse traîner sous mon lit me manquent horriblement. Je meurs d'envie de faire un câlin à Seth, puis de me plonger dans un bon bain moussant et de passer une nuit dans mon petit lit sous ma grosse couette.

C'est sympa de s'en aller, mais c'est encore mieux de rentrer.

À la maison

Mon entrée à L'Incroyable est saluée par une salve d'applaudissements ! Papa a réuni plus ou moins tous les habitués : Bert l'édenté, Travis, le barman australien, Muriel, l'aide cuistot, et un échantillon de paumés qui considèrent le pub comme leur deuxième maison. Ce bon vieux papa leur rebat les oreilles avec les prouesses de sa fille superstar si merveilleuse et intelligente ! Mieux encore, j'aperçois derrière la caisse la photo des LBD entourant Spike Saunders, découpée dans le *Daily Mirror* de ce matin, qui recouvre une autre de moi, à six ans, déguisée en tournesol. Décidément, la chance me sourit !

– Hourra ! L'enfant prodigue est de retour ! s'écrie papa en me posant un poutou qui pique sur la joue. Au fait, Ronnie, impossible de repousser plus longtemps ces chiens des médias !

– Qu'est-ce que tu racontes ?

– Ce Frankie « Fun Boy » de l'émission matinale de Super Radio veut t'interviewer au téléphone demain matin à cinq heures ! Et j'allais oublier, le *Daily Mercury* aimerait que tu leur écrives un petit papier sur les concerts !

Moi! Une journaliste musicale! Ouaouh!

— Tu sais quoi? Je crois que je vais lâcher le pub et devenir ton agent!

Je regarde autour de moi à la recherche de quelqu'un qui manque notablement.

— Qu'est-ce que tu as fait de ma mère?

— Qui? Ah, oui, ta mère, répond papa en grimaçant légèrement. C'est sans doute cette femme mal en point là-bas dans le coin. Ménage-la, Ronnie. Elle est à prendre avec des pincettes aujourd'hui.

Je trouve maman assise sur un canapé, le teint verdâtre, en train de boire de l'eau. Elle tente un pauvre sourire et me fait un petit signe de la main.

— Maman! Je suis rentrée! je hurle.

— Je vois ça! Ma célèbre fille qu'on voit à la télé! murmure-t-elle en me serrant dans ses bras. Fais-moi plaisir, Ronnie, ne crie pas, d'accord?

— Tu ne te sens pas bien?

— Elle ne peut s'en prendre qu'à elle. Elle ne mérite pas ta pitié, intervient papa, en s'asseyant à nos côtés, mon sublime petit frère, couvert de purée de banane, serré contre lui. Et ne me demande pas dans quel état est Paddy Swan, ajoute papa dans sa barbe.

— Maman? Qu'est-ce qui t'arrive exactement?

— J'ai mangé un truc qui ne passe pas. Je digère mal la cuisine ghanéenne, geint-elle.

— La cuisine ghanéenne ? Mais qu'est-ce que vous avez fait ?

— Voilà, commence maman d'un air honteux, comme vous étiez parties, Paddy a proposé une sorte de réunion pour nous consoler d'avoir été abandonnés par nos filles tout le week-end.

— Ta mère était particulièrement tourneboulée, dit papa, feignant la gravité.

— Une réunion ? Quel genre de réunion ? je demande, me rappelant soudain Paddy déclarant qu'il était archi prêt à lâcher de la pression.

Maman s'apprête à me donner une explication, mais voilà qu'elle rote et se prend la tête entre les mains, le visage tordu par une grimace.

— Ça a commencé avec les copains de Paddy, fans de James Bond. Ils étaient les premiers à Disraeli Road. Tout ce beau monde jouait à la roulette, buvait des Martini…, commence papa.

— Mais ta tante Susan a proposé de garder Seth, alors on y est allés, histoire de se montrer amicaux, marmonne maman.

— Puis, Gloria, qui rentrait des vêpres, est passée avec une douzaine de méthodistes ghanéens. Et je ne te raconte pas comme ils aiment se lâcher !

— Gloria Cassiera ? dis-je en secouant la tête.

— C'est la faute de Gloria ! grogne maman. C'est elle qui menait la danse ! Quand le pasteur Jones a pris le contrôle du barbecue et que cette Winny avec son chapeau sur la tête

340

a commencé à préparer des punchs, ce fut le début de la fin…

— J'y crois pas! Vous avez tous plus de quarante ans! Vous êtes des vieux! À votre âge, on s'occupe de ses bégonias et on boit de la tisane! Pas du rhum! Et on ne fait pas les fous! C'est pas bien du tout.

— Du calme, Ronnie, dit maman en riant. Tu stresses trop. Si tu continues comme ça, tu finiras au stage de gestion de la colère avec ces types qu'on a rencontrés à la fête!

— Tiens, je les avais oubliés. Tout le stage s'est pointé, explique papa en levant les yeux au ciel. Très sympa dans l'ensemble… Enfin, avant que la bagarre éclate.

Je regarde mes parents une bonne minute d'un air estomaqué.

— Je me retire dans mon boudoir. J'ai besoin d'effacer ces images choquantes de ma tête.

— Mais je ne t'ai pas encore raconté comment ta mère s'est retrouvée sur le derrière en voulant danser le limbo, Ronnie…

Aaaaaaaaaaaarrrrrgggggggggh!

Les parents qui font la fête!

Le monde est devenu fou, je vous le dis.

Une fois dans ma chambre, j'enfile un pantalon de survêt et un pull extra large et je m'allonge sur mon lit atrocement douillet.

Bonheur.

Que faire maintenant?

Je feuillette un *Célébrités Magazine* qui traîne par là, mais impossible de me concentrer. J'ai un truc qui me trotte dans la tête.

J'allume la radio, mais toutes les chansons me rappellent le problème que j'ai à résoudre.

J'allume la télé et essaie de me plonger dans des dessins animés, mais je regarde sans voir, pensant à quelque chose de plus important. Finalement, je me rends compte qu'il faut que je le voie. Je ne peux pas lutter plus longtemps contre mes sentiments.

Je prends mon portable où je l'avais laissé (sur la table de nuit) et finis d'épuiser la batterie en passant cet appel que je dois passer.

— Écoute, j'ai repensé à ce que tu m'as dit, je lâche d'un trait dès qu'il décroche. Dans combien de temps tu peux être là?

— Ronnie! C'est toi! Génial! s'exclame-t-il, fou de bonheur de m'entendre. Bien sûr que je peux venir. Donne-moi deux heures.

— Ouvre, dis-je.

— Qu'est-ce que c'est? demande-t-il.

— Ouvre et tu verras. C'est à ça que sert le papier cadeau, pauvre tache!

— C'est pas du papier cadeau, c'est du papier journal, ergote-t-il.

— Je n'ai pas eu beaucoup de temps! Écoute, tu en veux ou pas?

Il déballe l'objet enveloppé à la hâte et me regarde, totalement médusé.

— C'est un skate! On dirait un nouveau Bess! s'exclame-t-il.

— Bien vu, la taupe, je me moque en essayant de dissimuler mon plaisir.

— Ha! Ha! Ha! Je n'arrive pas à y croire, Ronnie! Tu m'épates!

— Tu l'as déjà dit, je lâche, taquine.

— Je ne peux pas accepter. Tu as dû payer ça une fortune!

— Il faut que tu acceptes. Je me sentirais trop coupable sinon. Tu adores faire du skate. Tu es donc un skater. Par conséquent, tu risques d'avoir l'air d'un idiot si tu te mets à courir dans la rue en faisant des bruits de roue.

Jimi prend le skate. Il n'en revient pas.

— Et puis, je veux que tu l'aies. J'ai été payé en liquide pour les interviews que j'ai données hier, je peux me permettre de flamber un peu.

Jimi pose le skate sur le parquet de ma chambre et saute dessus.

— Ouaouh! Essaie, Ronnie! Monte dessus! dit-il en descendant du skate. On sent que c'est du haut de gamme! Hallucinant comme sensation! Je t'aime tellement. Quelle femme! s'exclame-t-il, les yeux humides.

— Tu me l'as déjà dit quatre-vingt-deux fois déjà, je rétorque, les larmes aux yeux.

— Je rattrape le temps perdu! s'esclaffe-t-il

en retirant un cil sur ma joue. Alors, ça veut dire que tu m'aimes?

— Possible, dis-je en souriant. Bien que ce soit regrettable.

Jimi me regarde en se mordant la lèvre.

— Fleur ne va pas être contente du tout.

— Euh… j'en fais mon affaire. Je lui expliquerai… ainsi qu'à ma mère.

Quelle merveilleuse perspective!

— Alors, on dirait qu'on est OK? demande-t-il avec hésitation.

— Moi, je suis OK. Et toi?

— Moi aussi, dit-il, en souriant.

— Alors, on est OK.

Jimi me prend le visage entre ses mains et me dépose un baiser tout doux sur les lèvres. Je retrouve la sensation, elle est sublime.

— Génial. Tout est arrangé, annonce-t-il avec une méga banane qui me fait retrouver le voyou sûr de lui que je connais si bien. Si on descendait à la buvette faire une partie d'échecs avec ces pièces géantes ridicules?

Je le regarde et laisse échapper un petit grognement extatique.

— Et puis, flûte. On n'a rien à perdre!

Table des matières

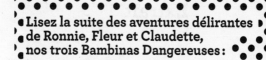

Lisez la suite des aventures délirantes
de Ronnie, Fleur et Claudette,
nos trois Bambinas Dangereuses :

Extrait

LBD
3. Toutes pour une

« Toc ! Toc ! Toc ! »

Trois coups brutaux à ma porte et je suis prise d'assaut par la brigade antisommeil.

— Ronnie ? Rooooonnie ? Tu es là-dessous ? criaille ma mère en soulevant la couette, laissant l'air froid déferler sur moi.

Elle sait comme j'ai horreur de ça.

— Ronnie ! Allôôôô ? La Terre appelle Veronica Ripperton ! Debout !

— Gnnngnnn ! Va-t'en !

Je grogne en lui arrachant la couette pour m'enrouler dedans comme un friand à la saucisse.

— Pouah ! Qu'est-ce que tu peux bien fabriquer dans cette chambre ? dit-elle d'un air méprisant en tirant les rideaux, si bien que la lumière matinale m'attaque de plein fouet. Comment peux-tu faire autant de bazar !

Je reste parfaitement immobile, priant pour qu'elle s'en aille.

– Tu vas finir par avoir des rats, ici! continue-t-elle en ramassant un muffin aux pépites de chocolat à moitié mangé qui traînait sur mon bureau. Des rats, je t'assure! Avec une queue bien grasse et des dents pointues! Enfin, si les rats s'accommodent de ce foutoir, ajoute-t-elle à voix basse.

– Rhaaaa, je grogne en enfonçant la tête dans l'oreiller.

– Ronnie, tu m'entends? Qu'est-ce que c'est que ça? Qu'est-ce qui se passe?

GRACE DENT est née dans le nord de l'Angleterre. Adolescente rebelle, elle quitte vite le foyer parental pour suivre des études de littérature en Écosse. Elle devient journaliste et travaille pour la presse ado et les magazines féminins les plus prestigieux. Auteur jusqu'en 2001 d'une célèbre chronique sur la TV dans *The Guardian*, elle apparaît souvent comme commentatrice ou critique dans les médias. Grace Dent, qui vit à Londres, a publié son premier roman, *LBD*, en 2003.

Maquette: Karine Benoit
Photo de l'auteur © D.R.

ISBN : 978-2-07-063541-2
Loi n° 49-956 du 16 juillet 1949
sur les publications destinées à la jeunesse
Dépôt légal : avril 2011
N° d'édition : 179339 – N° d'impression : 104419
Imprimé en France par CPI Firmin Didot